江西省2011协同创新中心"庐山文化传承与传播协同创新中心"项目成果

庐山文化传播丛书

亲庐浅語

陈晓松 著

百花洲文艺出版社
BAIHUAZHOU LITERATURE AND ART PRESS

图书在版编目（CIP）数据

亲庐浅语 / 陈晓松著. — 南昌：百花洲文艺出版社，2024.2
ISBN 978-7-5500-4902-4

Ⅰ.①亲… Ⅱ.①陈… Ⅲ.①中国文学 – 当代文学 – 作品综合集
Ⅳ.①I217.2

中国国家版本馆CIP数据核字（2023）第039206号

亲庐浅语
QIN LU QIAN YU

陈晓松　著

出 版 人	陈　波	
责任编辑	余丽丽	
书籍设计	方　方	
制　　作	何　丹	
出版发行	百花洲文艺出版社	
社　　址	南昌市红谷滩世贸路898号博能中心一期A座20楼	
邮　　编	330038	
经　　销	全国新华书店	
印　　刷	江西千叶彩印有限公司	
开　　本	720 mm×1000 mm　1 / 32	
印　　张	11.125	
版　　次	2024年2月第1版	
印　　次	2024年2月第1次印刷	
字　　数	240千字	
书　　号	ISBN 978-7-5500-4902-4	
定　　价	46.00元	

赣版权登字　05-2023-452

邮购联系　0791-86895108
网　　址　http://www.bhzwy.com
图书若有印装错误，影响阅读，可与承印厂联系调换。

"庐山文化传播丛书"总序

胡振鹏

　　九江学院庐山文化研究中心自成立以来做了大量的工作，开展了白鹿洞书院研究、陶渊明研究、陈寅恪研究、赣北地区非物质文化遗产研究等研究工作，编纂了"庐山文化研究丛书"，目前已出版6辑30本专著，取得了显著的成绩，在学术界产生了较大影响。中心现在开始编辑"庐山文化传播丛书"，对于宣传、普及和传播庐山文化，必将起到积极作用，借"庐山文化传播丛书"出版之机表示热烈祝贺！

　　深化庐山文化研究具有重要的意义和价值。研究工作向高层次、综合性、更深刻的方向发展，对于挖掘、弘扬中华优秀传统文化具有推进作用；当前各级政府把旅游当作支柱产业发展，高度重视文化与旅游相结合，深化庐山文化研究可以直接为庐山旅游发展服务，对于推进庐山旅游高水平、高质量、高效益发展具有支撑意义；九江学院作为一个区域性、高水平、综合性的大学，庐山文化研究中心在全国高校独一无二、特色鲜明、亮点突出，搞好庐山文化研究对于学校上水平、上台阶具有重要价值。

庐山文化研究如何向高层次、综合性、更深刻的方向发展？庐山文化研究中心上一任学术委员会主任邵鸿教授2012年为龚志强博士的论文《渐进与跨越——明清以来庐山开发研究》写了一篇序言，其中提出庐山文化研究需要进一步努力的方向。

第一，基础史料工作还不够充分。近十余年来，一些学者在庐山史料汇集编撰方面有一定的成绩，出现了胡迎建、宗九奇《庐山诗文金石广存校补》，陶勇清《庐山历代石刻》，白鹿洞书院古志整理委员会《白鹿洞书院古志五种》，李宁宁、高峰《白鹿洞书院艺文新志》等著作。特别值得一提的是郑翔任主编、胡迎建任副主编的《庐山历代诗词全集》，汇集历代吟咏庐山诗词16 300余首，用力甚巨，尤值称道。但这方面还有大量事情可做，比如周銮书先生二十多年前就提出的对古籍中庐山史料系统汇集工作至今尚未开展，此外如近现代期刊报纸中庐山篇目报道索引的编辑，清代及民国档案中庐山资料汇编，国外有关庐山文献的编目和搜集，庐山口述史料记录与整理，庐山研究资料电子数据库建设，等等，都有待起步。这些基础性工作的完成，将使庐山历史文化研究条件得到根本性的改变和提升。

第二，整体史研究还有待开展。虽然《庐山学》和《庐山文化研究丛书》已经展现了这方面的努力，但仍然是初步的。近几十年来，庐山研究的主要收获还是在专题考察方面，出现了如姚公骞《匡庐之得名与慧远〈庐山记〉辨》，何友良《庐山与民国政治》，陈荣华、何友良《庐山军官训练团》，李国强《历代名人与庐山》，徐效刚《庐山典籍史》，张国宏《宗教与庐山》，龚斌《慧远法师传》，吴国富《庐山道教史》，赵志中等《庐山第四纪冰川研究的有关问题》等一批较好的文章和著作。但整体的庐山研究似还需有三方面的进一步提升：一是更广阔的视野，即把庐山研究放到区域史、中国史乃至世界史的大背景下来进行，而不是就庐山谈庐山；二是更完整的复原，即进一步深入考察庐山发展进程，不仅在长时段上把握庐山历史的脉络和特征，而且细致了解各个时期的实际及变迁；三是更全面的整合，即将生态、政治、经济、文化等方面打通，把握它们之间的相互联系和影响，从而形成完整的庐山历史认识与叙述。

第三，专门研究亦需不断深化。庐山是一部巨大的奇书和一座丰富的宝库，我们今天所知其实仍然有限。提倡整体研究的方法和方向，不但不排斥反而需要以更多精细深入的专题研究为基础。像庐山考古与文物、人口与经济开发、宗教人物与寺观、近现代城市发展、现代旅游业发展、国民政府与庐山、庐山抗战史、庐山会议，庐山与中国近代科学、庐山研究史等，应该做的研究课题实在很多。

邵鸿教授对庐山文化今后研究方向的论述概括性强、很全面，我完全赞成。我对今后工作谈几点建议，没有超出邵鸿先生概括的范围。

首先，抓紧庐山文化基础性资料的积累和整理。一个大学的学术研究中心想要在全国有地位，首先就看资料积累；作为全国高校独一无二的庐山文化研究中心，手头上要掌握充分的资料，成为庐山文化研究的信息中心。例如，上海交大曹树基教授从2010年起带领一些博士生，历经千辛万苦，在鄱阳、余干、都昌三县收集了许多关于鄱阳湖水域和草洲使用的契约文书和几个家族的家谱，编纂《鄱阳湖区文书》共十本，2018年正式出版，很有价值。以这些历史文书为基础，又取得了一批优秀的学术成果，如刘诗古博士的《资源、产权和秩序——明清鄱阳湖区的渔课制度与水域社会》，揭示了鄱阳湖水域捕捞权的配置、流转和管理以及水域捕捞社会秩序的建立与维持，填补了有关空白。资料的积累、整编是搞好学术研究的前提与基础。我认为，当前庐山文化研究需要立即着手的具体工作包括三项：

第一，建国以来有关庐山文化研究各种书籍和研究论文的收集和编目。这件事现在做不难，至少20世纪80年代以后的文章，在中国知网等学术资料库里可以收集到；20世纪80年代以前的论文，有些可能要到各个图书馆、学报编辑部去找，一篇一篇复印，分类、编目，建立一个庐山文化资料集。

第二，收集和整理民国以来的档案资料。近一个世纪以来，许多政治、军事、经济、社会和文化方面的重大事件与庐山有关，随着时间的推移，一些历史档案资料逐步解密，或者以这样那样的形式披露出来，收集整理这方面的资料，不仅对庐山文化研究有作用，对进一步了解庐山发展的历史进程、扩大庐山知名度、促进旅游事业发展也具有很重要的价值。前不久在微信看到一个消息，说到现在庐山植被好，导游介绍是当年飞机播种造林的成果，但一直没有看到有关庐山"飞播"的文字记载。外省的同志来江西，我给他们介绍江西的绿水青山是怎么来的，也讲过20世纪50年代井冈山和庐山飞播造林的事。我曾经看到过一篇文章介绍，飞播造林是建国初期由中南局组织的，现在也找不到出处。类似的问题不少，都是庐山发展史的有机组成部分，搞清楚事实真相，对了解庐山、宣传庐山很有裨益。

第三，收集、整理有关庐山的口述历史。口述历史是通过传统的笔录和录音、录影等现代技术手段，记录历史事件当事人或者目击者的回忆而保存的口述凭证。口述历史的价值，在于为以后的文化和学术研究积累资料。从这些原始记录中，抽取有关的史料，再与其他历史文献比对，使历史更加全面具体，更加真实；同时再现不同地区、不同群体普通人的价值追求、生活状态和喜怒哀乐，使历史事件更细致、丰满，更加感人。2017年庐山庆云文化社在编写庐山山南抗战史时，收录到了40多篇有关抗日战争方面的口述历史资料；2007年星子县委宣传部收集了80多篇口述抗战历史资料。这些资料深刻、具体、细致地描述了日本侵略者在星子实行"三光"政策的残忍与疯狂、人民群众遭受的苦难，以及有识之士义无反顾的英勇反抗，极大地丰富了抗战史实，很有教育意义。接受采访的100多位老人中，这些年已有60多人去世，其中一位当年参加过抗日游击队的老人，接受采访后，没有等到书印出来，人就走了。假如不是2007年和2017年收集口述历史，可能很多历史事实就湮没了。

　　三个方面综合起来，就是建立一个庐山文化研究数据库或信息系统。研究庐山文化的学术团体和社会组织做这件事不容易，但九江学院有优势、有实力。希望有关方面大力支持，也希望研究庐山文化的各位同仁贡献自己珍藏的有关资料，为庐山文化研究数据库建设添砖加瓦。

　　其次，进一步加强专题研究。最近十多年来，庐山文化的专题研究做得不少，取得了许多成绩。例如，2019年庐山市的有关学者编纂了《庐山茶志》，不仅把庐山云雾茶的起源和发展、茶文化的内涵及人文价值研究得比较透彻，而且把茶、水、泉相互依托的关系作了深入的剖析。但是，有些专题研究进展不大，比如白鹿洞书院研究、陶渊明研究等，很少见到有分量、有影响、有创新的突破性进展。前几年看了庐山文化研究中心出版、罗时叙先生撰著的《点击大师的文化基因——庐山新说》很有感触，作者以文化"基因"为切入点，把庐山文化（文学）的传承与发展脉络梳理出来，很有创意，拓展空间也很大。但仅凭少数学者、一两本著作要把这个问题搞清楚，深度、广度和厚度都不足。期望更多的学者借用生物学"基因"遗传与变异理论，结合中华文化形成、发展进程，深入研究，提炼出庐山文化（或文学）传承创新的历史脉络、发展演变的时代特征以及在中华文化演进中的地位。

　　庐山文化专题研究还有很多空白，如庐山生态环境演变过程以及人与自然如何相互影响、相互作用，庐山旅游历史演变与现代旅游特征等，都是亟待突破的课题。前几年，打出了"人文庐山"的品牌，庐山旅游以山水为本、以文化为魂，这么多景点，有哪些文化内涵和特征？如何选择一些文化旅游精品线路来体现庐山文化某一方面的特征？改革开放初期，一部《庐山恋》就能让庐山旅游火爆起来，新时期用什么文化内涵和表现形式将庐山旅游推向新阶段？这些问题是庐山旅游事业发展迫切需要解答的，大有文章可做，既需要大手笔，更需要坚实的文化内核。

最后，也是最艰巨的，就是对庐山进行整体性研究。结合国内外历史发展的时代背景，打通生态、经济、政治、社会、文化和旅游休闲，把各方面综合起来，全方位地把庐山发展的脉络和特征描绘出来。龚志强博士撰著的《渐进与跨越——明清以来庐山开发研究》，收集了许多资料，进行了深入钻研，围绕庐山开发与发展，描述了明清到抗日战争前夕庐山发展、演变的过程与变迁，探索驱动这一变迁的原因。其中龚志强博士提出一个问题：西方人及以后的中国人开发牯岭、使之繁荣后，带动了浔阳城至莲花洞一带的社会经济发展，为什么对促进星子县城发展的效果不明显？他没有作进一步分析，这个问题对当前现实很有针对性，从历史发展过程中分析原因，总结经验和教训，对于促进大庐山一体化、山上山下协调发展很有借鉴意义。

以前对抗日战争期间庐山与周边地区发生的重大事件进行了许多专门研究，如国民党的军官训练团、蒋介石在庐山召开谈话会、周恩来二上庐山谈判为国共合作奠定基础、武汉外围战中国军民的英勇抗击、万家岭大捷、国民党孤军坚守庐山、日本侵略军"三光"暴行及人民遭受的苦难、日军占领期间抗日游击队的活动以及营救美国飞行员等，取得了丰厚的成果。如果把这些研究成果放到全国抗日战争的背景下综合起来，全景式地把这段历史展示出来，将是一项很有价值的工作。新中国成立以后，庐山的政治、经济、社会、文化发展高潮迭起，发生了许多影响国家和民族发展的大事，如果条件许可，从政治、经济、社会、文化等方面把这些历史综合起来，意义更大。

文化与旅游结合起来是旅游产业发展迈向更高层次的标志。最近几年，为了推进庐山旅游的发展、擦亮人文庐山的品牌，大家做了许多工作，以皇甫金石牵头、李国强担纲的专家学者编撰了"庐山故事丛书"，以景玉川领衔的专家学者编撰了"星子历史文化丛书"，均已正式出版发行，社会反响很好。文化旅游需要游客有一定的人文素养，不能等到大家的人文素养都提高了再来发展文化旅游；发展庐山文化旅游与提高游客人文素养是相辅相成、互相促进的过程，首先需要用通俗易懂、大众化的语言推广、传播和普及庐山文化。这两套丛书都贯穿了这一思想，通过对庐山文化进行一定的综合，进行推广、普及和传播，同时提供了许多新的史实、资料和观点。"庐山文化传播丛书"的出版，也秉承这一宗旨，力争在普及中提高，在传播中创新。

在"庐山文化传播丛书"出版之际，九江学院庐山文化研究中心向我索序。我是理工科出身，对庐山文化少有研究，写不出多少新思想、新观点，只好把2018年10月在庐山文化研究中心第二届学术委员会聘任仪式上的即兴发言稍作修改，补充最近两年庐山文化研究取得的新成果，充当作业交账，期望起到抛砖引玉的作用。

胡振鹏

2020年4月15日

作者简介：胡振鹏，男，1948年2月出生，星子南康镇人，教授，博士生导师。1982年1月，江西工学院（今南昌大学）毕业获学士学位；1984年10月，天津大学毕业获硕士学位；1987年11月，武汉水利电力学院（现属武汉大学）毕业获博士学位；先后担任南昌大学副校长、江西教育学院院长、江西省副省长、江西省第十一届人大常委会副主任等职；民建中央常委，全国政协委员，第九届全国人大代表，第十一届全国人大常委会委员。现任江西省生态文明研究与促进会会长、江西省地域文化研究会总顾问、九江学院庐山文化研究中心学术委员会主任等职。

亲庐浅语

《亲庐浅语》序

李国强

晓松乡友将自己20年来有关庐山的散文随笔结集出版，取名《亲庐浅语》，嘱我写序，我先睹为快。

庐山是抚育晓松成长的摇篮，也是他工作的职场。他出生于南康镇，这里山美水秀人佳，他读完小学、中学，考入厦门大学，毕业后分配到九江学院任教至今。从山南到山北，他骨子里亲近庐山，挚爱庐山，取书名为"亲庐"再确切不过，"浅语"则是自谦，这也是他一贯的行事风格。

"山中物物是诗题。"（杨万里诗）

庐山，人文圣山，自古奇秀甲天下，讴歌者无数，但庐山人写庐山，新时代写庐山，则别是一番风味。

晓松这几十篇文章20余万字，写山绘水，建言献策，虽非高文大典，却是清晰描绘庐山风采，传播庐山文化，抒写庐山记忆，为世人往游庐山、了解庐山、研究庐山、建设庐山，提供了许多有价值的文旅资讯和策论，其中不乏真知灼见。

《亲庐浅语》以2002年发表于江西日报的《以文化为核心，创庐山旅游特色》开篇。这篇文章不长，但主题鲜明，阐述到位，是贯穿全书的主线。书中文章大致分为叙述性与对策性两类，即便是描景绘色的叙述文，也多兼涉世用。如写秀峰的几篇文章，既写景、忆旧，亦为复苏秀峰旅游建言。在漫步篇中，《文熏白鹿洞》《思贤康王谷》《伤情紫阳堤》《雨行羲之洞》《悟缘万杉寺》《环行马尾水》《闲步归宗街》《枯行汉阳峰》《漫步西东林》《疾行九九盘》《语农简寂观》诸文，以及思虑篇中有关杏林遗址、南康府学旧址保护等文，既展示景点风采和历史文化内涵，又不乏对景点景区发展的建设性意见，非单纯托闲适志之游记。其文笔简约淡雅，尚理质实，或叙述，或描写，或抒情，或议论，不拘一格，其爱庐山之深，言辞之切，耐人寻味，给人启发。

秋至自然山有色，春来哪处树无花。

晓松相伴庐山半个多世纪，特别是到九江学院庐山文化研究中心任职以来，研究庐山便从兴趣爱好转为本职工作，他戏称"端庐山文化传承与传播的饭碗"。置身庐山建市、星子撤县、庐山领导管理体制改革大潮中，他心怀乡土情愫，肩负责任使命，带领中心一班人，并团结校内外一批学者文人，全身心、高起点推进中心工作，组织庐山史籍收集整理，开展学术专题研讨，出版"庐山文化研究丛书""庐山文化传播丛书"等，同时就庐山领导管理体制改革等诸多重大问题频频发声。因此，近年来他撰写对策性文章多于叙述性文章，涉及的内容也更丰富、更理性、更有现实针对性。

晓松站在擦亮"庐山天下悠"品牌的高度，既为庐山领导管理体制改革显露曙光点赞，也为山上山下如何尽快融为一体、消除"夹生饭"而忧虑，竟至"一根筋"，多次著文发声。他力主"跟着课本游九江"，建言庐山机场建设，整合九江旅游资源，尽力优化庐山文旅发展环境。这些言论接地气、有锐气，一家人不说两家话，为庐山发展掏心掏肺，真不愧是庐山赤子。

我也是喝庐山水长大的，饶有兴趣地读完晓松的这些"亲庐"言论，引起心灵共鸣，增加了对这位乡友的了解和敬意。写下这些感受，恭请晓松和读者哂正。

是为序。

2023年11月26日于宁波

作者简介：李国强，江西庐山人。研究员，江西省政府文史研究馆馆员。1970年毕业于复旦大学历史系。历任江西省教育厅副厅长、江西省社联主席、江西省社科院院长、江西省科技厅厅长等职。长期从事中共党史和科教管理研究，撰《中央苏区教育史》、《邵式平传》（合著）、《毛泽东与庐山》（合著）、《井冈山精神与自主创新》等专著以及《官学之间》《跃上葱茏》等散文随笔10余部，主编《赣文化通志》《江西省社会科学志》《江西科学技术史》《科技管理文萃》，以及"江西名山志丛书"和"杨惟义系列丛书"等图书20余部。多次获国家和江西省社会科学优秀成果奖。

觌庐浅语

目录

親廬淺語

1

专题篇

杂感篇

亲庐浅语

漫步篇

同窗篇

亲庐浅语

SILÜ PIAN

思虑篇

以文化为核心，创庐山旅游特色

　　江西旅游业发展要实现新的突破，关键是要在"特色"二字上做文章。只有突出特色，树立自己独特的旅游形象，才能增强吸引力，才能在日趋激烈的市场竞争中立于不败之地。

　　作为江西旅游业龙头的庐山，怎样走自己的特色之路，不仅事关自身，而且还和全省的旅游发展紧密相连。

　　1996年12月庐山被联合国教科文组织确定为"世界文化景观"，并列入《世界遗产名录》。可见，庐山的优势或特色就是其文化的"全人类意义和价值"。既然文化是庐山的特色，且有联合国教科文组织这样权威的认定，它就应该成为庐山旅游特色的核心。

　　国家有国家的标志，如中国的长城、埃及的金字塔；城市有城市的标志，如上海的外滩、伦敦的塔桥；风景名胜也有风景名胜的标志，如黄山的迎客松、北美五大湖区的大瀑布。遗憾的是作为世界级景区的庐山，至今难以推出其标志景观。既然没有大自然的赠予，那么就应从文化入手做文章。庐山见证了中国共产党人前仆后继救国济民的丰功伟绩。为此，笔者建议在庐山北线或西北锦绣谷择一山巅，建造中国最大的以排难奋进为主旨的民族魂雕像，使之

3

成为庐山独一无二的标志性景观。

近些年庐山正逐步走出国门，走向世界，电影《庐山恋》暨东谷影院申报吉尼斯世界纪录就是一个明证。客观地看，打出这张牌后的收获和意义更多地赋予了电影本身，而对于宣传庐山并未产生多大的影响。其中一个重要的因素，就是《庐山恋》爱情主题的"浓郁的时代特征"使它对今天的观众失去了号召力。了解文艺的人都知道，文艺创作中有几个被称为"永恒"的主题，"爱情"便是其中之一。既然是永恒的主题，那么《庐山恋》便可以有永恒的生命力。只是，借势《庐山恋》应该走出一成不变的模式，让剧中人物走进市场化年代、网络化年代，让《庐山恋》随时代不断新生，始终用时尚的节拍去撩拨人们的心弦，带着丰富的文化意蕴走出单纯的娱乐圈，成为人们心中一抹绚丽、永恒的记忆。

◇ 庐山东南五老峰，青天削出金芙蓉

庐山文化传播丛书

眼下庐山也重视发挥自身的文化娱乐功能，不久前举办亚洲青年举重锦标赛暨九运会预赛，应该是这种思路的实践。只是类似这样的活动过分强化了庐山的城市功能，不仅活动规模有限，而且本质上和庐山作为世界文化遗产需要得到切实有效的保护相异。文化作品就不一样，它是一连串的符号，进而汇成一系列的信息，借助人们的内心世界传播，不受时空限制，所以其穿透力是难以估量的。

　　城市化进程的加快，在提供丰富的物质享受的同时，也加大了人与人之间的隔膜。而人类作为情感丰富的高级动物，内心深处还是期待着真诚、平和和自然的。近年来，在城市郊区和发达地区方兴未艾的田园风光旅游，正是顺应了这一内心的期望。但庐山发展田园风光旅游不能仅仅停留在一般的层次上，因为庐山孕育了中国田园文学的鼻祖陶渊明。但现在很多游客站在龙首崖、含鄱口发思古之幽情时，并不知他们眼皮底下就是这位桃花源理想设计者南山采菊之所在。陶渊明的诗文展现的是一幅幅平和的田园风光，把中国古代农村的自给自足、淳朴无争的特点加以艺术的美化和颂扬。这些，与现代人崇尚真诚、平和和自然的精神是十分吻合的。所以，依据陶渊明的思想情感及其描绘的生活环境来构建富有特色的庐山复古田园风光是切实可行的。因此，可以在庐山山南渊明故里选择依山傍水的两三个自然村落，以唐宋农村村舍为蓝本，建立复古田园风光旅游区，向世界展示中国古代社会风情。

原载2002年1月6日《江西日报》

关于九江旅游资源整合的几点建议

为响应省委、省政府做出的"建设旅游强省"决策部署，吹响旅游大发展的集结号，今年3月，九江市政府、庐山风景名胜区管理局联合国务院发展研究中心在北京举办了《大庐山旅游发展规划纲要》专家评审会。江西旅游的重头戏在九江，九江旅游的龙头是庐山。九江旅游有资源、有空间、有承载能力。要把九江旅游作为一大产业，必须把以庐山为中心的旅游市场规划好、开发好。发展规划纲要重点围绕把旅游资源优势变成经济发展胜势、助推加快做大九江旅游市场展开，就是要促进九江旅游由一山多治到一山统治，由一山独秀到山江湖城齐发，由一票经济向一链经济提升，使九江的旅游有更长久的吸引力。这样的举措，必将进一步推进九江旅游发展。要实现《纲要》的宏伟规划，就要有时不我待的紧迫感，要通过各方面细微的工作，一点一滴地推动九江旅游的大变化。笔者以为，在当下，九江旅游资源整合要做好以下几方面的工作：

一、发行九江旅游年票

发行旅游年票的工作，省会南昌已经做了表率。2013年，南昌提出"政府引导、景区联合、企业运作、百姓受惠"，整合南昌及周边地区旅游资源，让市民充分享受改革开放以来旅游发展的成果，以此推动南昌都市圈旅游产业转型升级，提升南昌都市圈市民生活幸福指数。之后，"南昌都市圈国民旅游休闲年票"应运而生。年票仅售80元，凭年票可在一年有效期内（除某些特定时段）无限次免费进入加盟景区。100多家景区、农家乐及星级酒店加盟年票大家庭，涵盖范围不仅包括南昌，而且延伸到了九江、宜春、抚州四地若干市、县。南昌的经验是，通过年票的发行，鼓励南昌人（江西人）游南昌（江西），有利于展示城市形象，增加市民对南昌（江西）的认同感；有利于整合旅游资源，推动旅游产业由"门票经济"向"产业经济"的转型升级；有利于拉动消费、扩大内需，增加旅游消费在城乡居民消费中的比重。发行年票，对提升市民生活幸福指数、促进旅游产业发展和城市精神文明建设都将发挥积极作用。当然，加盟景区短期内门票收入会受影响，但是长期来看将促进各个景区提高自身的服务水平和接待能力，建立整个景区内部的生态产业链并从中获取更多的可持续发展的收入。好的经验，不仅值得借鉴，甚至可以模仿。我们也看到，如果九江自己不出去，南昌的触角也会伸过来，所以才会有永修、武宁的景区加入南昌的联盟。这就给了我们一个警示，九江旅游如果没有一个真正的龙头，如果不能抱团发展，九江的景点就会零散地自己跑出去。今年5月，庐山东门生态旅游体验区发布新闻称，九江（包括县、区）市民花10元钱（包含工本费、卫生费、保险费），就可办理一年无限次免费游三叠泉景区的登山卡。这是年卡的一种衍生形式，各级旅游管理部门可以紧密跟踪，及时总结经验，以便进一步推广。

二、开通环庐山旅游环保公交车

九江旅游必须围绕庐山做文章可以说是大家的共识，但是真正得到落实的想法少之又少。最为典型的是，东、西环庐山公路已经先后通车多年，但环庐山的风景点并未"环绕"连线。为此，建议开通从市区出发的旅游巴士。为了避免和普通营运客车争夺客源，

◇ 云雾小镇，庐山牯岭

旅游巴士必须在风景点上下客。笔者建议的旅游巴士线路是：白水湖公园—庐山北门—碧龙潭—庐山东门（三叠泉）—白鹿洞—观音桥—星子滨湖公园—秀峰—东林大佛—桃花源—石门涧—庐山西门—东林寺—中华贤母园—八里湖—抗洪广场—浔阳楼—琵琶亭—白水湖公园。旅游巴士严格按照时间表准点发车，考虑到客源因素，平时可以减少发车量，周末和节假日则密集运行。可以购买通票，也可以购买区段票，方便游客根据兴致安排游程。开通环庐山旅游环保公交车可以适当着眼长远，微利经营，重在宣传，重在凝聚人气。比如，九江的四所高校，九江学院在校生39000人、九江职业技术学院15000人、九江职业大学和江西财经职业学院各13000人，这是一个很大的市场，周末和节假日可以把旅游巴士开进校园，辅以景点门票的优惠，一定能吸引大量的学生游客。这几所高校的学生有相当一部分来自市外、省外，通过他们的宣传，可以让更多的人了解九江旅游、加入九江旅游。

三、挖掘东西南三大板块"三日游"旅游线路

粗放地看，九江旅游不能说不成熟，要景点有景点，要线路有线路，但细致观察之后，就会发现除了庐山风景区之外，其他景区基本上都在单兵作战。景点和线路固然可以独立吸引游客，某些景点和线路甚至可以赚得盆满钵满，但这只是个别现象。而且这样的繁荣，往往是短暂的、需要运气的，难以得到内部良性可持续发展。星子温泉的繁荣和目前的窘境就可以证明这一点。整体、系列发展的好处在于，一是从旅游业的角度看，可以挖掘景点的文

化内涵。九江的旅游景点基本上都有一定的文化内涵，但也比较单薄，如果能几个景点捆绑，文化内涵就可以得到深化。二是从游客的角度看，不同的游客有不同的观赏需求，单一的景点不能满足的话，他可能就对整个游程都有怨言，但如果有失之东隅收之桑榆的效果，他的感受就会完全不同。景点景区文化内涵的挖掘是一门大功课，建议先简后繁，可以从人们比较容易认同的地域板块入手，尝试发掘并运行"瑞昌—武宁—修水"、"德安—共青—永修"和"湖口—彭泽—都昌"三个集团板块，每个板块结合历史传承和当前现状，实际挖掘一至两个主题，主要面向周边出行的休闲群体，如南昌、武汉、杭州等地，以三日游为主，经济型和豪华型兼备，注意吸引回头客。

四、主要景区开通无线网络

2013年9月，江西移动新推出的无线城市"智慧庐山"应用，为手机用户提供庐山景区的各种信息服务，比如景点查看、预订预约和景区特色介绍等，让广大游客对庐山景区有一个整体概念，并知晓出游的主要线路，同时可以提前预订酒店、购买门票等，做到出行前心中有数。最近，他们又将服务范围扩大到景区无线上网。应该说，在紧跟信息时代的发展方面，庐山确实起到了龙头作用。

现代社会已经步入自媒体时代，不管你是否愿意承认，"人人都是新闻发布人""人人面前都有一个麦克风"已经是不可回避的现实，而且在年轻一代身上体现得尤为明显。今年7月召开的亚洲最大的旅游展会"TravelRave亚洲旅游会展周"（前"亚洲旅游节"）透露出来的信息显示，中国年轻旅客平均一年旅行4次，这些"80后""90后"游客拥有与前一代人不同的消费习惯，"免费Wi-Fi比吃饭还重要"。整体来说，喜欢旅游的人性格相对比较开朗，所得所感比较愿意和人分享。而且，微信和微博都是比较私人化的交流平台，交换的多是即时、真实的细微感受，所以，主要景区主动开通无线网络，让游客第一时间向社会通报景区情况，可以倒逼旅游硬件、软件的快速提高。如果景区出现了什么问题，比如大雨之后道路出现了坍塌，比如之后的救援过程中的具体情况，都可能在第一时间出现在世界的每一个角落。管理者一方面可以从中获得信息布置工作，另一方面也可能因自己的工作赢得赞誉而发扬长处，或遭到批评而弥补不足，虽然会带来一定的工作压力，但景区的面貌会不断改善是可以预期的。

庐山山上的核心景区早已形成了一个旅游圈了，如果山下的环山景区也能形成一个圈，外围东西南部都有一个圈，圈圈相套，点线结合，这样，以庐山为中心的九江旅游就会逐渐整合成为一个关联、互动的整体，再辅之以硬件、软件的不断完善，九江旅游一定能获得应有的美誉和效益。

2014年6月22日

小议星子"撤县改市"

从前天下午开始，一份名为《庐山管理体制改革推进工作方案》的文件就在网络热传，这是继《国务院关于同意江西省调整九江市部分行政区划的批复》（国函〔2016〕58号）截图在民间流传之后，又一份广为传播的官方文件。舆论形成的氛围使人们确信，庐山建市已经如箭在弦。

◇ 2016年5月29日，自发来到星子县政府门口告别星子县的人们

在民间，在有关联的几个地域，不论是九江还是庐山或是星子，关于这次体制改革的一个通俗说法就是星子"撤县改市"，好像是星子兼并了庐山，尽管现今庐山山体的三分之二在星子境内。

粗看倒也不错，国务院批复的未来庐山市人民政府驻地为"南康镇紫阳南路45号"，就是现在的星子县人民政府所在地，也就是说，庐山市府治设在星子县。而且，未来的庐山市区划也是以现在的星子县为主体，虽然星子县为此失去了泽泉和苏家垱，但将迎来海会的回归（高垄还是丢了），而且还有现在名义上属于庐山区的牯岭镇的划入。如此说来，星子"撤县改市"怎么能是忽悠呢？

但我以为，真正的星子"撤县改市"，除了上述条件之外，更重要的是，现在的星子县在庐山建市过程中和庐山市成立之后的话语权。

从《庐山管理体制改革推进工作方案》可以看出，为了推进庐山管理体制改革，成立了九江市深化庐山体制改革工作领导小组，由市长任组长，市委副书记任第一副组长；领导小组办公室设在庐山管理局，由市委常委兼庐山管理局党委书记任办公室主任。而现任星子县委书记榜上无名！所以，难怪在保留"星子"之名形成共识之后，县里很多文化人对把现在的"蓼花镇"改为"星子镇"颇有微词，觉得那块土地不足以承载历时千年的星子文化，但也无法改变。本人曾想建议，既然"蓼花镇"改为"星子镇"板上钉钉，那就应该把现在位于蓼花镇的星子鄱湖工业园继续南迁，把工业园作为未来市政府的选址，使庐山市形成一湖两岸的景观。姑且留为自己的臆想吧。

星子"撤县改市"之说的流行，是建立在星子人觉得自己占了便宜的心态上，也是建立在九江和庐山或其他地方觉得星子占了便宜的错觉上。其实，九江市委文件表述得很明确也很客观，这项工作的正式名称是"庐山管理体制改革推进"，推进的主体是九江市。先是要建立庐山市，然后把星子装在里面，工作推进的对象主体是庐山，目的也是庐山的发展，所以领导小组办公室才会设在庐山管理局，而不是星子县人民政府。

因此，说"撤县改市"并不妥当，"废县并市"才是正解。至于建市之后民众会不会受益，本人对未来持乐观的态度。那就行呗！

2016年4月17日

在省政协"用足用好历史文化资源，擦亮'庐山天下悠'品牌"专题调研座谈会上的发言

关于庐山，先后有三个历史性的概括：一是"三个趋势"，二是"人文圣山"，三是"庐山天下悠"。作为世界文化景观，庐山具有非凡的特质。黄山是世界文化与自然双重遗产，偏重于自然，其文化多是附于自然；而庐山文化，则很多是自然的衍生，如隐逸文化、书院文化等。泰山是世界文化与自然双重遗产，偏重于文化，且基本上是传统文化的延续；而庐山文化，不仅延续传统文化，还注入了许多现代文明，有些还是异域文明，如以别墅为代表的建筑文化。

一、以文化为溶剂推动管理体制改革

当人类最初面对庐山的时候，庐山一定是一个整体，只是随着人类活动的空间越来越大，庐山才逐渐地被分割。实际上，这种分割在很长时间里也是模糊的。即便北宋太平兴国三年，即公元978年，星子由镇升格为县，从此庐山在地理和行政区划上开始按山北、山南分属德化、星子两县管辖，虽然偶有林界分水之类的纠

纷，但均系毫末之争不足以动全身。只是到了现当代，特别是旅游经济逐渐成为各地的支柱产业，庐山成为江西旅游的龙头且陆续拥有了国家5A级旅游景区、世界文化景观和世界地质公园这样的金字招牌之后，其山体管理权才因各方利益而被蚕食、分解。因此可以说，目前我们面对的是庐山分割最严重的时期。

2016年5月30日，庐山市终于"千呼万唤始出来"，当时主流媒体报道时用得最多的一句话就是"终结一山多治的乱局"。再过20多天，就要迎来庐山建市四周年的日子，"一山多治的乱局"是否得到有效治理，各位领导一定看得非常清楚，本次省政协专题调研庐山市座谈会分为山下和山上两组，也算是一个有趣的旁证吧。

我们九江学院2002年由四所学校合并组建而成，所以我们能够体会到一个单位或地区，要完成机构组合，必须有高位推动。庐山建市喊了40多年，为什么能在2016年修成正果，就是当时省委省政府的用功发力。

管理体制不理顺，文旅融合发展就会受到很多阻碍。好比现在讲庐山别墅，现在还只涉及亮点部分、中心部分，如果要做文化研究，如果要做整体推进，就必须全局观照、全盘研判。但是，庐山别墅就被分割得七零八落，山上部分归属管理局的除外，林彪别墅归属军队系统、刘少奇别墅归属财政系统、松门别墅前不久还是民居，含鄱口下太乙村归属庐山市，根本纳入不了牯岭体系。这就是地域分隔带来的文化研究缺乏系统性的结果。

尽管行政管理体制的整合处于停滞状态，但庐山管理体制是不可能走回头路的，所以，应该积极发挥文化的融合作用，以文化融合人心，助力庐山旅游经济发展，进而推动管理体制变革。2017年10月，我们庐山文化研究中心聘请江西省人民政府原副省长胡振鹏先生担任第二届学术委员会主任，他在聘任仪式上的讲话中指出，我们中心要抓紧时间做的一项工作，就是进行庐山史料的收集整理。根据胡振鹏先生的讲话精神，我们中心在过去工作的基础上，今明两年将推出"庐山文化传播丛书"、"庐山文献丛书"、"庐山文化研究丛书"第七辑和庐山国学系列教材。

我们能够取得过去的成绩，现在能继续开展这项工作，和学校的大力支持是分不开的，这一点各位领导刚才在两南山已经亲眼所见。另外，也和我们中心作为"2011江西省协同创新中心"获得的资助密不可分。所以，我们希望省级层面在重视庐山管理体制改革和经济社会发展的同时，能够继续重视庐山文化研究。国家社科基金专门设立西部项目、苏区项目支持高校和科研部门进行研究，我们建议，设立江西世界遗产研究基金，划出专门项目库，重点项目给予国家基金一般项目待遇，前资助和后资助相结合，以保障这些研究得以持久开展，并在实际工作中发挥作用。

二、以文化为核心进行高位规划建设

我国田园诗鼻祖陶渊明在《游斜川诗序》中写道："辛酉岁正月五日，天气澄和，风物闲美。与二三邻曲，同游斜川。"陶渊明号五柳先生，星子是陶渊明故里，所以成立于1984年的星子县诗词社命名为五柳诗社。每年正月初五，过去的五柳诗社，现在的庐山市诗词学会的老少文人，都会循着先贤的足迹吟诗作赋游斜川。谁又能想到，本该以旅游立市的庐山市，如今却在斜川一带热火朝天地建设峰德新区。峰德新区项目招商是这么介绍的：要"在新区建设高品质精品住宅小区，聚集新区人气，炒热新区土地。围绕新区旅游服务主导产业，就五星级酒店、城市综合体、商贸物流、体育公园、旅游综合体、综合场馆等近期可建设的项目……"试想，新区建设完成之后，陶渊明笔下"弱湍驰文鲂，闲谷矫鸣鸥"的情景还会在吗？古今文人"中觞纵遥情，忘彼千载忧"的遐想还会有吗？三五年之后，本地乡贤还能否在一堆堆钢筋水泥和人造景观中，找到陶渊明"游斜川"的体验？一个斜川的消失似乎不会影响庐山整体，但如果环庐山上下都用这样的思路进行开发，类似"游斜川"这样的文化因子被一个个蚕食，我们引以为豪的庐山文化根基是不是动摇了？

◇ 庐山李德立别墅

峰德新区之外，庐山市还计划在白鹿洞书院和秀峰景区之间修建一条旅游公路。我觉得，庐山市现在亟须解决的，是大型货车的过境问题。昌九大道修建之后，很多大货车都从昌九大道转105国道再转至环庐山公路，然后由庐山南或姑塘上高速。开着手续齐备的车辆在各类道路上行驶是司机们的正当权利。但是庐山是一座旅游城市，旅游发展得越好，来往车辆就越多，安全隐患也就越大。如果大型货车不能奔驰在白鹿洞书院和秀峰景区之间的旅游公路上，那么这条路，既不能从根本上减轻大型货车对环庐山公路的压力，也不能解决其过境庐山市市区的问题，修它何意？如果能解决大型货车过境问题，现有的环庐山公路完全能够满足旅游车辆运行的需要。只是这条公路一修，庐山山南连片文化宝地的静谧被完全破坏，庐山是"天下悠"还是"天下闹"了？

为什么把这个事情特别提出来？因为我们九江人有过这样的切肤之痛，那就是填埋龙开河！明朝著名的旅行家徐霞客的《游庐山日记》这么开篇："戊午（1618年），余同兄雷门、白夫，以八月十八日至九江。易小舟，沿江南入龙开河，二十里，泊李裁缝堰。登陆，五里，过西林寺，至东林寺。"但是1997年，龙开河被填埋，建设"九龙街"道路，街道两边进行商业房地产开发。于是，一条凝聚着老九江人无限乡愁、为江南水城增添无限生机与魅力、可以比肩南京秦淮河的九江母亲河，从此永别人间！

还有件事无关文化，但有关庐山声誉。2014年，开始规划昌九高速铁路，北起九江高铁站也就是现在的庐山站，南抵南昌东站，并将在庐山市温泉镇105国道南侧1000米设新的庐山站。现在的庐山站与未来的庐山站相距不过30公里，未来的庐山站与未来的共青城站也不过相距同等的距离。到达庐山站不能上庐山，高铁到了江西就成了慢铁，给游客留下的是什么印象？网络时代，修复一个垮塌的形象，比过去更加困难。庐山旅游一点点落后于黄山、张家界，正是这些本位主义的小聪明在其中推波助澜，因为它一点点销蚀了庐山的美誉！

殷鉴不远，来者可追。旅游开发既怕不作为，也怕乱作为，有的时候乱作为祸害更甚，因为很多旅游资源都是一次性资源，失去了不可能复得。庐山作为人文圣山，作为世界文化景观，她的文旅融合发展，如果没有以文化为核心的高位规划建设，带来的破坏力可能更大，所以主政者一定要多一些对于自然、对于文化的敬畏之心。

三、以文化为内涵延揽培养高端人才

庐山现在最缺的是什么？是高端管理人才、高端营销人才和高端服务人才。

现在的庐山，连一个自洽的广告语都打不出来了，东边说"不到三叠泉不算庐山客"，西山说"不到石门涧不算庐山客"，自己跟自己打架。打架是缺乏智慧的表现，庐山现在就是缺乏智慧的"大脑"。过去的庐山文旅融合也不是没有规划，规划团队也不是不够档次，清北人交南浙复科之类，中国一流，但总觉得这些团队像江湖游医，一张图纸走天下，不能真正沉下心来在对庐山文化望闻问切之后才开方抓药。当下，庐山管理体制融合推进缓慢，在这样的大环境下，就应该在一些专业性强的管理岗位譬如建设规划、旅游开发等，在全国范围延揽不受庐山地域关系纠缠、懂文化、有远见、会营销的专业人士。前几天看到一则新闻，今年9月份即将年满60周岁的浙江大学党委副书记郑强出任山西唯一的211大学太原理工大学的党委书记。庐山专业管理人士的招聘，也可以打破国籍、专业、年龄等方面的限制，真正做到"不拘一格降人才"，只要他能为擦亮"庐山天下悠"品牌做出贡献就行。

营销离不开现代传媒！不知道各位领导平时是不是刷抖音？我还是喜欢刷抖音，甚至不看电视而去刷抖音，因为抖音的时效性很强、细节表现更具体，比如5月4日的武功山小型直升机坠落，抖音第一时间就发布了多角度视频。这些年重庆的旅游发展很好，洪崖洞是抖音捧热的，轻轨穿楼也是抖音捧红的，看上去不过是一两个网红打卡之处，实际上给我们展示的是一座城市的人情味和文化韵。据重庆市文化和旅游发展委员会所发布的数据，2019年春节，重庆旅游人数达到4726万人次，比重庆市人口总数还要多出1000多万。10月国庆黄金周，重庆因为"宠爱游客"而在网络上引发热烈讨论；11月，重庆又因大热电影《少年的你》而在网上再次提升热度。对于重庆来说，在2019年可谓是风光无限。作为网红城市，重庆在2019年的旅游热度从来没有下降过。在界面新闻发布的2019年中国最具性价比旅游城市的报告（统计范围：中国大陆地区2018年旅游总收入500亿元人民币以上的地级城市）中，重庆当之无愧地高居榜首。

抖音上有不少网红导游，有一位网名"杭州小黑诸鸣"的，前不久一句"楼外楼的菜真是一点都不好吃"的大实话收获了更多的粉丝，目前粉丝数量168.8万。我之前就关注了他，因为他的讲解有文化，他是真正把杭州文化内化于心的，而不是人云亦云。我们庐山有没有这样的导游？还没到庐山北门，就有成群结队的女"导游"站在路边拉客。拉到客人之后，她们不是介绍庐山文化，而是告诉你怎么逃票。在庐山，站在任何一个景点，你听一个导游讲解一遍，等来下一个导游再听，讲解内容几乎一字不错。普通导游是流水线生产的，网红导游是文化熏陶出来的，区别就在于文化内涵。当年中央电视台赵忠祥老师来拍摄庐山，星子县就是特别邀请地方知名文化人士徐新杰先生为其讲解。可见，谁都明白导游讲解是需要文化的。庐山是人文圣山，是世界文化景观，她的旅游服务队伍的文化素质本该名列全国第一方阵，这才和庐山的地位相匹配。

喜欢庐山的人很多，人们希望从她身上获取的也很多，但真正愿意沉下来为她做事的不多，还有一些愿意做事的人经常碰到这样那样的障碍，只能泄气而退，这方面值得深思。

2020年5月7日

难理庐山真面目

本人与庐山相伴整整半个世纪，现在又端庐山文化这只饭碗，自以为蛮了解庐山的，但前几天想搞清楚庐山的某件事，细究下去，猛然间才发现这个"庐山真面目"，还真不是那么简简单单，她可是身份多多。如果不信，那就说几个主要的，请看下文：

一、作为自然物质的庐山

形成具体时间未知，来源未知，得名"庐山"。

这方面反正都是模糊，大众特别是游客可以模糊，还可以继续模糊。文化人士都想弄个一清二楚，虽然知道这是很难实现的。

二、作为机构的庐山

1926年，成立庐山管理局，1930年后隶属江西省政府。

三、作为省级自然保护区的庐山

1981年8月，经江西省人民政府批准，成为首批省级自然保护区，区划范围为整个山体，总面积29234平方米。

四、作为国家级风景名胜区的庐山

1982年，国务院批准，成为首批国家级风景名胜区。

权威人士透露，国务院批准、建设部下文对庐山风景名胜区总体规划作了明确规定，范围是东至蛤蟆石，西至通远，北至濂溪墓，南至温泉。按过去的口径，庐山风景名胜区面积302平方千米，山体面积282平方千米。

五、作为世界遗产的庐山

1996年12月6日，联合国教科文组织通过，庐山以"世界文化景观"列入《世界遗产名录》。

权威人士解释，世界文化景观和风景名胜区是不重合的！因为庐山作为世界文化景观至少包括了石钟山和鞋山。所以庐山作为世

◇ 2021年5月20日，庐山文化研究中心在庐山北麓白居易草堂遗址举办庐山诗文吟诵活动

界遗产是个泛庐山文化的概念，而5A级旅游景区应该是个有经营主体和依托固定景区的高质量旅游区。

六、作为世界地质公园的庐山

2004年2月13日，联合国教科文组织通过，庐山成为世界地质公园。

资料显示，庐山地质公园分为山北和山南两个园区。山北园区包括牯岭、花径—大天池、含鄱口、五老峰—三叠泉、石门涧、东林和小天池—碧龙潭景区；山南园区包括观音桥—五乳峰、秀峰、归宗、桃花源和鄱阳湖水上景区。总体面积548平方千米。

七、作为5A级旅游景区的庐山

2007年3月7日，经国家旅游局批准，成为5A级旅游景区。

八、作为国家级自然保护区的庐山

2013年6月5日，经国家林业局批准，庐山成为国家级自然保护区。

由省级保护区晋升为国家级，保护区范围是否有调整待明确。

九、作为行政区的庐山

2016年5月30日，国务院批准，县级庐山市挂牌成立。

2020年6月27日

亲庐浅语

在"浔阳记忆"城市文化街区建设座谈会上的发言

刚刚听了"浔阳记忆"城市文化街区建设项目建设方和设计方的介绍，我的感受概括起来就是这么几句话：理念很时尚，叙事很宏大，文字很到位，制图很精美，逻辑很缜密，然而，落地需要加倍的努力！

城市文化街区建设是一个系统工程，牵涉到方方面面。很多方面我都是门外汉，所以，下面仅就自己熟悉的方面，谈谈几点感悟。

首先是文化街区的定位。

设计方的计划书介绍说，将要建设的城市文化街区，目标主体是本地客群，我觉得这个定位是错误的。你们可以去街头面向老九江人做个随机调查，就问一个问题："你有没有去过或多少年没有去过浔阳楼和琵琶亭了？"如果觉得浔阳楼和琵琶亭有二三十块钱的门槛的话，那就换一个问题："你有没有去过或多少年没有去过甘棠公园和濂溪公园了？"这两个都是免费公园，没有门槛的。我敢说，大部分九江人连濂溪公园在哪个角落都说不上来。刚刚建设方老总拿厦门和九江做比较。您生活在厦门，您和您的家人一定去过南普陀，一定去过沙坡尾，和它们一岭一路之隔的华侨博物馆您一定没去过。华侨博物馆建于二十世纪五十年代末，是由著名华侨领袖陈嘉庚先生主持创办，并由侨胞和归侨捐款筹建的，被著名英籍华裔女作家韩素音誉为"世界上独一无二的华侨历史博物馆"，很有文化内涵。九江濂溪公园是为纪念《爱莲说》的作者、理学大儒周敦颐而建，不能说没有文化吧？为什么普通市民视而不见呢？可见，文化一是喜爱，二是需要，才能吸引人。九江人很自恋，如果你说九江人没有文化，他一定暴跳如雷。"天上九头鸟，地上湖北佬。三个湖北佬，抵不过一个九江佬"，这是九江人的自夸。我问过许多不同阶层的湖北人，他们都摇头，说从来没有听说过这样的民谣。即便九江人如此自恋，我还是要说，九江人的文化体验是浅尝辄止的，九江人不是不聪明，而是对文化缺乏耐心，所以你的城市文化街区想批量、长久、反复吸引本地客群，无异于天方夜谭。

其次是街区文化的提炼。

现在大家都强调个性化，避免同质化，但最后建设成型，还是会同质化。舍得舍得，有舍才得，可到了自己身上，需要舍弃的时候还是痛得像割肉。九江城区现在溢浦路开辟了租界博物馆，这是一个纯洋文化的街区；在庾亮南路打造了历史文化街区，这是一个土洋结合的街区。九江是一座小城市，纯洋的和土洋结合的，都不需要重复建设。所以新的城市街区文化建设，应该挖掘提炼的就是本土的传统文化。九江有两千多年的历史，孕育了不少有价值的东西。但是，什么才是有价值的，提炼之前需要好好考量，建设之后需要好好打磨。以本人陋见，并不是历史长就是有价值，并不是名气大就是有价值。比如近些年九江很多有识之士，有政界人士有商界人士也有文化界人士，都想重振九江封缸酒雄风。因为二十世纪八十年代中国名酒序列中，黄酒只有两种，那便是绍兴加饭酒和九江封缸酒。我上大学期间，带到学校和同学们分享的就是四特酒和封缸酒，都是家乡酒。现在要问我喝不喝封缸酒，我是不喝的，至少不会主动要喝。一是新生产的不想喝，二是即使是当年的陈酒，也只会好奇地品尝一点点。为什么？因为传统的封缸酒，太甜腻，不符合现代人口味。但是，你如果与时俱进去改变封缸酒配方，改变它的口感，那又不是纯正的封缸酒了，是新创而不是恢复。可见，没有年轻一代的接受，任何事物都是没有未来的。所以，历史悠久、曾经享有美誉的封缸酒，任凭你如何努力，都是扶持不起来的。与之齐名的特产还有九江茶饼，现在市场恢复了一点，但终究不足以改变它小众的态势。我讲这两点的意思是说，九江历史文化肯定有好东西，但哪些是好东西，你既然要面向世界面向未来，就不能只是九江人说了算，更不能只是领导说了算。九江历史文化的提炼和弘扬，要有广泛的社会参与，大家共同取舍，才有它的鲜活未来。

再次是文化景区的联动。

旅游的目标，就是吸引大量的游客，并且把游客变成"留客"，而不是让他们成为"流客"。大家有没有注意到，这些年来，单体的点状的旅游景区吸引力，整体呈现不断下滑的趋势，少有留客，多是流客。我们庐山是一个典型，泰山也是。其他跑火的景区，都不是一枝独秀，都是多景区线状联动，比如黄山与徽州，比如夫子庙和秦淮河，比如国道318。很难想象，如果没有南普陀和环岛路环衬，鼓浪屿会如何被冷落被遗忘。庐山走下坡路，就是着眼点始终在山这个点，缺乏山湖联动，那么一个令人遐想无限的鄱阳湖过去白白浪费，现在浪费白白。另外，九江本该是庐山的桥头堡，庐山本该是九江的后花园，但咫尺之遥唇齿相依的两地人竟然互不买账。内耗得丧尽精力和内卷得失去创新，也是九江在省内排名徘徊不前、庐山旅游每况愈下的因素之一。现在商家建设城市文化街区，一定要触角在外，在本土至少要触摸到庐山。庐山虽然已经不复江西旅游龙头的盛名，但在九江还是有难以撼动的至尊地位。怎么让上山的游客还愿意下城，这是你们要绞尽脑汁思考的一个问题。庐山要留客，西海也要留客，到处都想留客。一个城市文化街区怎么才能留客？你们要给出解决问题的答案。你们还要协调好和九江博物馆、租界博物馆以及其他大型商业体的关系，竞争对手之间要有相互涵养的格局。

最后是营销网络的构建。要通过网络走群众路线，因为明摆着，民意在网络，诉求在网络，愿望在网络，未来在网络要建设好城市文化街区，没有网络营销加持而图谋行之久远，未之闻也！2018年，重庆洪崖洞依靠抖音红遍了整个中国，成为当年五一仅次于北京故宫的全国第二大旅游景点，从此热度不减。夜间的洪崖洞更具魅力，它独特的吊脚楼建筑及散发的灯光倒映在江面，和过往的游船及身后的高楼相映成趣，流连忘返的游客都拥到了千厮门嘉陵江大桥。政府为了让游客尽情饱览美景，经常对大桥实行交通管制，当地市民对此举措也非常理解和支持。如果说洪崖洞是特意打造的网红地，那么，轻轨穿楼就是意外得之了，这就是我前边说到的相互涵养。在九江经营城市文化街区，一定不要遗忘了九江区域内的十万高校学子。我们学校对面有个街区，都是档次不高的小吃，没有任何正式营销，现在成为著名的美食街，很多中年朋友周末都会带着孩子去打卡，这就是年轻人自带流量的效应，无心插柳柳成荫啊。我们未来的文化街区，希望在节假日能开通直达高校的公交车，学子们在这里既能一饱口福眼福，又能感受体验不同风情的地方文化，心情愉悦之后，大量的美图就会第一时间通过网络传遍世界各地。除了自发宣传之外，运营方还要培育网红、培养品

◇ 2021年4月29日，参加由九江日报社主办的"浔阳记忆"城市文化街区建设座谈会

牌。有网友这么感慨："一首《成都》勾起了很多人的怀念，勾起了很多人对成都的向往。每个用心听完这首歌的人，都想要去成都的街头走一走，去看一看能让歌手唱出如此深情的地方，去体会在成都街头走一走的感觉。"这就是网红的品牌效应！网红品牌的培育要用心用情，有舍得下的本钱，有等得起的耐心。走红的机缘各异，但走得长久的网红，都是有长积淀有真实力的，文化的网红品牌尤其如此！

以上就是本人作为一位体验者的感悟，虽然真实却不一定准确，供有志于城市文化街区建设的各位参考吧。

2021年4月30日

庐山旅游，到了被江西忽略的时候吗？

时代分野的节点或历史事件的导火线，在到来或燃烧的时候，往往是悄然而至毫不起眼的。如果能预见到波斯尼亚首府萨拉热窝的那次刺杀会引发第一次世界大战，而且为第二次世界大战埋下伏笔，一定会有很多仁人志士挺身而出来制止。如果能瞭望到在上海法租界贝勒路树德里三号召开的13人会议将开天辟地，陈独秀绝对不会为了广州大学预科的筹备工作而推辞赴会。不是欧洲仁人志士不够睿智，不是我们独秀先生不够敏锐，而是历史的兆头很难捉摸。

因此，本人在此并非想预言庐山旅游将继续什么或迎来什么，只是想友情提醒一下热爱庐山的人士、端庐山饭碗的人士，见微知著，多关注一些动态；管中窥豹，多研讨一些趋势。毕竟身在此山中久矣深矣，不识真面目是习惯成自然的事了。

先来权威媒体的报道中探寻一下庐山国庆旅游的影踪吧。

10月4日，江西日报客户端以《火炎焱！人从众！江西，是时候展现真正的技术了！》（来源：江西新闻客户端）报道江西各地国庆黄金周盛况，文章开篇写道："假期首日，江西实体零售实现'开门红'，销售额同比增长近50%，客流量同比增长约35%。虽然国庆假期已经过半，但无论是江西的天气，还是各大景区的人气，依然火爆！"随后，依次介绍了南昌汉代海昏侯国考古遗址公园、赣州江南宋城和方特东方欲晓主题公园、上饶三清山和篁岭、萍乡武功山、鹰潭龙虎山、景德镇浮梁高岭中国村和千年瓷宫、吉安渼陂古村和吉州窑、宜春明月山，以及靖安万花谷。

次日，也就是10月5日，上述文字在学习强国有了拓展。江西学习平台以《赣鄱处处皆胜景！快看这个国庆江西有多火爆》为题介绍江西各地游人如织、彰显人气火爆的场景，在《文旅融合拓展新空间》的标题下报道了武功山和明月山；在《"夜经济"点亮消费市场》标题下介绍了宜春《明月千古情》演出、南昌之星广场、赣州市蓉江新区滨江公园；在《特色文化活动广受追捧》标题下介绍了南昌青云谱"遇见·梅湖"系列特色文化活动，宜春花博园、禅博园八大主题活动，靖安万花谷首届汉服节；在《红色节庆活动精彩纷呈》标题下专门介绍了萍乡莲花坊楼镇沿背村，即农民将军甘祖昌和"老阿姨"龚全珍的家乡；在《暖心服务成了最美风景》标题下图文介绍了宜春明月山及《明月千古情》，赣州龙南关西围、通天岩、于都中央红军长征出发纪念园。

两段文字读下来会不会觉得很奇怪，本意是去探寻庐山国庆旅游的影踪，可是读罢，却不见庐山国庆旅游信息的星星点点。

对！没有任何隐藏，这就是原文的真面目！

长久以来，庐山都是当仁不让的江西休闲旅游龙头。省内媒体特别是崇尚"高大全"的权威媒体，如果全景式介绍江西旅游，无论春节还是中秋，无论平日里还是黄金周，要绕过庐山，不啻宣儒学不讲孔子、颂唐诗不讲李白，既不合礼仪也不合格局。而今，不讲庐山，确实就可以讲江西，还能讲好没有庐山的江西。这种状况，过去闻所未闻，如今已成现实。如果还有人死活不承认庐山已然被绕开、被忽略，那就请前去阅读上述两篇示范性报道吧。记者给南昌、吉安的浓墨重彩，对武功山、明月山的不吝赞美，自行体会吧！

对江西旅游的全景式报道中庐山星点无涉，是指责记者视线不过修河，还是反省自身故步自封乃至拖累赣北？国庆的如斯报道，将会是无须介怀的过眼云烟，还是可能成为媒体争相模仿的新闻标本，日后更成为节点或导火线？不尽如人意的庐山旅游，是不是继在全国"阿卡林"化之后，又到了在省内被忽略的时候？本人没有答案，现状不是答案，但，时间会给出答案！

2021年10月6日

这种夸耀庐山的趋向挺危险

感觉九江文化圈有一种趋向，那就是，越来越喜欢以"绝笔"故事来夸耀庐山。

首先，九江文化圈喜欢这么夸耀：被誉为"东方之笔"的二十世纪中国画坛最具传奇色彩的国画大师张大千，最后一幅画作就是画我们庐山。

这话不错，很多当事人都留下了回忆文字，事情经过大致如下：

1981年初夏，旅日友人李海天请年已83岁的张大千为其画一巨幅挂壁。张大千不顾疾病缠身慨然应诺，并决定以从未去过然而情结于胸的庐山为主题，创作一幅10.8米长、1.8米宽的巨构。7月7日举行开笔典礼时，张群、张学良等老朋友都赶来捧场。这幅画工程浩大，整整画了一年半，其间张大千数次心脏病发作晕倒，稍稍康复就又让助手抬上画案。因为原定于1983年1月在台北历史博物馆展出，所以虽未完全竣笔，张大千也只得先将画送付装裱，准备展出后再行润饰，但是没有想到，3月8日张大千溘然长逝，终究没能完成画作。

其次，九江文化圈喜欢这么夸耀：风华绝代的旷世奇才苏东坡，最后一首诗《观潮》就是写我们庐山的。

这话也没什么问题。苏轼是1101年8月24日在常州去世的，学界普遍认为，这首也称《庐山烟雨浙江潮》的诗是他临终之时给小儿子苏过手书的一道偈子。其时，苏轼刚刚结束长期流放的生活，而儿子苏过即将出仕。苏轼预感自己不久于人世，对幼子的牵挂让他颇为伤感，便写下这首诗，希望苏过未来面对仕途的喧嚣和凶险，不被太多欲望牵绊或驱使，要始终保持一颗淡泊之心。

再次，九江文化圈喜欢这么夸耀：国学大师季羡林老先生，最后的墨宝就是为我们庐山题写"人文圣山"。

关于季羡林老先生的题字，我看过一篇题为《季羡林："我在庐山的第一夜做了一个绿色的梦"》的文章，它是这么叙述的：2009年3月，季羡林先生在生命的最后时刻留给了庐山一幅题字，他用国学大师的眼光为庐山一锤定音："庐山——人文圣山"。

另一篇题为《庐山最大的隐士与"天下第一梦"》的文章则这样描述："2009年，当代著名学者季羡林先生为庐山题书'人文圣山'。据说这是季大师的绝笔，四个月后先生与世长辞。人文圣山这个当之无愧的响亮名称犹如一束强光，穿透云雾，使庐山傲立中外名山之巅。"

季羡林老先生为庐山题字不假，题写"人文圣山"四个字也不假，但关键就在于，这是不是季老的"绝笔"！

我们来看一篇题为《季羡林最后题词曝光：宏扬国学　世界和谐》的文章："（2009年）11日上午9时，国学大师、北京大学资深

教授季羡林先生因心脏病突发，在北京301医院辞世，享年98岁。季
羡林之子季承13日早上透露说，网上披露的'宁静致远'题词并非
季老最后的遗作，10日下午4点，季老还给孔子卫视题了一幅名为
'宏扬国学，世界和谐'的字，写完后，季承提醒父亲说时间没有
落上，季羡林笑着说，明天早上加上好了，笔墨都收起来了，就算
了。没有料想到，这竟然是季老的最后题词。"

再来看一篇《法制晚报》的报道《季羡林去世前一天下午挥笔
写下三幅题字》："7月10下午，季羡林先生用毛笔题写了'臧克
家故居'，为孔子卫视题写了'弘扬国学，世界和谐'，为汶川广
济学校题写了'抗震救灾，发扬中国优秀传统'。"

◇ 2010年8月11日，在庐山写生的学生和旁观的路人

孰真孰假，明了了吧？！你抱憾"竟然不是"，我释怀"幸亏不是"！

　　我不太明白，九江文化圈为什么喜欢去抢这种"绝笔"？就一般心理而言，即便长命百岁的老者，也不愿在为你庐山题字题诗之后便立刻撒手人寰吧。所以我以为，自己争抢、宣传那么多的庐山"绝笔"故事，有何意义？

　　既然趋向不对，"不如早为之所，无使滋蔓"，否则殆矣！

2022年4月4日

落星墩何以成网红打卡地？

　　如果今年7月份之前，有人邀请你中秋节前后去鄱阳湖落星墩"踏青"，你一定会认为他神经错乱，胡说八道。因为在大湖区生活过的人都有如此的亲身体验：每年7到10月份是鄱阳湖丰水期，此阶段，不要说下到湖中心"踏青"，哪怕是湖岸的茅草，在湖水的持续荡涤之下时刻都有分崩离析之虞。

　　落星墩，又名落星石，亦称宝石山、德星山，位于江西省星子县（现庐山市）鄱阳湖南门河东侧，小岛高程21.8米，纵横周回百余步，总面积不过1800平方米。北魏地理学家郦道元在《水经注》中记载："落星石，周回百余步，高五丈，上生竹木，传曰有星坠此以名焉。"星子县便因此而得名。落星墩每年随着鄱阳湖水位的涨跌隐现：丰水期半隐入湖水之中，需要借助舟楫抵达；枯水季暴露于湖滩之上，步行便可径至其上。据《星子县志》记载，宋代开始在小岛上修建建筑，明代加建亭台楼阁，后均颓废。现有二十世纪九十年代后陆续修建的牌坊、禅院、石塔、景亭各一。

　　古往今来，许多文人墨客都曾咏叹落星墩，蒋之奇的"今日湖中石，当年天上星"，王安石的"穿云台殿起崔嵬，万里长江一酒

杯"，黄庭坚的"落星开士深结屋，龙阁老翁来赋诗"，王阳明的
"玉衡堕却此湖中，眼前谁是补天手"，等等，均为其千古传名
助力。

今年夏季，整个长江流域气候反常，罕见地酷热和干旱，而
今，酷热已经结束，干旱依然持续。据光明网报道，继8月6日、19
日最早进入枯水期（12米以下）、低枯水期（10米以下）后，9月
6日8时，星子站水位退至7.99米，鄱阳湖再次刷新进入极枯水期最
早纪录，较有记录以来平均出现时间提前115天。这期间，鄱阳湖
水位从12米退至8米，仅用31天，日均退幅0.13米，日最大退幅0.33
米，为有记录以来由枯水位退至极枯水位最快的年份。

于是，本该碧波万顷的鄱阳湖，变身绿草成茵的大草原，落星
墩由此成为整个鄱阳湖区、整个庐山风景名胜区最火爆的网红打卡
地。昨天9月10日，也就是中秋节当天，从早晨七点到晚上十点，
南康镇湖滨大道两旁，一个车位甚是难求。

落星墩成为网红打卡地，窃以为是这么几个因素综合促成的：

其一，反季节景象的吸引。说实话，目前打卡落星墩的游客大
部分还是周边的人，以九江和南昌为主。这个群体对常态的鄱阳
湖并不陌生，但也都没见识过8月份就裸露"屁屁"的鄱阳湖，于
是都不愿错过这个机会，我就是其中一员。暑期7、8月份手上很多
事，我一直没有返乡，后来开学在即，一是担心开学之后时间不自
由，二是担心疫情反复，总之都是不能轻易出门，于是8月底赶尾
巴来了一趟落星墩，昨天又带家人来了。我在社交平台看到很多同
龄人发了落星墩的照片，我们这个年纪的大部分人都不愿凑热闹，

庐山文化传播丛书

现在纷纷打破惯例，可见反季节的落星墩的吸引力。对中老年人来说都如此，更遑论喜欢亲近大自然的青少年群体。

其二，自媒体平台的热传。自媒体平台起到的作用一个是传播，一个是美化。在短视频第一平台抖音，官方主办的庐山国际电影节杳无踪迹，而各路民间主播拍摄的落星墩及鄱阳湖大草原铺天盖地。关于落星墩自媒体有不少无伤大雅的以讹传讹，比如说它是"中国神秘的地方落星墩，一年只出现一次的水上宫殿"。其实熟悉的人都知道，按照推算，2008年鄱阳湖水位22.59米时，落星墩才遭受过一次"灭顶之灾"，其余的时候，它都或多或少地出现在人们的视线里。这些讹传，非但没有破坏落星墩的形象，反而增添了它的神秘性。另外，如今航拍器的大范围使用，更是能让人们在自媒体平台俯瞰落星墩及鄱阳湖景观，无人机镜头里的鄱阳湖滩涂裸露、河道蜿蜒、候鸟翔集，景色别致，这和普通视角迥异的体验，极大地撩动了人们亲临其境的欲望。

其三，免门票游览的实惠。早在十几年前，九江论坛掀起一场激烈的声讨，起因是莲花洞森林公园收取每位登山者2元钱卫生费，广大网民觉得甚不合理，于是口诛笔伐，最后的结果是管理方取消了收费，登山道的卫生只能依靠志愿者维护，前两年更是趁着疫情防控关闭了公园，至今都不开门。6月份的一段时间，我每次途经庐山东门，都能看到十几辆并排停靠的鄂牌皖牌旅游大巴，只是一到7月份就不见了踪影。为什么？皆因庐山6月6日至30日对境内外所有游客无差别免票。九江烟水亭广场每天人头攒动，但其中很多人几年十几年没有进过相距不过几十米的烟水亭，因为进入烟水亭要收取10元门票钱。如果对此观点有所怀疑，可以在落星墩尝试收费，我敢打赌，哪怕只收10元钱卫生费，也会导致游客锐减。原因或心理就不多分析了，反正，掏钱不管多少都是吃亏，免费不管远近都是实惠，皆然。

其四，无障碍体验的自由。落星墩是不是旅游景点？官方宣传说是，民间也表示认可，但根据《旅游景点标准化管理基本规定》等文件精神，它肯定不是，或者是不够格。因为除了沿途三五个已处于饱和状态的塑料垃圾桶，其他看不到一星旅游景点管理的痕迹。不过，游客非常享受这种无障碍无限制旅游体验的自由。因为他们可以凌晨去拍日出，可以半夜扎营数星辰；没人规劝"这个不

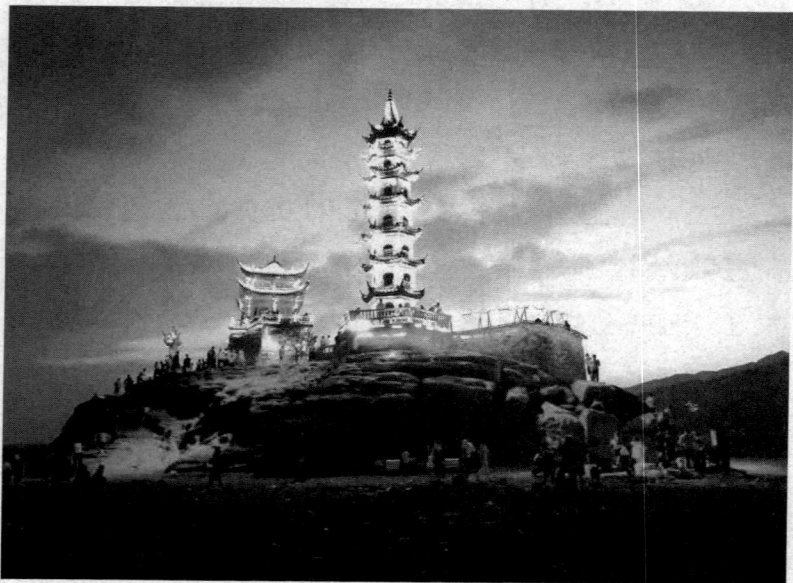

◇ 2022年9月10日，中秋节夜晚的落星墩

能践踏"，没人吆喝"那个不能攀折"；可以跑，可以唱；可以草地打滚，可以湖滩拾贝；可以静默打坐学佛陀，可以视频连线似白岩松……只要不有伤风化，只要不违法犯罪，你在落星墩做什么，没有任何人干涉你。这样的地方都不能玩得开心舒心，只能怪自己没情趣、缺创意。

　　落星墩佳绝如此，怎能不成为网红打卡地？！

2022年9月11日

親廬淺語

在"健康中国策·杏林文化挖掘与史料收集研讨会"上的发言

感谢这样一个平台，我不仅能见到老朋友结识新朋友，还能学到很多新知识，内心真的是非常感谢！

我对于杏林文化，不要说深入研究，甚至连广泛了解都谈不上。前天接到思远主任的会议通知，我就在想，还有一年多时间就要退休了，以后可能会接触杏林文化，那么作为一个门外汉，我该如何来搜集杏林文化史料、丰富杏林文化知识、加深自身对杏林文化的了解呢？这些年在庐山文化研究中心工作，在我们中心学术委员会主任胡振鹏先生的指导之下，进行庐山文化史料的搜集整理，积累了一些体会，现在就以此为启发，不揣浅陋和大家分享一下。

要进行"杏林文化挖掘和史料收集"，首先，我要给自己确立三项原则，分别是：不能先入为主，打破地域界限，广泛学习借鉴。

通过这几年的接触我发现，地方文化研究比较容易先入为主，先有一个结论，然后根据这个结论去搜罗能够支持自己观点的史料，于是也就比较容易故步自封。我们江州义门陈研究过去就有这样的现象，现在大家逐步认识到了自己的局限性，正在逐步纠正的过程中。打破地域界限，主要是破除我们现有的方位和交通观念，努力使自己回归到研究对象所处的地域状态，庐山要回归到一个整体。要做到这一点非常非常难，但是再难也要努力去做。以前我总难理解，为什么在今天的柴桑牌楼去世的伯宣公被埋葬到了瑞昌流庄，观念一变茅塞顿开。广泛学习借鉴就是不要轻易排斥和自己立论相左的史料和观点，学术观点不一样是再正常不过的现象，学术争论不能以势欺人，得拿出理论依据去说服他人包括自己的论敌，这就是争鸣，这也是促进。

据我所知，关于杏林文化，有争议的地方并不多，而且压缩在很小的空间里。好争细枝末节，这是地域文化研究中一个很负面的现象。外地人去泰山去嵩山去峨眉山，即便是做山岳文化研究的，有几个人去关注它的文化和小行政区划变更的关系？太没有意义了。而实际上，非常多的地方文化工作者把相当一部分宝贵的精力，投入这样的研究当中，穷经皓首也在所不惜，在我看来意义极微。现在庐山市要打造中国杏林遗址园，你有《神仙传》董奉"后还豫章庐山下居"这一句就可以了，这就是建园的依据。把事情先做起来，做出了品牌什么争论都消失了。三国赤壁本就一处，因为苏轼一篇文章却活生生弄出了一个文赤壁。要说文旅打造的无中生有和浑水摸鱼，我们中国就是浙江人做得最好，我们九江就是德安人做得最好。德安车桥那么偏僻的地方，我们义门陈都创建了东佳大学，计划是今年开始招生，庐山市要好好向他们学习。

刚刚算是一点题外话，继续回到"杏林文化挖掘和史料收集"。在确立三项原则之后，我就努力去做三件事：一是制定目标，二是依靠团队，三是促进转化。

目标可以有长远目标和阶段性目标，不管如何一定得有，庐山市打造中国杏林遗址园，其中又有三馆一园，这就是目标。红军在中央苏区受到挫折要走出去，打出的口号是"北上抗日"，党史的很多事例非常值得研究，非常值得借鉴。短短28年时间，从五十几人的小团体到夺取全国政权，这里面有很多东西值得大家特别是创业者学习。做庐山文化研究快五年了，我感觉创新方面有心无力，主要是因为没有人难以形成团队，没有团队就没有承续，也就没有欣欣向荣的事业。希望以今天的研讨会为契机，在庐山市乃至在更大的范围形成杏林文化研究团队。一个人走得快，很多人走得远，说的就是这个道理。再有，就是纯文化人搞文化，也是难以持久难以把文化发扬光大的，这就涉及文化的成果转化。文化也是要为经济社会发展服务的，束之高阁的文化是没有价值的，只有转化带来增值，才能把其他行业的优秀人士吸引到文化领域，文化事业才能繁荣昌盛起来。今天到场的有企业家朋友，有教育界人士，刚刚讲到了德安东佳大学，我们温泉交通这么便利，以传统中医中药为核心办学更有优势。

最后我想就中国杏林遗址园的"三馆一园"即董奉纪念馆、南康医派博物馆、杏林馆和百草园建设再讲两句。我现在正在负责学校博物馆筹建，我们博物馆还有一个名头，叫"九江自然博物馆"，里面就有中草药版块。我现在信心不足，主要是担心建成之后毫无亮点，正是资金限制的缘故，只能量力而行。博物馆建设和运营是需要大量资金的。据国家指导性意见，展陈施工每平米是10000到14000元的投入。中国杏林遗址园规划起点一定要高，但你三个馆齐头并进，到底有没有这样的能力？我们博物馆筹建了快两年，进展还在展陈大纲上转悠。所以我觉得，与其最后建起来大家都觉得平淡无奇，不如集中精力财力打造一个精品，通过这个精品去吸引对董奉对杏林文化感兴趣的人士，一步一步把董奉和杏林文化宣传好。现在九江有长江国家文化公园项目，庐山植物园正在打造国家级植物园，中国杏林遗址园能不能纳入其中？我觉得应该趁势而为争取纳入，这就可以解决很多九江和庐山层面解决不了的问题。

◇ 2023年1月16日，参加健康中国策·杏林文化挖掘与史料收集研讨会

以上就是我不是很深入却发自肺腑的分享，真诚欢迎大家批评指正。转眼就是新春佳节了，祝振鹏先生和各位朋友身体健康、万事如意！

2023年1月16日

跟着小黑，也说庐山

　　昨天，网红导游"杭州小黑"发布了一个视频。题目是：庐山门票知多少？大意是：作为一个从业23年的导游，小黑也搞不清楚庐山门票是多少，他曾经计算过，不过算到一千四五百的时候就停止了。后来听说庐山被媒体曝光整改了，小黑便又计算了一下，结果是庐山核心景区门票676元，外围景区805元，哦呵，还是一千四五百块。不过这个总数字小黑没有说出来，而是以他标志性的憨笑拍掌结束视频。

　　我把视频转发给了九个相关群——再重申一次，我转发视频并不代表我同意视频观点，只不过说明我关注此事，同时希望有兴趣的朋友也关注一下，此外，我的转发量一般都是九或九的倍数——之后，马上有朋友跟帖留言反驳小黑："你干脆把全中国的门票都算进去！各种漂流都算门票？那庐山上的吃饭、住宿也应该算进去，估计2000000元！"

　　萝卜青菜，各有所爱，但是不要忘记人家可是浙江正宗官颁的"金牌导游"，是全网自媒体导游第一人，向来以快言直语著称，吐槽西湖楼外楼的糖醋鳜鱼不好吃的视频曾经火爆网络。人家之前也做过一个庐山西海主题的，九江人的点赞可是乌泱乌泱的。

其实，作为庐山周边人，大家对庐山门票的价格心知肚明。大门票160元，汽车站班线车上山单程25元，索道上山单程40元，体力好的话徒步上山交通费都可以节省，到了山上也不需要乘坐观光车，然后就只有吃住的花销。但是如此一来，朝圣不了白鹿洞书院、游览不了观音古桥、亲近不了庐山瀑布等，也是不争的事实。本地人一般惯性区分山上山下，可在外地游客眼里，庐山就是一个整体，而且我们做营销的时候，哪里不都是要加强"庐山"这个亮眼的前缀，连举办一个马拉松都要号称"庐山杯"。宣传时都是一家亲，收费则要分锅分灶，天下哪有这个道理！

近来，讨论庐山取消大门票的声音越来越大了，我以为这不仅是庐山甚至是中国旅游而今迈步从头越的大趋势。为什么越来越多的游客选择境外游？大部分正是对国内景区昂贵门票望而却步。庐山缘于人居而成为世界文化遗产，起始是这个原因，过程也是这个原因，如果不沿着这条路走下去，它会不会变成一座只有周边人涉足的空山、一座再无文化创新力的死山？有识之士是很有这个担忧的。庐山至今仍坚守一个很势利的政策，就是对新闻记者免票，用意何在路人皆知。信息时代已然经年，人人面前都是麦克风，人人都是新闻发布人，一个网红胜过千百记者，庐山还抱着这样过时的优惠政策不放，只能贻笑大方。与其节假日时不时抠抠搜搜给某些特定群体免票，不如取消大门票惠及普罗大众，让庐山成为人气高山。取消大门票之后，少数人文景点依然可以保留小门票，这种做法是有例可援的，世间盛赞小黑家乡西湖免费，请看中国网报道：

自2023年4月1日零时起，将恢复岳庙、黄龙洞、飞来峰、郭庄、三潭印月、钱王祠、木兰山茶园、城隍阁、玉皇山、万松书院、六和塔、虎跑、云栖、植物园、动物园、少儿公园及胡雪岩故居等17处公园景点的正常收费。

门票之外，小黑视频下面有很多网民留言吐槽庐山景区工作人员服务态度不好，关于这一点，我和庐山文化研究中心的同事们是有切身体会的。2020年有一天，我们集体去庐山博物馆、图书馆、档案馆走访交流，众人搭乘索道上山，在售票窗口通过查验身份证和工作证后购买了索道票，但在验票口一位博士被拦下了，工作人员说他身份证是外地的还需要提供户口证明，我们分辩说以前不都是身份证和工作证吻合便通行吗，人家高冷得很根本不搭理我们。

◇ 2013年8月10日，在庐山黄龙寺前集中的游客

最后当然是他赢，博士只得乖溜溜补票。2021年5月末，我们中心一行去庐山茶科所走访，茶科所办公室距离庐山南门入口三四百米，尽管我们说明了缘由，工作人员仍先是坚持要我们购买车辆45元的进山门票，买了车辆票之后又说我们几个人只有工作证不行，必须购买人员进山大门票。后来茶科所负责人出来迎接我们。

小黑导游的视频是多平台发布的，我看的这个视频刚刚了解了一下即时数据，如下：点赞9362，转发2.2万，收藏9813，留言3803，数据还在往上走。今天，庐山方面也作出回应，"庐山欢迎你"的公号发布了题为"庐山门票据说1400？"的视频，我朋友圈里有不少公职人员在转发，还号召人们"不传谣，不信谣"。随后，小黑也发布视频称"说我黑庐山，这我不认啊"，看来双方是掐上了！

我以为，庐山方面与其劳神费力去杠网红，不如趁机认真检视自己。

2023年6月23日

庐山：盲目护短遗患无穷

要问庐山拥有的众多招牌哪一块最璀璨，无疑就是"世界文化景观"！

在江西之外，随机采访一位没有到过庐山的路人，问他如果要去庐山旅游的话，都想看些什么？

大概率应该是：隐逸文宗陶渊明笔下的桃花源、慧远大师的净土宗祖庭东林寺、令浪子李白飘飘欲仙的开先瀑布、理学大儒朱熹中兴为海内第一书院的白鹿洞书院……

看来，庐山的真面目并不难识得，以上这些都是人文圣山不可或缺的加持符号，都体现着文化景观的特质气韵。其中，近代文人胡适的"三大趋势"占据其二，申遗时联合国专家考察的三大重地占据其二。

然而，听罢这番言辞，庐山的、九江的乃至江西的一些人却要告诉路人："非常抱歉，上面提到的这些都不属于庐山的核心景区，160元大门票都不包含这些，要去桃花源、开先瀑布和白鹿洞书院，都得挨个单独购票。"

最能体现山岳文化特质的景区大多被排除在核心之外，遍览天下，恐怕也只有庐山了。只是，他们还要诚挚告知路人："这都不是坑，我们几十年来都是这样的认知。"可是，一众路人能相信你吗？现在的路人甲路人乙，在网络世界可不是寂寂跑龙套的存在。

指责外人不明就里黑庐山的那些人，恐怕自己都不是十分了解庐山。不信我就问两个问题：如果说作为世界文化景观的庐山还包括石钟山和鞋山你相信吗？你分得清楚分别作为风景名胜区、自然保护区和5A级景区的庐山吗？

身为江西人九江人甚至庐山人不清楚这些，其实也不必妄自菲薄，因为庐山太复杂了，只是也不要轻易去指责对庐山的批评稍有纰漏的外人，否则就是滑天下之大稽。

所以在我看来，批评庐山门票价格之高，实质是批评庐山区划之乱。过去的乱象，可以推给历史；如今，以终结一山六治为目的而"进洞房"的庐山市转眼已经进入古铜婚阶段了，乱象依旧，真不知道某些人哪来的底气还能大言不惭去反驳外人？

有点短处不可怕，怕的是明知有短还拼命掩盖，那就是讳疾忌医、冥顽不化，必定遗患无穷！

2023年6月30日

关于长江国家文化公园江西段建设保护项目规划编制的意见与建议

　　一是感觉整个规划编制的亮点特色不够彰显、彼此关联不够紧密。汇报稿把江西沿江沿湖区域的文化类型进行了概括，即"稻作之始、鱼米之乡，青铜王国、世界瓷都，文献之邦、佛道源流，舟楫天下、江右商帮，桃源古村、奇秀匡庐"。这些，熟悉江右文化的人，看过之后就有印象，但是外人听了之后，未必能够记住。再者，规划编制比较局限于现在的行政区划，把文化区域完全现阶段化了，千百年前人们的交往并非如此。我经常举一个例子，我们义门陈始祖陈伯宣，生活在现在的九江柴桑区，去世后却安葬在瑞昌市，绕了一个大圈。过去我怎么都想不通，就是因为受到了现在的交通观念的束缚，现在尽走陆道，过去常行水路。长江波澜壮阔、鄱湖浩瀚无垠，我们祖祖辈辈逐水、亲水、利水、治水的脉络，可以作为一条很好的展陈线索。我期盼，高层次规划编制，能够带头突破那些妨碍文化融合和创新转化的界限。

　　二是感觉整个规划还可以更接地气。此项目是国之大者、省之重者，却是市之难者。因为这样的项目下沉到了市一级，最难经受住考验的是各方面的执行能力，这是客观存在的差距。我在九江生活了将近40年，感觉能被市民广泛点赞的市政工程不多，不过近年来有些起色，琵琶亭和抗洪广场改造提升以后市民纷至沓来，这就是口碑。所以一方面，建议规划编制加强科学指导性，帮助下面的任务落实单位突破局部利益和观念的瓶颈。另一方面，在规划方案实施之前把它分块包干带下去，充分听取任务所在地各方面人士的意见。既然主打的是文化，还要积极甄别、吸纳地方文化最新的研究和整理成果，让文化公园及展示更加亲切生动起来，这方面，前面提到的九江九八抗洪展陈馆就做得比较到位。

三是感觉庐山的地位被严重弱化了。汇报稿提到，庐山"为中国第一个、世界第十个世界文化景观，是此项目皇冠上的明珠"，但是这颗明珠在汇报稿中并不耀眼，现在汇报稿展示的20个核心项目，涉及庐山的只有一个"庐山课本剧场"，而且还没有标红，属于次要类项目。特别遗憾的是，汇报稿几乎没有阐释庐山和长江的关系，而这却是本项目最应该凸现的为数不多的亮点之一。我以为，庐山因长江而得利，长江因庐山而增色。孟浩然的《晚泊浔阳望庐山》，就具体描绘了山江湖的互济关系："挂席几千里，名山都未逢。泊舟浔阳郭，始见香炉峰。"当年李德立开发牯岭，正是因为长江中下游宁汉之间交通最为便利的就要算庐山。胡适提出庐山的"三大趋势"，放在任何地方放在任何时代那文化的分量都是沉甸甸的。所以说，作为人文圣山的庐山，作为江西少有的能够和世界对话的文化IP，虽然没有列入全国"优秀传统文化核心展示园"，其地位在江西也不该被弱化。

四是感觉九江被遗落的文化元素还不少。长达三年多的新冠疫情让我们重新认识了中医药。传统医药不仅是优秀传统文化的重要载体，更是在促进文明互鉴、维护人民健康等方面发挥着重要作用。而我们庐山，正是杏林文化的发祥地，它和樟树的南方药都文化是一脉相承的。还有一件我们九江自身也没有做好的工作，就是岳飞文化的整理和提炼。岳飞是伟大的民族英雄，他的母亲和夫人都安葬在九江。祖坟在哪里，家乡就在哪里，这是中国人的乡愁。家是最小国，国是千万家。千百年来，家风家教的培育传承，一直滋养着中华优秀传统文化。九江有不少影响力巨大的家族，如义门陈、磨刀李、样式雷等等，现在的规划编制都还没有把这样囊括进来，一是建议对其进行深入挖掘和导向性补充，二是建议进行系统性规划而不是碎片化打造。

2023年7月13日

◇ 2023年6月16日，陪同胡振鹏、胡迎建先生等人参观国家长江公园九江段琵琶亭景区

问题，解决一个少一个

多元化的九江文化要解决的问题很多，窃以为有两点宜摆在需要优先解决的位置，如下：

一、正名成事莫摇摆

坦率地说，眼下的江西文化界，存在一些问题。因为在全国来说，我们江西的文化名称始终明确不了，围绕着"江右文化""赣文化""赣鄱文化"争来夺去。而我们的九江文化界，在全省范围里同样如此。因为在全省来讲，我们九江的文化名称同样明确不了，"浔阳文化""江州文化""九江文化"长年摇摆不定。本人最早参与的由市政府领导牵头组织的主题调研，已经是八年之前的事情了。

古人云，名不正则言不顺，言不顺则事不成。可见，名称不是微不足道的小事，它是凝聚人心的旗帜，是协调步伐的号令，关乎事业的兴衰成败。经过多年的探讨，目前九江文化界基本上把共识聚焦到了"浔阳文化"和"九江文化"上面。这两个名称，各有所长也各有所短，无论哪一个都能立得住脚。我觉得政府部门可以把

"正名"的这个责担起来，如果觉得有压力，那也可以把决定权交给民众。关于这点我早就提过建议，就是进行大众投票，在"浔阳文化"和"九江文化"当中二选一，实际上这也是推介九江文化的有效途径。

二、条分缕析辨虚实

九江文化到底有多少类型，随便一个九江人都可以摆出七八项。其中，哪些是厚实得可以立起来的呢？

7月6日至7日，省委书记尹弘在庐山调研时强调，庐山拥有得天独厚的历史文化资源，要进一步统筹自然山水和文化禀赋，充分挖掘庐山诗词文化、书院文化、宗教文化、红色文化的丰富内涵，讲好庐山故事，切实做好文化与旅游融合发展的大文章。其中，我除了对红色文化有点狐疑，其他三项均手脚并用表示赞同。此外，如果将九江地标性质的庐山文化广而化之到九江全区域，我想补充以下几项：

一是地质文化。我们讲文化，不能一味尚古，而是要不断创新，要面向未来。所以要多讲科学的文化和文化的科学，要融文化于科学，比如，我们可以从"横看成岭侧成峰"讲地质构成，从"人间四月芳菲尽"看气候变化，从"晚来风信好，并发上江船"分析江湖互济关系，等等。

二是报国文化。报国和爱国是有区别的。爱国更多的是一种情感和思绪，报国是一种行动和效果。我们讲"报国"的时候，经常加上"舍身"这个前缀，也就意味着，报国常常伴随着牺牲，牺牲

观庐浅语

自己方方面面的利益，乃至生命。大家知道，那位在儿子背脊上刺写"尽忠报国"的老人家就长眠在我们九江。受此影响，在九江境内，古往今来有许多鲜活的舍身报国的人物及事迹。

三是家族文化。千百年来，九江养育了众多在中国历史上影响深远的大家族。如唐宋朝廷多次旌表的孝义传家义门陈，深藏大山之中的李唐皇室血脉磨刀李，其他还有修水双井黄氏、都昌江万里家族、永修样式雷、义宁陈门五杰等。目前对他们的介绍比较零散，宜由点及线、由线及面进行统筹挖掘整理提炼融合升华。

四是商贸文化。城市城市，有城有市，因为有市，城才有活力和生命力。九江历史上是著名的米市茶市瓷市，特别是上个世纪初期，现代工商业在江西最为发达，在中国近代史上也占有一席之地。我以为，认真梳理这方面的文化脉络、深入挖掘这方面的文化内涵，是让九江的历史与未来对话的重要途径。

至于其他方面如杏林文化、非遗文化等，感觉目前史料的挖掘整理及学术研究成果难以支撑其作为九江主体文化类型进行推介，因为比较虚，暂且只能忍痛忽略。

2023年8月1日

庐山体制改革终露曙光！

今天18点42分，"中国庐山发布"放出重磅消息——《关于庐山景区实行"一票多次多日使用制"的公告》。核心内容有两条：一张大门票可在七日之内畅游山上牯岭及山下十大景区，每年3月份上述景区免票一个月。瞬间，这条消息在朋友圈霸屏。

看罢，我和大部分朋友感受一致：庐山，你终于大气了一回！这是庐山市自2016年5月30日成立以来，体制改革迈出的坚实一步。

不管庐山市相关人士如何解读庐山体制改革，对于局外人来说，成立庐山市的显性目标就是要终结一山多治的局面。范缜云："形者，神之质；神者，形之用。是则形称其质，神言其用，形之与神，不得相异也。"不能了解内情的人们，看的自然是事物的表象，我也不例外。

庐山市成立之前，就撤销了星子县，然后把原星子县下辖的一个乡镇改为星子镇以资纪念。现在九江汽车站，还有线路牌为"九江—星子"的班车，不过它不是驶往星子镇，终点依然是过去星子县城南康镇。前不久，杭州导游小黑诸鸣发布庐山大门票的视频，庐山官方的回复依然是山下十大景点不包含在庐山的核心景区之内。这些，都是能够体现内质的外形。

但现在终于有所不同。虽然今日发布的公告继续采用"庐山核心景区（5A级景区）和其他十大景区"这样的表述，但既然已经都在一张大门票之内，实际上已经把整个庐山上上下下的重要符号融合到了"核心"当中。这是虽然不情愿但彼此认同的一步，是虽然不情愿但忍痛割爱的一步，是虽然不情愿但痛改前非的一步，这是一次"革命"，所有关爱庐山的人们都应该为庐山点赞。

如今国内大多数景区收入都很依赖门票，庐山可能也不例外。但这次庐山还有一个大气之处，就是门票和观光车一样，时效都是一周。我的看法是，短时间内，庐山门票收入可能会有一定程度的

◇ 2023年8月22日，拆除喷泉重新蓄水之后的如琴湖

下降，但机遇也在变局中，后面就看山上山下包括周边区域，能不能及时改变并丰富旅游业态，让"游客"变成"留客"，如是，则庐山重登江西旅游龙头之位的日子就不远了。

其实，庐山之前还有一个动作，动静不大，可以看好。

7月20日，庐山风景名胜区联合党委成立大会暨揭牌仪式举行。庐山风景名胜区联合党委的主要职责是，发挥政治引领作用，突出党组织的政治功能和组织优势，主动联络、协调、服务驻山单位，推动实现改革共推、组织共建、大事共议、治理共抓、资源共享。

庐山有不少驻山单位。庐山要推行全域旅游，它们如果不能融入其中步调一致，必然会有所掣肘。成立联合党委，关键在落实。东西南北中，坚持党的领导。疫情三年，属地管理的重要性进一步彰显，期待庐山景区联合党委发挥更重要的作用。

庐山真面目，冰清还映玉。以上都是庐山体制改革的曙光，相信它将给庐山这座风光秀美、文运昌隆的人文圣山带来更绚丽的未来。

2023年8月2日

觀廬淺語

专题篇

ZHUANTI PIAN

"重振白鹿辉煌，再现书院荣光"之感性说

1. "重振白鹿辉煌，再现书院荣光"是仿照市党代会口号拟制的，时下的提案、建议暂时还没有这个说辞，但都是这个意思。

2. 重振也好再现也罢，愿望都很好，但整新如旧行不通。

3. 古代书院的三大功能是：教学、藏书、祭祀。单项还原其一都不可能，更遑论缺一不可捆绑来复兴。

4. 把一个或几个学者请到白鹿洞短时间讲学可行，请他待上一两年不现实，除非他彻头彻尾真学陶渊明回家只种豆喝酒，只是当下学陶渊明的，十之八九是骗子。

5. 学术界也是一个个的圈子，圈子需要经营，全凭网线沟通感情肯定不行，谁也不愿意被边缘化、被遗忘。

6. 如今是电子信息化时代，藏书只能是书院的装饰性点缀，放几万册纸质图书到白鹿洞，除了提升火灾风险等级，别无他用。

7. 祭祀可以有，也只能是在重大文化节点举行，不能做成大唐不夜城那样的日常性表演，外围要做，也不能破坏书院的静谧。

8. 当下说到古代书院现代版必然提及岳麓书院，实际上那不是岳麓书院薪火相传，而是一所985大学碰巧选址在老旧的书院。

9. 一所985大学，不仅在省内是骄子，放到全国也是宠儿，所以岳麓书院不可复制，能复制的话就不止一所岳麓书院，双一流郑州大学加持的嵩阳书院，状如白鹿洞。

10. 白鹿洞书院整体划拨九江学院只需要大领导一句话，但九江学院这匹瘦马拖不动白鹿洞书院这架老车。

11. 要想白鹿洞书院摆脱目前单一景点的模式，值得去做，有事可做，需要政府高位统筹，学界、商界沉浸投入，三者均不可或缺，否则必定烂尾。

12. 一个挂靠在省政府的常规议事、办事机构必不可少，最好要有副省级干部领衔挂帅。

13. 规划要高屋建瓴且有回旋余地，把教导团旧址、共大旧址、海会寺旧址、星庐瓷土矿一并划入，不提倡大兴土木，更不能

◇ 2019年1月2日，九江学院庐山文化研究中心在白鹿洞书院举办"庐山：诗文与国乐"活动

破坏五老峰一带山麓的天际线，那是庐山自然风光最瑰丽的区域。

14. 资金必须得到保障，可以发行专项债券，这方面政府最有办法，政府要做出承诺，给学界注入激情，让商界树立信心。

15. 不能食古不化、死硬抱残守缺，要注重扬弃与继承相结合，与时俱进开拓创新，坚定不移走产业化、市场化道路。

2021年11月5日

觐庐浅语

关于白鹿洞书院的两点思考

今天在白鹿洞书院参加纪念朱子892周年诞辰祭祀典礼暨部分参加"朱子教育思想的时代价值"研讨会，有两点思考。没人看的话，就是感触；有人特别是谋事者看了的话，那就算建议。

一、祭祀典礼宜制度化、规范化

经常遇到这样的怪事，在家一天没人找，出门一刻一堆事上身。今天活动期间接到不少电话，朋友们听说我在白鹿洞书院参加这样主题的活动，诧异点都集中在"朱子892周年诞辰"上面。我调侃说可能是890周年的时候遗忘了，现在把它补上。这当然是开玩笑，但实际上也说明大家都看得出来，这次活动属于"临时起意"。近两年组织过类似活动的人都有体会，在目前疫情依然反复的大环境下，举办一定规模的线下活动是要承担风险的。"躺平"的人干不了这活，所以我觉得白鹿洞上下还是有想做事的人的，这也是我继续唠叨的动力。

白鹿洞书院如果不甘心"躺平"成"山上做明珠、山下串珍珠"的一颗普通的庐山"珍珠"，就必须从古代书院授业、祭祀、藏书等功能中选择一二进行恢复和弘扬。

今天的朱熹诞辰祭祀典礼就是书院传统功能的一项恢复，既然开了头，就应该把它做好。

作为中国近七百年的理学大趋势的代表，白鹿洞书院是最有理由祭祀朱熹的机构，而且这也是白鹿洞区别于其他地方及其祭祀主题的特殊所在。所以我以为，每年农历九月十五或公历10月18日朱熹的诞生日，白鹿洞书院应该确定一个日子固定下来，持之以恒地举行祭祀活动。一般的年份参与人员可以相对精简，但仪式感不能弱化；逢五逢十特别是逢十，一定要隆重举办。这些，必须载入白鹿洞书院工作规程，制度化挂在墙上、深入人心，如此，才能避免因为领导更迭而朝令夕改。

◇ 2015年6月9日，陪同复旦大学葛剑雄教授参观白鹿洞书院

二、学术活动宜个性化、流派化

白鹿洞书院贵为海内书院之首，不是因为它的官方地位，应天府书院才是古代书院中唯一一个升级为国子监的书院；也不是因为它学生的成才数量，白鹿洞书院一共培养了3位状元、102名进士，而白鹭洲书院一共培养了15位状元、2500名进士。奠定白鹿洞书院古代第一书院地位的，是它贡献的思想。

首先，毋庸置疑的是朱熹制定的《白鹿洞书院揭示》，这些内容其实并非朱熹原创，而是他的综合归纳。这些条目散见于他处时也都是金科玉律，朱熹把它们融合到一处，更是发生了超燃的化学反应，使之变得更加熠熠生辉。宋淳祐六年即公元1246年，"理宗诏颁《白鹿洞学规》于各州府县立石"，于是它便成为全国书院奉行的教规，白鹿洞书院闻名天下盛极一时。

除此以外，便是淳熙八年即公元1181年朱熹和陆九渊之间著名的"义利之辩"，还有1521年王阳明的白鹿洞会讲。这些顶级学术活动，不仅大大推动了书院的讲习之风，更是为中华文化贡献了原创性思想，也巩固了白鹿洞书院的崇高地位。

所以，逢五逢十祭祀活动之外，就是要搭建学术交流交锋平台。只是，白鹿洞书院要重振往昔雄风，不能只看举办活动的多寡，而是要看在这个平台发出了什么声音。

现在白鹿洞书院举行的各类学术活动，经常邀请一些功成名就的学者出席，看起来阵势庞大，实际上多是老调重弹。我以为，白鹿洞书院要采取一定的手段，有心在全国文史哲研究领域去物色一些苦于找不到展示平台有思想的新锐学人，最好让他们同台竞技，从而取得朱熹制定学规那样的"化学反应"。这些有学术个性的新锐，如果有百分之一二登上了其领域的巅峰，他一定不会忘记白鹿洞书院是他思想观点的首发宝地。不要觉得这个比例很低哟，白鹿洞书院千年历史，真的为它增辉的有几人？

如果这些新锐学人，通过在白鹿洞的交锋辩论，或是找到志同道合的战友，或是明晰肉搏厮杀的对手，继而有幸形成了若干学术流派，那白鹿洞书院对中国社会的贡献，就能提高到辉煌层级了。

2022年10月10日

親廬淺語

可供白鹿洞书院借鉴的陶然亭华夏名亭园

上大学之初，我从一篇文学作品中知晓了北京有个老百姓非常喜欢去的地方，叫作陶然亭，于是记住了。时间荏苒转瞬已是四十余载，作品细节早已随风而去。为了写这篇文字，刚刚查询得知，这篇作品是著名作家邓友梅的短篇小说《话说陶然亭》，获得了全国第二届优秀短篇小说奖。二十世纪八九十年代获奖的优秀短篇中篇小说都会结集出版，我购买了很多年，里面的小说大部分都看过很多遍，遗憾的是现在大多忘了个精光。

这次能去陶然亭并非刻意安排，完全是因为距离住处比较近。我现在每到一个陌生的地方，住下之后，就会用地图软件搜索附近的名胜古迹，以便空余时间开开眼界。这次我搜索之余还弥补了一点常识，即我们国家有四大名亭，分别是安徽滁州醉翁亭、杭州湖心亭、长沙爱晚亭和北京陶然亭。高德地图显示，陶然亭距离住处步行时间不过半个小时。我前不久去了爱晚亭，年内大概率还会去湖心亭，现在与陶然亭毗邻，不去结个缘日后必定会堵心的。

这一去还真是值得，因为陶然亭不仅是我大中华首善之区既阳春白雪又下里巴人的一座大型公园，更是我们国家十分罕见的一座

"亭"博物馆。

公园深处辟有一处"华夏名亭园"，石碑文字介绍得很详细：华夏名亭园先后选择、仿建了全国各地名亭10余座，其中有位于湖南汨罗纪念战国时期楚国伟大诗人屈原的独醒亭，位于浙江绍兴纪念晋代大书法家王羲之的兰亭和鹅池碑亭，位于四川成都纪念唐代诗人杜甫的少陵草堂碑亭，位于江苏无锡纪念唐代文学家陆羽（世称"茶神"）的二泉亭，位于江西九江纪念唐代诗人白居易的浸月亭，位于安徽滁州纪念北宋文学家欧阳修的醉翁亭，以及由北京市园林设计研究院设计的纪念诗仙李白的谪仙亭和建于中南海的云绘楼清音阁等。茂林修竹中，亭阁座座，甍宇参差，争妍竞秀，异彩纷呈。整个亭园，浑然一体，风光无限。

虽非刻意寻觅博物馆，却意外收获了一处博物馆，真是让我欣

◇ 2016年6月2日，陪同北京大学周其仁教授参观白鹿洞书院

喜异常，当下便想到了白鹿洞书院。

之所以想到白鹿洞，是因为之前与关心白鹿洞的朋友们交流时了解到，白鹿洞有了新的改扩建计划，但到底建什么还没有明确。去过白鹿洞的都知道，其南侧有一处"女性诗碑园"，是乘1995年世界妇女大会的东风建的，初心应该是吸引女性游客，可惜事与愿违，现在园子基本处于荒废状态。所以说，一处文化古迹要改建扩建，不是有愿望加持、有资金垫底就能实现的。而今吧，岳麓书院已经捷足先登，举全省之力建设了中国书院博物馆，白鹿洞再也难以步其后尘，那么，是不是可以借鉴陶然亭手段，按照一定比例全部或部分仿建古代其他三大书院即岳麓书院、嵩阳书院和应天府书院，如果资金富裕，再把江西其他著名书院如白鹭洲书院、鹅湖书院、东佳书院等等仿建进来，如此，形成了一座"华夏书院园"，你白鹿洞海内第一书院的领袖气质不就彰显出来了吗？！

古代每一座书院都有自己的固定粉丝，在白鹿洞能够看到心仪之所，他们心中一定会充满感激之情的，这就像我在陶然亭公园寻访到我们九江的浸月亭（烟水亭）一样。

2023年5月25日

秀峰"死"了

一向不喜欢用这么灰色、沮丧的词语，何况是做文章的标题。

但这，就是我此刻真实的心境。秀峰是庐山的一个景区，而且还是一个曾经非常著名的景区。然而，我对她，绝不是游客的心态，因为这是养育我的地方。我出生之后的几年，以及二十世纪七十年代初的一两年，那些寂寞而又快乐的日子，就是在这度过的。

自古至今，对秀峰最有发言权的只有两位古人，一位是李白，一位是苏轼。李白在秀峰写就《望庐山瀑布》，曾经，只要到过秀峰的人，都会叹服她令文豪们折腰的魅力。

秀峰寺与归宗寺、栖贤寺、万杉寺、海会寺并称"庐山五大丛林"。除了文豪的赞誉外，还能感受到秀峰的王者之气。史载，五代十国时期的南唐李璟，认为此地"仙灵咸栖"，依山筑起由"芸阁花宫"构成的读书堂，经年攻读于此。公元 943 年李璟嗣位成为南唐中主，不久便将书堂旧址扩建为寺院，赐名"开先"，取开国继先祖之意。而及至清代康熙年间，名僧超渊入主开先寺，因管理寺院得法，深得朝廷赏识。1703 年，康熙手书《般若心经》一卷，命大臣张志栋专程送至寺内供奉，后又书赐江淹《从冠军建平王登庐山香炉峰》诗。

1707 年春，康熙皇帝南巡时，超渊和尚前往淮安接驾，并一路陪同至松江。康熙感受到超渊对自己的赤诚，依开先寺诸峰秀集、各施其妍的景致神韵，御书"秀峰寺"以示抚慰。太子胤礽也赐书"洒松雪"三字，一并刻碑存于寺中。

以我的体验，秀峰的魅力，概括起来就是八个字：峰柔、瀑伟、峡幽、潭秀。

秀峰由龟背、香炉、双剑、鹤鸣、姐妹、文殊诸峰组成。除双尖峰屹立冲天，其他山峰都体现了庐山的阴柔之美。庐山谷深壁峭，山泉瀑布飞泻于各处，开先瀑布作为其代表，"飞流直下三千尺"，便是它雄伟气势的生动写照。开先瀑布之旁还有一处马尾水瀑布。双瀑奔腾而下，合流青玉峡之后，更是气势蓬勃，飞泻"龙潭"，然后"漱玉"溢出。宋人洪明的诗赞"山瀑两道泻，木叶四时春。日暝不知去，鱼鸟会留人"，镌刻在景区大门两侧。

我在秀峰时的寂寞，是因为没有玩伴，平时只有两户人家。可到了开培训班时就热闹了，不仅食堂有馒头包子，还有露天电影，十几遍《南征北战》就是这时候看的。我在秀峰的快乐，除此之外，还有漫山遍野去采野果，尖栗、毛栗、饭米徽、麦泡，都是极可口的零食。门前的沟里就能抓鱼，兜篮埋到下游，下到水里赤脚往下赶，提起来就是河鲜。沟里除了游在水里的鱼儿，还有喜欢藏在泥里的泥鳅，抓泥鳅是父亲的强项，他在前头把水坝住，不一会儿水放干了，就一截一截把泥翻起来，里边的泥鳅就挣扎着跳出来，成为我们的美餐。母亲每天洗碗筷，都是一股脑把锅丢到沟里。那时候，家里是不需要买柴砍柴的，每次大风过后，我就跟着父亲去捡被风吹落的枝丫。

夏天，到潭涧划水更是少不了的。龙潭水深，只有父亲在家才可以去；如果父亲不在，就去老山门那里的八字堰。说实话我并不是很喜欢划水，因为秀峰蚊子多且毒，一咬就痒，一痒就抓，一抓就破，一破就发炎，所以夏天腿上都是花花绿绿的，一下水就成了大大小小石鱼的目标，抓不着，赶不走，烦死人。不过，这一点都不能冲淡我对秀峰的好感和怀念。

◇作者童年摄于秀峰

我家搬离秀峰已经整整四十年了。离开之后，无论是在上学，还是工作之后，隔段时间，我都会回秀峰去看看。而且随着交通的日渐便利，回去的频率也越来越高了。记得母亲还没调到宣传部的时候，我独自跟着父亲在县城上小学，星期天往返秀峰和县城都是徒步。最悲催的一次是父亲下乡做工作队去了，我从县城步行去了秀峰，而母亲却带着弟弟从秀峰来了县城。喊有什么用，叹有什么用，总不能留在那里饿着肚子喂蚊子，只得饥肠辘辘乖乖地走回来呗。以前高低起伏、左弯右拐的沙土路，小孩子徒步要两三个小时，现在道路硬化了、宽阔了，开车几脚油门就到了。沧桑啊！

就在这不断的归来往去中，我也渐渐感受到了秀峰的变化，特别是在我有了一点阅历之后。

二十世纪八十年代中期，在秀峰的机关单位陆续搬离，秀峰开始作为一个纯粹的景区而存在。那时，秀峰还是星子旅游的龙头，一个可以佐证的事例就是秀峰宾馆当时是县政府招待重要客人的场所，就像现在这种活动都安排在温泉景区一样。而且，这里曾经还是县旅游局的办公地点，因为在那时，仿佛只有秀峰才配得上旅游这个概念。虽然有络绎不绝的客人，但秀峰的清丽和幽静还在。

　　后来，秀峰走向破败。数据最能说明问题。据九江市旅游局《2014年十一黄金周九江市主要景区旅游接待人数》披露，国庆黄金周期间，星子旅游的新贵温泉景区接待游客37.51万人，而相距不过几公里，曾经的龙头老大秀峰，只有可怜的5.71万人。泪奔吧！

　　而今的秀峰，山峰还是那么挺拔，可已经不再那么俊秀，长年累月笼罩在灰蒙蒙的雾霭之中。当年远望过去的那片翠绿，已经日渐稀疏，山梁裸露，就像垂老之人脸上的道道风霜皱纹。随着群峰山涧来水的减少，最能引以为豪的瀑布早失了银河倒挂的气魄，一息尚存总好似要被风吹打散去。空闲的索道吱吱作响，诉说着自己的无奈，也击碎了青玉峡的寂静。一场泰利台风让龙潭淤塞了不少，却又不见疏浚，下游的八字堰及分岔几条溪流都深受其害。我也细细观察过水中的生灵，鲜艳的花斑鱼明显少了很多，只有那唤作麻鸡楞子的，还有些在水中游弋。最令人感叹的是流淌着最真切、最美好、最丰富记忆的门前小沟，原来水底下都是沙泥，现在都是上游冲下来积淀到这儿的鹅卵石，曾经的深沟几乎要被填平了。而且，除了沟旁的杂草，水中，已经难寻生物。

　　会有一些也爱着秀峰的朋友会不认同我的看法。说这么些年，我们立了"秀峰参天"的竖碑，我们塑了李白的雕像，我们还要重建开先古寺……现实给我们的教训就是，不科学的作为比不作为为害更甚。为了索道的运行，在不到两百米距离的漱玉亭和八字堰，修建了两座石桥；为了满足餐馆客人的垂钓，筑坝截断溪流。

现在，又在修建开先寺封闭围墙，让本来空间就不大的秀峰更显局促。

所以我说，秀峰"死"了。形迹尚存，灵秀尽失，痛心疾首噫！

2015年4月19日

観廬淺語

秀峰缘分

今天，大年初二。中午，在温泉醉石土菜坊和来自阿尔伯克基、北京、南昌、九江的众位友人话别，我独自返回县城。驶过东山在观音岩下坡，灿烂的阳光从侧后铺洒过来，感觉青山暖暖，格外妩媚。

转瞬，庐山瀑布就出现在左侧，不大的水流在阳光的映照下如一条白丝带微微起伏，我顿时灵光一闪：此等光景，独游秀峰不是很有情趣的选择吗？上次还是写那篇《秀峰"死"了》的时候来过秀峰，那时满怀忧虑，不仅诉诸文字，后来还在本地很多还算高端的场合大声呼吁过。听朋友说有些项目已经叫停，现在正好可以亲自探究一番。

今天的秀峰，游客盈门，且多是扶老携幼的家庭模式，停车场已经没有了空位，后到的车辆只能停到公路两侧。我刚刚随着人流走进山门，就听到有人大声问候"新年好"，定睛一看原来是以前的学生陈立。陈立2000年毕业之后就去了上海，发展得非常不错，在静安寺旁那样的中心地带置业，儿女双全，还热心公益，投身于星子上海同乡会的诸多事务。我们去年暑假在上海见过面，他请我在三林镇吃上海土菜，记忆犹新。因为他出我进，不便多聊影响他人进出，合影之后分手。

经过"秀峰参天"的石碑，游人都随大流从左侧的大道行进，我则独自从右边的台阶拾级而上。台阶旁就是我抨击过的秀峰寺实体围墙，南侧墙体果然已经被推倒，西侧墙体虽然耸立，但依旧是上次看到的毛坯。上坡到平地，看到原本已经建好了一道门，不过现在门沿好像被机械损坏过。

就在我走进围墙不一会儿，感到身后有人沿着围墙内侧从山上下来了，转头一看，依稀是应金一家三口，走近一看，果然。应金和陈立是同班同学，在九江打拼几年之后去了广东，扎根创业，其乐融融。我们年前在一起吃了年饭，没想到隔了几天又在秀峰偶遇。他们也已游览完毕，所以照例在合影之后分手。

眼前是曾经的党校两层灰砖办公楼，已经辟为五观堂，我没有在那多逗留，直接登上双桂堂。几年前来双桂堂的时候，前厅还是售卖砚台和字画的商店，现在已经挂起了门帘，看情形应该是恢复为僧寮了。阳光依旧灿烂，透过浓密的树叶照射在地上，斑斑驳驳，使不大的庭院显得愈加寂静。东侧的桂花树的阳光下，一位身着褐衣、梳着发髻的小姑娘正坐着品茶。我现在年纪大了，就有了喜欢说旧事的毛病，端详了一阵小木楼之后，像是自言自语，也像是特意对着她说："以前我就住在这里。"小姑娘原本没有搭理我，听了这句话，却抬头接了腔："以前也有一个女孩这么说过。"

我把脑筋飞快地拧了拧，想不起这女孩该是谁，就问她。小姑娘回答："她叫芒果。"哈哈，原来……我马上致电芒果。巧得很，芒果正带着她妈去我家拜年，我说心意就领了客套就免了，你来秀峰吧。

芒果连说好，还告诉我双桂堂的小姑娘名叫橘子，正正规规的上海大学中文系毕业生，她们两年前相识，初见就好像前世已经认识了。

橘子看我是她朋友的熟人，谈吐又好像有点文化，就跑去取出庙里编撰的《开先古寺》画册送给我，还非得让我坐在铺了坐垫的石凳上。

不大一会儿，芒果就赶来了，橘子取出福建铁观音和北京居士寄来的点心，我们边品茶边开聊了。

橘子告诉我，她不仅是上海大学中文系毕业，而且是地地道道

◇ 2016年2月9日，和橘子在秀峰双桂堂

庐山文化传播丛书

的上海人，读小学的时候，经常去华东师大看丽娃河，还去长风公园游玩。我当年就在华东师大进修，丽娃河是我们晚间散步的胜地，我们住的公寓距离长风公园仅仅隔着一条枣阳路。说完上海，我们又回到秀峰。我对橘子介绍了那篇《秀峰"死"了》的梗概，我说，为了寺庙的复兴，师父们肯定付出了很多心血，修建围墙定然也是万般无奈之举。但恕我直言，秀峰是先有山水，才有读书台；先有读书台，才有开先寺；先有开先寺，才有秀峰寺；先有秀峰寺，才有秀峰景区。

你现在修建围墙结结实实框住了寺庙，而这只是景区一个很小的范围。围墙不仅把秀峰的山水隔绝开，而且把和寺庙密不可分的墓塔和碑刻全都摒弃在庙门之外，围墙易建不易拆，以后再想回收就难了。橘子没有和我辩论，只是告诉我，围墙被停建的那一刻，她和很多人都流下了眼泪。她说，现在只有建庙的，哪有拆庙的。我祝愿橘子的师父能够高起点复兴秀峰寺，那时候才会知道，当初拆除围墙是一件多么幸运的事。我们担心的是，景区的经营者没有从事旅游业的经验，只顾着把肉捡到自己碗里，没有人文历史情怀，那这真是"绿水青山枉自多"了。芒果告诉我，橘子的师父是一个很有个性的人。我说有个性好，有个性的人认准了目标才会坚持。上月28日我参加了万杉寺重兴20周年庆典，能行法师来万杉寺的时候，才28周岁，哪有现在这么好的大环境。有了好的当家人，万杉寺能重兴，秀峰寺一定也能。橘子对此信心满满，她说，师父是一个修行人，自小出家，人品高尚，大公无私，懂得秀峰的珍贵，定能用心恢复古寺，使其秀美与人文再显于世人眼前！

大家都是性情中人，越谈越见真心。我问橘子她是怎么初入佛门又是怎么来到秀峰的。橘子说，读大学的时候曾请教老师人为什么来到世间，老师说解答不出来，后来到庐山旅游，正巧听到师父讲经便被深深吸引，领悟到很多道理，于是便皈依了。而且，自己的家庭有信仰宗教的传统，所以也没什么阻碍……我们不知不觉说了很多，芒果提醒我，快到橘子的功课时间了，只好起身，合影之后分手。

　　今天的本意是独游秀峰，没想到接连遇到友人。本不熟悉的橘子，也是友人的友人，以后也可能成为我的友人。这就是我的秀峰，我和秀峰的缘分，温暖的缘分。

2016年2月9日

故地说往事

外面的雨渐渐停了。母亲见女儿一天基本没怎么活动，就动员她出门走走。女儿正玩手机玩得不亦乐乎，当然不愿出门，被奶奶催得多了觉得烦，就说我去你也要去。母亲本是不想出去的，让孙女这么一要挟，咬咬牙就说走吧。

我从阳台西望，但见开先瀑布的水势很大，便决定去秀峰走走。此时已是下午将近4点，秀峰一定非常清静。

果然！进了秀峰，平日喧闹的店铺均已收摊打烊，滚雪球似的旅行团也不见踪影，来去前后只遇到屈指可数的几个游人。我们也不走远，到了龙潭便返回，非常惬意地闲逛。母亲看见一个僧人在大殿前敲锣，便问那橘子还在不，我说在，但现在是人家做功课的时间，不能去打扰。

母亲说，你写什么秀峰"死"了，不好。死了就没有了，应该是秀峰病了，病了还可以治愈。

走到以前居住的平房，看着茅草丛中颓圮的断墙，母亲努力回忆起我们家在秀峰居住的起止时间。我说就以我们兄弟三个的出生为坐标，然后得出的共识，就是1962年到1968年之间。

思绪往回一拉，话题也说开了，母亲感叹那时候女人命贱。她说，两次人工流产，她都是自己一个人从秀峰走六七公里到县城，做完之后又走回来。回到家，先帮我们兄弟洗澡，洗完澡又把衣服端到龙潭去洗。下放花桥公社桥北大队的时候，从大队搬家到下屋王家，当时我们兄弟三人正逐个出麻疹，搬家都是母亲独自操持，一个一个把我们兄弟背到新居。女儿问爷爷去哪了。母亲告诉她那时候纪律很严，爷爷下放在另外一个公社的大队，不到礼拜天是不能随便离开的，如果礼拜天临时有事情，也不能离开，而且也没有加班、补假一说。

　　母亲还说道，像我这样的还不算什么。有的妇女怀着大肚子，上午照样要干农活，中午肚子痛狠了就回家生孩子，孩子生下来自

◇ 2016年5月15日，和母亲、女儿在秀峰漱玉亭

己处理干净污秽，下午又回到道场上去干活。年轻的时候扛一扛，当时好像没有事，实际上都埋下了病根，所以那个年代的人寿命都不长。

　　有人说百十年来中国没有什么变化。客观地看变化还是有，而且具体到某些方面变化还很大，比如说妇女解放和男女平等，这方面的变化可以说是翻天覆地的。母亲是这些变化的经历者，她回忆这些往事的时候，语气平缓、平淡，听不出有什么抱怨。母亲说的这些，女儿都听到了，不知道她有什么感触没有？

2016年5月15日

亲庐浅语

秀峰观雪景未遂后感

　　一场于九江而言时间有点长的中雪，火速培养了一批具有分享欲或炫耀精神的摄影家、旅行家、鉴赏家。这段时间，我一直待在老家星子，做些自己该做的事、想做的事。大部分时候，心是静的。然而一日下午，饱受朋友圈图文的蛊惑，终于不能免俗，决计出去走走，看看雪景。确定了出门，马上就有了目标，这几乎是不假思索就冒出来的，如果熟悉我的生活轨迹就知道，目标是秀峰。

　　铲除车上厚厚的积雪费了一点功夫，但也不错，活动了一下困倦的身子。此时，门前的秀峰大道上已是车来车往，地上的积雪早被它们碾压得挥发了，道路中间竟不见一些湿的痕迹，但大家都还是把车开得彬彬有礼。在我前面百米开外，曾有辆车要横穿马路。如果是平时，它自然是不顾左右地穿过了，但今天却老老实实待着等待，因为司机对我的速度及观察力实在是没有把握，大雪天嘛。

　　几分钟就到了秀峰，平时还能停些车辆的停车场此刻更是冷清，一二三四五，也就不到十辆车吧，有几辆车从其霸气的停靠姿势可以看出，车主不会是游客。下车之后，我朝景区进口看看，门似乎是关闭着的，看看超市出口，也是铁将军把门。这时，一位保安笑吟吟走过来，我问他是不是封闭了景区，他说是的，因为里面倒了很多树。

虽然在秀峰住过几年，但我对它的冬天确实没有什么印象。估计是那时候秀峰太冷清，到了冬天没有培训开班，我们肯定是闷在家里跟大人烤火，拢共就那么几户人家，都住在那唯一的一排房子里，还总在房子顶东头共用的厨房里碰面，故而也省略了串门的必要。出家门就是沟沟坎坎，大人一般不放、我们也不敢出来。

保安可能是觉得我似乎有些不甘心——其实并没有——他继续解释说，开始来了一个大干部，也没有让他进去。还说，有些人没进去之前嘴上抹蜜，什么进去了出了事不要我们负责，真的要一出事，就七大姑八大姨打上门来，不讹个几十万不罢休。

这位保安很尽职，但他可能不知道，他前边的话我是很不以为然的。后边这段我倒是非常认可。那天，同事就给我讲了一件事，说他一个什么人被一位老太太碰了一下，老太太的责任，老太太倒

◇ 2018年1月28日，白雪皑皑、大门紧闭的秀峰

了，这人第一时间把老太太送到医院，老太太说他是个好人，还叮嘱子女一定不能为难人家，子女一个挨一个凑过来，非常真诚地和他握手道谢，感激他对自家老人的不抛弃。可是不久之后，老太太去世了！两者之间有没有必然关联只有天知道，公安和医院无法给出明确的结论。于是，老太太的子女全部找上门了，说别的不要，丧葬费你出总是应该的吧。人家这么来势汹汹且又表现得通情达理，你还能不出吗？

当然，在这里我没有特别责怪秀峰的意思，这都是大众围观的后果，都是舆论施压的后果。围观时获得一时之快，事物平衡的不如意后果谁来承受？还不都是大众自己。如果没有"有事非得讹一把"的浓厚氛围，景区不是遇到非常特殊的情况，应该是不会关闭财源的大门的。你说今天很特殊是吗？我看非也。别处就不说了，就说这大庐山。牯岭，范围比秀峰大很多，它不曾封山，汽车上不去，索道开得溜溜转。三叠泉，地势比秀峰陡峭很多，它没有封路，驴友们来去畅通无阻。白鹿洞书院大门口，也停着五六辆湖北牌照的大巴。而秀峰，可能是曾经被蛇咬过，它的管理者，自然杯弓蛇影一堆窝在心里的阴影。

仿佛为了验证保安的说辞，就在我们交谈的不长时间，身旁的树木不时发出噼里啪啦的声音，大大的雪团裹挟着碗口粗的枝丫滚落下来，砸到地面发出闷响。后面来的车辆还没停稳，看到这种情形，赶紧掉转车头，一溜烟跑了。看着他们匆匆驱车远去的背影，我竟然笑了，因为我想到了他们可能会发香色四溢的撩人的朋友圈。

2018年1月29日

三临秀峰瀑布说身体

连续三个周末攀登庐山秀峰瀑布，都是下午，都是雨过天晴。

在此不提风景，单说身体感受。

去年下半年开始登山，因为长时间没有运动，刚刚开始的时候很不适应，记得第一次从太乙村攀爬至含鄱口，一路休息了五六次，都是必需的长歇。过了两三个月之后，走上去只要休息一两次，还都是为到了含鄱口之后继续前行积蓄力量。但是自去年登顶金轮峰之后就歇住了，而且一歇就是将近五个月，我的感觉，体力已经还原到了去年开始登山之前。

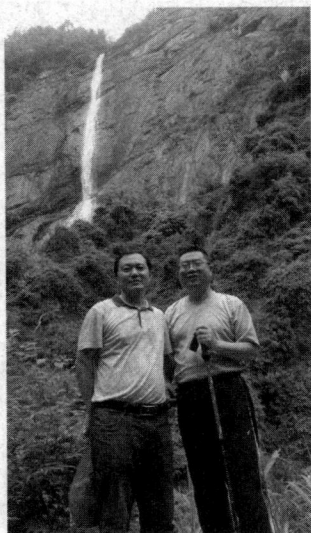

◇ 2018年6月2日，和宋德平小友偶遇于攀登秀峰瀑布途中

所以这个周期第一周登临秀峰瀑布，上山伊始，就感觉到不适应，不过这个时候脚步还算轻快，但是胸口很闭闷，心脏跳得厉

害。一边前行，心里一边使劲想着，还有多远，还有多远。最后是咬着牙，一口气到了瀑布脚下，享受了好一顿瀑布水雾的喷洒之后，身体清爽了很多，然后一口气下山。

上一周登临秀峰瀑布，或许是心脏和腿脚各方面同步了，虽然依旧大汗淋漓，却没有特别的不适应，一口气走到瀑布脚下，然后一口气下山。

感觉再继续登临秀峰瀑布两三次，就能恢复到去年底的能量，到那时，就可以从桃花源攀登庐山之巅汉阳峰了。

2018年6月2日

复苏秀峰旅游之浅见

在我看来，庐山牯岭景区有三处游客必到的打卡之地，分别是如琴湖、美庐和含鄱口。其中，含鄱口号称神州九大观日佳处之一，然而，游览庐山的游客应该有九成不会早起到含鄱口看日出，而去含鄱口看日出的游客中应该有九成看不到一轮红日金光万道跃湖而出的瑰丽景色。

既然如此，那含鄱口为什么依然还会成为游客必访之地呢？那就是因为含鄱口已经被打造成为牯岭乃至庐山的地标了。

含鄱口的动人之处，除了具有"千里鄱湖一岭函"的天然气势，还得倚仗含鄱岭上几处建筑的锦上添花。含鄱岭的南端建有一石坊，四柱三门，石坊中央镌有"含鄱口"字样，其左右分别刻有"湖光""山色"四字。在我的脑海中，这里就是庐山给我留下的第一个图片形象。石坊后几十级台阶处的山脊上有一伞顶圆亭，红柱绿瓦，名唤含鄱亭。继续东行，山岭中部有一座雕梁画栋的方形石亭，名称望鄱亭。望鄱亭往北40米，还有一座半隐的小亭，名为忘归亭。这组建筑依山就势，虽为人作却宛如天开，游人纷纷追捧、流连忘返也就不足为奇了。

庐山山体就像一片东北—西南斜卧的橡树叶，它的东南便是烟波浩渺的鄱阳湖。庐山大小不一的山谷甚多，如此说来，"千里鄱湖一岭函"的地势自然不少，为什么只有含鄱口为众人追捧呢？我以为，这得益于地理优势形成的游客优势。那庐山还有没有符合这个条件的景区呢？有，就是山南的秀峰景区！

　　秀峰景区不是地处山脚？和含鄱口有什么关系？切莫心急，听我细细道来。

　　我原来写过《秀峰"死"了》之类的文字，因此被一些朋友误以为是一个僵化的原生态保护主义者，其实不然，我一直是主张因地制宜、因其固然、因势乘便、因革损益地进行一些合理的开发的。秀峰就该如此，否则，"庐山之美在山南，山南之美数秀峰"就会成为一个笑话，秀峰也会沦为擦亮"庐山天下悠"品牌时的一个梗点、暗区。

　　半年以来，我经常和朋友登临秀峰瀑布，每走一次就会思考交流一番，对"复苏秀峰旅游"在硬件更新与投入方面有如下感想：

　　一、秀峰景区范围宜适度扩大。首先，停车场至少要南迁至环山公路旁。唯有在这里，游客才能一下车就产生"李白遥望"的体验，观瀑石的位置应该是第一游览点，现今景区内的李白、书卷雕像均宜迁移至此。此处，秀峰香炉、双剑、文殊、鹤鸣、狮子诸峰一览无余，开先、马尾水瀑布清晰可见，加之周边村庄白墙红瓦的映衬，一幅美丽的画卷在游客面前展开，一定会使远道而来舟车劳顿的游客产生新鲜感和兴奋感，而现在进景区门便是林荫夹道、钟鼓低鸣，偏于幽暗失之明快，容易给人一种神秘感和压抑感。

二、康熙大帝赐匾必须发挥其功效。庐山五大丛林，秀峰出身最为尊贵。先有南唐中主李璟在此筑台读书，即帝位后取开国先兆之意才有了开先寺，后是公元1707年康熙大帝手书"秀峰寺"匾额赐寺僧超渊后，才改名为秀峰寺。康熙的"秀峰寺"赐匾、皇太子胤礽的"洒松雪"石碑及李璟读书台的功效一定要极致发挥，其中，"秀峰寺"石碑一定要前移到进入景区后最醒目位置，而且要赋予其皇家气息的尊贵，而不能像现在小家碧玉般娇羞地藏在角落里。

三、观瀑路一定要富有情趣。无论怎么宣传秀峰文化底蕴如何深厚，必须承认大部分游客是冲着李白瀑布来秀峰的，近距离亲近瀑布是游客秀峰之行的终极目标。观瀑路不长，但途中只有观瀑亭和漱玉洞勉强算个景点，实际上就是歇脚处，原本有几处通往山涧的道路肯定是因为安全因素已经封闭，沿途也没什么风景，所以这是一条疲惫之路。我登山的时候，经常看到很多小孩垂头丧气地往下走。一个景区，不能吸引小孩子，那是非常危险的。一是目前，小孩没有玩兴，大人也会被迫提早结束行程；二是未来，景区失去了一批成长起来了的回头客。泥沙和水，是孩子最好的玩具。秀峰的丰水期少且短，大可不必因噎废食。只能是加强安全防护，特殊时期采取特殊管制方式，小孩游兴起来了，大人的脚步就慢了，游客在景区及周边的消费必定会多起来，要知道，一位游客多吃一顿饭就等于多买了一张门票。

四、文殊峰下可建观瀑栈道。现在，大部分游客到达瀑布脚下就打道回府了，因为他们问从黄岩下来的人，上面有什么好玩的，回答都是没什么好看的，连瀑布都看不完。在九天池看瀑布是完整的，但那是仰视，一般而言，人们喜欢的是一种俯瞰的心理。因为文殊台观瀑效果不理想，那么可以从观瀑路上半段中间引出，在文殊峰上中部修建一条环文殊峰的栈道，如此，一是可以满足游客俯瞰瀑布的愿望，二是起码在这一段可以不走回头路，适当解除游客的疲劳感。只是这条栈道，一定要是观赏瀑布的最佳位置，非常适合游客拍照拍视频。

五、在观瀑路终点打造小含鄱口。话题终于回到了文章的开头。大部分游客缺乏登顶的动力，和山顶黄岩景区缺乏吸引力有密切联系。可以考虑在黄岩寺和文殊峰之间建一个类似含鄱口的宽阔平台，同时建造几处和秀峰文化相关的牌坊亭阁，这样就可以让游客放松歇息，感慨自然或人生，同时也让文殊塔和黄岩寺有了

◇ 2020年5月31日，和朱永健、卢雁平、谭寅生、汪传贵同学在攀登秀峰瀑布途中

自然联系，游客有了可游之处。这里特别说一点，就是现在我们过度追求绿化率，轻易不敢砍树，实际上树木过于茂密对生态是有损害的，对于有碍观瞻的普通树木要敢于动刀。黄岩北望就有个反面教材：庐山之巅汉阳峰为什么少有游客问津，主因就是林木过于高大，举目皆树，全无俯览群峰之感，于是逐渐被遗忘。

秀峰景区有很好的历史积淀，是不可多得的瑰宝。庐山要充分挖掘历史文化资源擦亮"庐山天下悠"品牌，秀峰能否恢复往日的荣耀是一杆标尺。秀峰旅游要如愿复苏，在加强自身修炼的同时，必须协调好与相关村庄、林场及寺庙的关系，其中必须有政府的倾心助力，否则都是纸上谈兵，说也枉然。

2020年8月20日

观庐浅语

《庐山恋》上映40周年纪念日杂感

今天，是自然风光爱情故事影片《庐山恋》上映40周年纪念日。

1980年7月12日，《庐山恋》在庐山电影院首次放映。当时，谁也不会想到，这座电影院若干年后被改名为"庐山恋影院"，只循环放映这一部电影，而且一放就是40年。为此，在《庐山恋》放映20周年的时候，世界吉尼斯英国总部曾颁给该片"在同一影院放映场次最多的单片"称号，同时电影《庐山恋》创造了"放映场次最多""用坏拷贝最多""单片放映时间最长"等多项世界纪录，现在，这些纪录每天还在不断地被自己刷新。

我应该是当年的9月份，在厦门大学建南大会堂看的这部电影。因为影片取景地有自己生活多年的秀峰，所以倍感亲切。那是我第一次感到家乡的美丽和魅力。至于这部影片对此后自己的人生道路有没有影响，我还真的说不出来，反正那时候正开着文艺理论课，郭启宗老师总是紧锁眉头给我们讲述文艺作品的潜移默化的作用。《庐山恋》是中国第一部风光故事片，别人看爱情故事，我看风光亲情，种种感受，当时都写进了日记，只是这些文字在大学毕业不久，被我付之一炬。

《庐山恋》里有两首歌曲。一首是很简短的主题歌《飞向远方的故乡》："大雁啊大雁，当春天来到的时候，飞啊，飞啊，飞向那远方的故乡啊，飞啊，飞呀，啦……故乡啊，故乡啊，故乡啊……"我更喜欢的是另一首插曲《啊，故乡》："当明月升起的时候，升起的时候，我深深地怀念亲爱的故乡。那里有美丽的绿水青山，那里是哺育我生长的地方。每当佳节来到的时候，来到的时候，我深深地怀念亲爱的故乡，似看见故乡的鲜花盛开，似闻见故乡泥土的芳香。啊，故乡，亲爱的故乡！啊，故乡，可爱的故乡！我愿化作那天上的白云，乘春风飘呀飘到你的身旁。"刚到厦门，饮食不太习惯吃饭常无故呕吐，水土不服身上长癣奇痒，自然有想念家人的时候，所以觉得这歌就是为我而作，是世界上最动听的声音。

毕业后回到九江，可以天天看到庐山，也曾去庐山恋影院看过两次《庐山恋》，但已经找不到当年的感觉了。

没想到我在职业的尾声，会走上"千古两南山"，来端庐山文化传承与传播的饭碗……

和我谈庐山的人很多，第一个提醒我"2020年是《庐山恋》公映40周年"的，是去年5月22日来中心交流的北大历史系吴小安教授。小安教授晚我四年到厦大历史系求学然后留校工作，他老家是安徽宿松，所以，1984年之后多年，他都是取道九江往来厦门，庐山应该是映入他清澈眼帘的第一座名山，于是对庐山自然有着不同于他山的情感。他当时对我说，你现在研究庐山文化，庐山已经不像当年那么引人瞩目，你得抓住一些点，从这些点把火苗点燃起来。对小安校友的话我深以为然，所以，央广雅坤、陆洋老师来的时候我宣传过，也给老领导郑翔书记汇报过，还和江西日报理论部阮启祥主任接洽过……只是最后"哐当"落地，愿望不是成了，而是碎了！

　　就在上个月，庐山国际爱情电影周协调会在庐山新城会议室举行，江西省、九江市、庐山局三级宣传口及相关领导参加会议。会议指出，电影《庐山恋》自40年前首映以来，成为时代象征和经典记忆，是中国电影发展史上重要的里程碑。庐山举办国际爱情电影周，是庐山进一步唱响"庐山天下悠"品牌的优质载体和平台，邀请专业的团队高起点谋划整体方案，专题谋划、专业策展，面向更

◇ 位于庐山东谷的庐山恋电影院

多的受众完善更加切实可行的操作方案，把电影周打造成为常态化、高端化乃至面向世界的爱情电影周。

　　庐山是一块金字招牌，这块金字招牌是由许多的金点子汇集而成的，电影《庐山恋》就是其中之一。省市局举办爱情电影周，说明还是有不少有识之士。不过，他们要做的，还不是我当初谋划的，只不过我现在做不了。面对已经逝去的机会，只能徒唤奈何了。

2020年7月12日

観盧淺語

一场电影首映式的花絮

  其实，我更想写的标题是"荣誉山民郭凯敏庐山蒙羞记"，但现在过程还不是很清楚，容易造成误伤，于是改写一点令人高兴的事情。

  真是有好久好久没有在老家的电影院看电影了。我之前在电影院看的电影可以倒推，倒数第一为学校要求观看的《生死抉择》，具体时间不记得，有考据癖好的可以去夸克搜索；倒数第二记得很清楚，是2004年在福州，必钢同学拉我去看的《加勒比海盗》，其时应该是还没想到会火爆到有若干后续，所以片名上没有排序；倒数第三是湖金同学邀我看的《真实的谎言》，九江红旗电影院，二十世纪九十年代吧，其时湖金同学在九江是个单身汉，家属都还在星子。

  但是昨天，8月25日的一场活动，让我这尴尬的记录，瞬间改变了太多。下面，挑点花絮说说吧。

  昨夜，首次走进了庐山市庐阳国际影院三楼大厅，没想到那么热闹。庐阳国际和我的住所相距不过四五百米，之前进去过一次，完全是为了进入而进入，走到了二楼，了了心愿便出门。昨夜到的是三楼，见我诧异，有人解释了热闹的原因，哦，原来是七夕！

七夕之夜，陪伴大家的是新中国第一部吻戏《庐山恋》的男主人公耿桦的扮演者，八十年代亿万女性的梦中情人郭凯敏。我把我和郭凯敏老师的合影发到若干同学群里，有些男同学开始还没有认出来是谁，女同学这次个个都是火眼金睛，包括号称脸盲的几位。

郭凯敏老师说当年自己被授予"庐山荣誉山民"称号，所以这次是回家。昨天，他冒着38摄氏度高温在庐山市桃源村和芙蓉村拍片，就是为了江西五套的公益助农星光行动、为了助力父老乡亲脱贫致富。活动仪式上，桃源村和芙蓉村分别授予郭凯敏"荣誉村民"称号，让他与庐山的缘分又深了一层。

因为"公益扶贫"这样的活动主题，郭凯敏老师特意带来了自己执导和主演的主旋律影片《扶贫主任》，在庐山市举行首映式。昨天参加活动的百十号人，除了桃源村和芙蓉村的村民代表，还有政府官员、学界人士，以及电视工作者，但似乎只有郭凯敏老师一人有过电影首映式的经历。

其他人都是第一次参加首映式，但最后都觉得这个首映式不是一般的圆满、不是一般的有意义，因为不光有导演和主演陪伴观看，制片方还特地从千里之遥的河北请来了人物原型——衡水市扶贫和农业开发办公室党组书记、副主任兼阜城县扶贫和农业开发办公室党组书记、主任李双星夫妇。

因为对扶贫工作做出巨大贡献，被群众称为"李扶贫"的李双星，先后荣获"中国扶贫开发典型人物""全国五一劳动奖章""全国优秀共产党员"等荣誉称号，他的妻子何丽霞1998年瞿患癌症，现在也好人好报，身体基本康复，并成为全国抗癌明星。事迹上过国家级大媒体的李双星调侃说，我妻子比我名气更大。

现场，郭凯敏老师还邀请来了两位特别的客人——庐山恋电影院的杨霖吴惠夫妇。1981年，19岁的杨霖到电影院工作，他的师傅就是比他大一岁的吴惠，他俩正是因为放映《庐山恋》而成就了自己的庐山恋。

现场还来了一位老者，他就是年逾八旬的原星子县人大常委会副主任王忠芳老先生。1979年，《庐山恋》拍摄时在山南星子取景，时任县委宣传部副部长的王老就是现场协调人，爱好摄影的他，便利用工作之便拍了许多"剧照"，一直珍藏在一个小本子

◇ 2020年8月25日，和郭凯敏老师在其执导和主演的影片
《扶贫主任》首映式上

里。昨夜，王老把这个泛黄的小本子带到了首映式现场，郭凯敏见到非常激动，主动说"我要在这个本子上签名"……

仅仅是看一场电影，就见证、见识了这么多，是不是一件令人高兴的事情？同时，也希望普通民众的热情和首映式的成功，能驱散郭凯敏老师心头的阴霾，继续做好魅力庐山的代言人。

2020年8月26日

观庐浅语

庐山国际爱情电影周天时地利人和之絮叨

眨眼间庐山国际爱情电影周闭幕快十天了，某欲趁其余温尚存赶紧絮叨几句，不然真要被迅速遗忘。

天时

庐山四季景明，但公认秋季最美。和风轻拂，天净如洗，丹枫赛火，飘云似絮，这是秋的庐山、醉的庐山的标配。秋天有庐山最美的景色。但凡举办大型活动，大家都企盼天公作美。然而，2020年9月20日至26日举办的第一届庐山国际爱情电影周，大雨滂沱，嘉宾观众工作人员一众的落汤鸡；今年第二届庐山国际爱情电影周开幕的10月16日，冷风凄雨，预报最低气温是2℃，来自四面八方的客人哆嗦着在庐山提前入冬。不知道为什么选择这两个日期，但无论哪一个，给人的感觉都是随性随意，缺乏文化底蕴。

古人云，名不正则言不顺，言不顺则事不成。天公不作美，或许只是一个巧合，但年年机缘巧合，主办者会不会留下心理阴影？庐山国际爱情电影周2020年开始举办，本就是为了致敬中国第一部爱情风光故事片《庐山恋》公映四十周年，期待借此重现庐山人文圣山的荣光。《庐山恋》是1980年7月12日在庐山电影院首次放映的，那么，庐山国际爱情电影周的开幕时间应该固定在7月12日，活动可以此日为起始，即便提前举行也与国际惯例无违。固定时间，等于抢占先机。现在不管哪个圈子，活跃的都是那几帮人。你的时间总是流变不定，他即便有意参与也总难落实；一旦你固定了时间，他若有心就会据此提前安排档期，不至于像今年，最大牌的明星夫妻最后时刻还是放了组委会的鸽子。

说到明星某便习惯性忧虑，庐山穷，九江穷，江西也不富裕。现在一个非顶级大牌明星出场费动辄百万，省市山有那么多钱来请明星吗？与其每年一届只能邀请一两个明星"撑台"，不如两三年一届邀请一帮明星"哄抬"。明星也讲究曝光率，有头有脸的都去了，如果不去便自动进入没头没脸行列，前程危矣殆也。更重要的就是，每年举办一届电影周，庐山市局上下很快就会产生操作疲劳感和审美疲劳感，丧失工作激情，如此，是不可能创造性开展组织工作的。所以，庐山国际爱情电影周的间隔期应为两年或三年。至于以后要将电影周升格为电影节，不管是否以"庐山"冠名，庐山各界还是充当偏师为好。

地利

国际爱情电影周既然是致敬经典，那就应该把此初心落实到细枝末节处。客观地说，这样的精心设计是可以看到的，比如今年的启动仪式上，把因放映《庐山恋》结缘而后又几十年如一日放映《庐山恋》的夫妻请到了现场、请上了舞台，感动了许多观众和网友。然而不够，这样感人的精心设计远远不够。很多中老年观众就问："为什么不请张瑜郭凯敏呢？"请到张瑜郭凯敏不易，每届都请到就更难。请不到男女主角，就要请到电影的其他因素。《庐山恋》主题歌《飞向远方的故乡》和插曲《啊，故乡》，当年都是由著名歌唱家演唱，悠扬的旋律、款款的深情感染大江南北，甚至传到大洋彼岸，深受不同年龄、不同性别、不同政治立场的观众喜爱。但是非常遗憾，本人参加了两场活动，非常仔细地观察，居然没有听到这两首歌曲一丁点的旋律。组委会想与时俱进无错，如果觉得它与电影周主旋律不匹配，也应该把它列入文艺演出或整个电影周的其他环节，一丝不留完全舍弃，哪来的内核传承呢？

　　国际爱情电影周除了播映中外影片，还应该进行爱情题材的电影剧本、短视频文案征集。每届电影周确立不同的主题，每届主题通过最广泛的投票产生，这本身就是一个宣传过程。然后，根据确定的主题进行征文。征文体裁局限于电影剧本和短视频文案，如此，可以避免国际爱情电影周成为一个泛泛的文学艺术节，尽最大可能避免有权有势者夹带私货。电影剧本、短视频文案的即时性奖金无须太高，但一旦被采用拍摄并投放市场，新的《庐山恋》源源不断产生之后，作者就可以享受一定比例的分成。这方面必须有政府和投资方的法律承诺作为保障。

　　第一届"庐山为证，吾爱永恒"和第二届"爱在庐山，相伴一生"主题集体婚典创意很好，规模还可以扩大一些，内容还可以丰富一些，形式还可以生动一些。除此之外，还可以创新举行其他集体性活动。比如迷你马拉松比赛，一男一女组队，无论是情侣还是临时性组合，无论是现场组合还是网络机选，都可以参加；起点或终点有一个必须是庐山恋电影院，这便是致敬经典的细节；长度可以设计成5.20公里或13.14公里，供参赛者选择。此种活动，可多多益善，届届翻新。

总之，电影周期间的活动，目标就是大众参与的广泛性，时间不仅局限于半天一天，甚至可以和电影周时间齐平。还有一个广泛性非常重要，就是发动民众合力举办电影周。庐山各界有不少高人，可以在组委会的监督和协调下，广泛调动民间力量筹办单项活动，以弥补政府人力、物力投入的不足。这一方面，"尚庐山网"举办的原星子县现庐山市春晚系列活动已经提供了成功的范例，有关部门可以调研借鉴。

◇ 2021年10月17日，参加第二届庐山国际爱情电影周论坛，从左至右为：方国栋、蔡厚淳、张国宏、曾国祥、陈晓松、杨德胜

人和

一个景区的大型活动，没有游客的广泛参与，能够持续多年的，某在两南山笑曰："未之闻也。"

前文提议将9、10月的"乱炖"改为固定的7月12日，除了气候条件之外，另外一个重要的考虑因素就是游客数量。7月初，是大量的高三生高考结束之后出游的阶段，此时的游客数量，远多于现在举办电影周的这两个时间段。1980年《庐山恋》放映之后，庐山迎来了大批的青年情侣，同时也迎来了大批憧憬美好爱情的单身男女，这些人，若干年之后故地重游旧情重温的比例很高。所以说，每一届的爱情电影周不光是吸引此一时刻的游客，还要在每一届的高三生当中培养回头客。

强化电影节国际性的同时，切莫忽略了地方特色；礼遇外地专家的同时，切莫怠慢了本土学者。第二届电影周启动仪式的地域元素结合发挥得很好，但电影论坛不尽如人意。庐山旅游发展聘请了八大战略顾问，他们在省内是响当当的一流学者，放到全国也是知名人士，这次五位应邀来山了。然而一个上午的电影论坛，他们都像普通观众一样枯坐台下，连一个登台发言的代表都没有，这是漠视，也是浪费。外地专家视野开阔有理论水平，但抓地域特色不是强项，能和本土学者思想碰撞，相互启迪，才是庐山的幸事。一个地域的大型活动，没有本土学者的热情参与，能够持续多年的，某在两南山再曰："未之闻也。"

庐山是中国人文圣山，又是世界文化景观。古今中外，很多名流、许多百姓和庐山结缘，其中有很多流传至今的故事。每届国际爱情电影周，组委会都应在世界范围内进行征集遴选，邀请和庐山有缘的各界人士以及他们的亲属后代、研究人员来到庐山，讲他们自己或他们前辈与庐山的故事。其中，或许就会有很多不同版本的庐山恋，或许就将诞生很多不同版本的庐山恋。如此，庐山国际爱情电影周才具有了原生的生命力。

　　絮叨完毕，无论点赞还是批评，都行，说明你没有迅速遗忘。

2021年10月31日

亲庐浅语

我所知道的庐山机场

　　若干年前，外出或外归，经常羡慕别人比我晚走却比我早到，不是因为他路程短，而是他交通便捷——可以乘坐飞机。羡慕之余，暗自期盼九江有四通八达的航空线，也可少受许多舟车劳顿之苦。

　　九江交通自打改革开放之后，应该说改善了不少。以前唯一的铁路南浔线分明就是一根盲肠，最遥远的直达站点就是南昌。如果想去北京，须得先乘船去武汉或者南京再转车。去上海、重庆方便一点，有大江轮。原先都叫"东方红×号"，后来根据属地关系分别改作"江渝×号""江汉×号""江申×号"等，我坐得最多的是"江申7号"。乘坐江轮是很舒适的，有源源不断的开水供应，可以洗澡，有情趣的人还可以去宽敞的甲板望着螺旋桨搅起的浪花遐想。所以欧洲的有钱人休假多是乘豪华游轮，开上一两个月放松身心。可那年月，咱老百姓出门就是办事，偶尔游山玩水也是开小差走马观花，立正稍息咔嚓照相拍屁股走人，所以乘船太慢。现在去武汉，大巴3个小时，那时候江轮将近15个小时，到上海更是两天三夜。放在现在的人身上，漫长得会把人憋死的。

慢慢地，九江长江上的"老胡子"大桥通车了，先通了汽车，1997年香港回归之前京九线通了，九江有了不需要转车就到四面八方的火车，虽然很多都是过路车，年节的时候上车就得站着，不过，想想目的地就是这一根线牵着，站下去也能到家，倒也释然。可人心就是这样，难有知足的时候，而且现实也的确不容九江人满足，九江人还想飞。

要说九江的机场，不光是有，而且历史还不短。

九江最早的机场叫十里铺机场。有资料显示，十里铺机场修建于抗战胜利之前的1944年，推算应该是日本人修建。1949年之后，几经扩建和维修，1958年开辟了空运业务。二十世纪六七十年代，中共中央在庐山多次召开重要会议，许多中央领导即是从北京乘飞机到十里铺机场降落后，换乘汽车上山。七十年代之后，中央再不来庐山开会，改去北戴河了，加之临近市区，十里铺机场日渐凋败，可是1988年7月11日它再次夺人眼球。是日，新疆航空公司TU-154M型2603号飞行机组在执行"乌鲁木齐—广州—上海"航班任务时，由于绕飞雷雨导致迷航，迫降于此，162名中外旅客及11名机组人员安然无恙，堪称奇迹。奇迹之二，当时央视正好有个新闻纪录片在九江船舶学校（现九江职业技术学院）拍摄，摄影师敏锐地捕捉了这个历史瞬间，全程记录下迫降过程，于次日在中央电视台《新闻联播》播出，让全国人民的目光瞬间集中在九江十里铺机场。奇迹之三，就是中国民航有关方面没有采纳飞机设计方俄罗斯拆机分解的建议，而是经过充分准备，9月8日9时51分，2603号客机在王祥春机组的驾驶下从一条只有1250米的土质跑道上起飞，10分钟后顺利转场至九江境内的空军马回岭机场。9月10日13时05分，2603号从空军马回岭机场直飞乌鲁木齐，18时33分安全降落在地窝堡国际机场。

此后，十里铺机场彻底完成了它作为机场的历史使命，让位于鸡场和娱乐场。鸡场是城郊农民搭的，而娱乐场是建在蒙古包里，我的两个同事曾参与其中。下面要说的就是前文两次提到的空军马回岭机场。

位于九江县的马回岭镇是一座历史名镇，建成于清代崇德年间，境内文物胜迹颇多，有三国小气鬼周瑜水师练兵场芦花荡、有晋代酒鬼诗人陶渊明墓、有金陵街古县城址、有南昌起义重要据点马回岭老火车站，历来为兵家必争之地。因为马回岭机场是空军机场，一般老百姓知之不详，现在可以搜索到的历史是1992年10月经中国民用航空局批准，在原空军机场的基础上改建成4C级标准军民两用机场，并开始使用"庐山机场"之名。1996年6月18日首航。因客源不足，1999年10月停航。2002年8月以租赁方式复航，仅过了两个月再度停航。经过江西机场集团公司投资8000万元进行改造后，庐山机场开始运作第三次复航。2006年2月完成了复航前的飞行校验。6月27日，庐山机场正式取得机场使用许可证。7月7日庐山机场正式复航成功。2008年1月11日，九江市政府第十五次常务会议决定，设立每年总规模为2200万元的航空事业发展专项资金，大力扶持庐山机场。现在，庐山机场开辟了到北京、上海、广州和厦门的航线，其中，厦门航线开通于2008年9月2日。

听到开通厦门航线的消息，我欢喜了好久，立即在同学网发了帖子，可是这帮家伙没情趣，不回应。不过，我心里牢牢记着这事，经常看看这方面的消息。

有报道说，九江—厦门航线使用的是加拿大庞巴迪宇航集团提供的民用支线喷气飞机，型为50座CRJ-200型客机，以安全、舒适和环保著称，是当前世界航空市场占有率最高的现代化喷气式支线客机。但我对此不太相信，所以我说这是"飞机中的拖拉机"。这次去厦门决定乘机，心里却是忐忑的。

购买机票很顺利，一是购票的人不多，二是事先也打电话进行了咨询，准备充分。除了身份证外还带了教师资格证，后面这个证件还真管用，让我拿到了最低折扣的机票，来回不到700元，划算。前边说到九江市政府大力扶持庐山机场，具体举措就是在行政事业单位摊派了不同数量的代金券，所以在民航售票处可以看到

◇ 2009年7月24日，九江庐山机场停机坪

117

拿着大摞代金券的，在那和售票员争执。原来，代金券有不等的金额，可是不一定能够和实际购票款完全一致，多余的部分售票处是不退的，垄断经营之弊可见一斑。

在民航售票处坐上去机场的班车，33公里每人16元。出了市区就上高速，通远下高速之后是一段漂亮平整的柏油马路，虽然下着雨，四十几分钟就到了。庐山机场是个小机场，但因为是军民合用，所以还有不少的军队建筑和蒙着帆布的军用飞机，比我去年去过的新疆和田机场有模有样多了。飞厦门的航班是周二、周五（回来之后的第二天就改为周二、周六了），飞京沪广的不知道具体时间，反正在我候机的过程中没见任何飞机起降。候机外厅本来不大，因为乘客太少，所以显得很宽敞，东西两边各有十几个座椅，各摆放一台信号模糊的电视机。提前一小时安检，进入候机内厅，广播里通知说因为天气原因飞机晚点一个小时。火车、汽车晚点一个小时，乘客会嗷嗷叫，飞机就不会，大家明白安全第一。火车、汽车事故还有生还的希望，飞机掉下来基本上都玩完，何况刚刚电视里还在播巴西及伊朗的空难，大家嘴上不说什么，其实都往心里去了，因为那时除了几个小孩子叽叽喳喳，大人们都屏住呼吸看画面。放眼望去，庐山被厚厚的乌云笼罩着，广播没有说谎。只是过安检时打火机被悉数收缴，本来就无所事事，当下更想抽烟，没办法，熬着。

飞机终于来了，小小的，眼里看得到的很平稳的降落。二三十个人很快下来，二三十个人很快上去。刚上机觉得空间很逼仄，一排四个座分两边，一共十三排，我是最后一个座位（回来时座位在安全通道）。不过，坐定之后凉风一吹感觉还不错。起飞了，身体感觉到很平稳的上升，还好，没有"飞机中的拖拉机"的噪音和抖动。旁边通道坐着的空少很健谈，从他嘴里得知这架飞机今天是经过了"厦门—赣州"和"厦门—安庆"的往返才飞九江的，难怪机上可以看到今天的《赣州日报》，想找份《九江日报》，对不起，没有。网络经常有人为争九江还是赣州为江西第二城而面红耳赤，这里已经看出了差距。开始看到乘客都坐在后面，大伙纷纷责怪航空公司先卖差的留着好的，经过空少介绍才知道，这样的机型行李舱不像大飞机在肚子里，而是在尾巴上，现在乘客少，为了保持飞行平稳，乘客就得靠后坐，如果乘客多了，还得用沙袋压住飞机尾巴，有趣，有趣。只是支线飞机只供应一瓶矿泉水，小气，小气。后来我在意见簿上提了意见：应该供应点小食品，你航空公司不差这个钱！

飞行的前半程基本是云雾，但颠簸很少；后半程开始晴朗，刚看到了大海，飞机就准备降落了。"飞机中的拖拉机"，也蛮舒服的……

想起29年前第一次去厦门，汽车、火车叽里咣当三十多个小时，那还是第一次坐火车，到了厦门之后，蹲在厕所里、躺在床铺上还晃荡了三四天才消除后遗症。现在飞行时间不到一个小时，加上进出城及候机时间也不过五六个小时，九江上机时落在头上的雨水还没干，就到达目的地。诸多思绪伴随我步出厦门高崎国际机场，顿时，一股热流几乎堵住嗓子眼，一个字凝聚了万语千言：好！

2009年7月30日

九江需要一座怎样的机场？

原本是有两个自问自答的问题，但既然使用这个标题，实际上就已经回答了第一个问题：九江是否需要机场？

对这个问题持否定意见的，理由非常简单却又非常有力：作为江西北大门的九江，距离江西省会南昌太近，不过一个半小时车程。

在昌九高速"四改八"之前，九江人如果要去昌北机场搭乘航班，至少需要预留两个半小时的路途时间。因为昌九高速车流量很大，一旦遇到交通事故，即便是一次小剐蹭，都极有可能导致长时间堵车。"四改八"之后不存在这个问题了，即使是大一点的交通事故，基本上也不可能把整条路堵死。另外，设计时速350公里的昌九高铁即将开建，届时将在昌北机场设站，九江到机场只需四五十分钟。而现在，从九江城区到庐山机场，头尾也要四十多分钟。人是这样，懒得动身，但一旦动身，如果有其他便利，多耗半个小时并不十分在乎。而且，昌北机场航线航班密集，选择余地大；昌北机场票价低至三折就能出票，庐山机场多在五折以上。基于诸多因素，一部分人就认为九江没有必要保留民用机场。

就目前九江社会经济发展状况来说，得出上述的结论不足为怪。但是，我们还是要看到九江这近几十年，因为自身的短视，错过了很多机会，做了很多蠢事。所以，对于像机场建设这样的长远布局，一定要把自己的眼光往外延伸一段。

我国现在是世界第二大经济体，但和美国相比，机场和飞机数量的差距还是巨大的。我国机场数量在500个左右，而美国的机场在20000个以上；我国民用飞机数量在3000架左右，而美国则为30万架，是我国的100倍；目前美国的人均飞机乘坐数量是中国的10倍左右。

国家决策层也很清醒。2017年，民航局局长冯正霖在《中国民航报》撰文指出，2016年，美国商业航空旅客运输量为9.28亿人次，拥有民用商业机场540多个，其中130个枢纽机场平均拥有跑道两条以上；同期，我国完成的民航旅客运输量为4.88亿人次，颁证机场218个，拥有两条以上跑道的机场仅14个。我国民航旅客运输量为美国的52.59%，但机场密度不足美国的四成，生产运行保障压力明显高于美国，特别是在我国吞吐量排名前50位的机场中，有近30个机场处于饱和状态。

上述数据和阐述都在说明一个问题：我国机场建设和利用的空间很大。

中国人口数量超过美国10亿以上，而美国的机场数量是中国的40倍。我看过一张卫星夜景图，美国机场呈东西两侧分布，东部密度非常大，灯火几乎连接成片。反观我们，机场分布无论是东部地区还是西部省区，都非常稀疏。拿眼前来说，江西第一的昌北机场

帜，旗帜就应该让它树立起来高高飘扬。通过交流我已经得知，庐山机场建设和运营的决策者脑海中，已经有了"一县一品"的思路，对此我非常认同，誉之为高明之举。作为文章过化之地，九江的"一县一品"真值得匠心提炼，既可以统摄起来，又可以细分，如"文化一县一品""风物一县一品""美食一县一品"，等等，会样样生辉。飞机乘客当中高端人士比例较大，其话语权重，辐射力强，九江山川人事一旦进入他们的法眼，就能得到特别的关注。之后便会达到这样的效果，即，九江所辖县区，个个以进入机场展区为荣，个个因进入机场展区而获利。到了那时候，机场文化的打造就不单是机场方面的事情，而将成为整个九江的大事。也只有到了那时候，庐山机场才真正成为九江人的机场。再说未来的乘客，抵达或于九江机场转机，不上庐山也能领略庐山风采，从而激发攀登庐山的欲望；不出机场也能领略九江各县区风情，从而产生盘桓驻留之意。

九江机场一旦成为展示九江和庐山的精致窗口，成为有文化内涵的网红打卡之地，那也就是九江机场全方位腾飞之时。

2020年7月15日

庐山市二中是否应该搬迁？

本文的这个标题，是庐山市教育体育局征求意见函上"两个建议"的浓缩，这两个建议分别是：建议庐山市二中按现代化学校建设标准，高质量规划，重新选址新建；建议庐山市二中在原址上改建扩建，提升基础设施建设。

"两个建议"的提出，实际上已经表明，庐山市二中是否应该搬迁，决策者在犹豫，利益方在博弈，学校教职工及社会各界人士见仁见智，而且双方基本势均力敌。

甫一面对这个问题，我是否定搬迁的，然而，经过一番比对思考，我改变了主意。

转年我就成为老同志了，而反对搬迁的中坚力量正是老同志，所以，现在站到老同志的对立面，就意味着将得罪许多未来的同伴。但是我想，有关方面郑重其事地把问题拿出来广泛征求意见，就是期盼听到一些发自肺腑又能有所启发的声音。而本人在此次征求意见的对象划分中，身份被定位为"老校友"，那么，面对母校未来的发展，总不该说些违心话去敷衍吧。

庐山市的前身是星子县，星子县以前还有一个更荣耀的身份——南康府。庐山脚下、鄱湖之滨的这块宝地被誉为"真儒过化之地，文章节义之邦"。现在的庐山市二中所在地，之前是始建于1946年的星子中学之所在，更早则是1902年创办的南康府中学堂。在很长的时间里，方圆几十里的年轻人，有初中高中学习经历的，莫不出身于紫阳堤北侧的这块黄土高坡。如我家，父母在这里接受初中教育，我和两个弟弟都是在这里高中毕业。

2008年3月1日，哺育了万千星子学子的星子中学在心理空间和物理空间上正式一分为二。这一天，原县中高中部搬入芭茅畈去建设省优质高中，更名为星子县第一中学，现名为庐山市第一中学；原县中初中部则留守原校址，更名为星子县第二中学，现名为庐山市第二中学。这次要大家出建议决定是否应该搬迁的主角，就是后者。

我相信，就二中是否应该搬迁以各种方式表达意见的人士，不管是持哪一种"建议"，他内心都是关心二中前途、关注庐山市发展的，而且据我所知，具体到关键点来说，那就是忧虑：百年府学的文脉是否能够得到赓续，滨湖地带的文物是否能够得到保护利用。对于上述担忧，本人陋见如下：

一、庐山市二中现在没有、将来也极难具备赓续府学文脉的能量。

曾经的星子中学是县域最高学府，自然是南康府学的正宗接班人。庐山市二中守着县学府学的地盘，是否就是理所当然的府学县学衣钵继承者，我想大多数的回答应该是否认的，即便是那些反对二中搬迁希冀她赓续文脉的人士。据知情者透露，当年星子中学高中部和初中部分家时造成的伤口，至今都没有愈合。二中教师之所以对分家耿耿于怀，正是他们已经预知了学校未来的命运。高中部搬迁而初中部留守，相当于掐头留尾，掐了头的尾还能有什么样的美好前景，可以参照生物界的范例。心气不顺冤冤相报的结果是，由于二中老师宁愿把优质生源推荐到九江甚至外地，也不愿把他们推荐去一中，现在，一中已经开始恢复初中教学。如果二中不搬迁，就不可能获得新生，长此以往，等待完全成为初中的二中会是什么结果，大家都心知肚明。即便以后政策调整二中也恢复高中教育，因为受各方面条件限制，生源只能捡一中的"漏脚"，地位只能屈居一中之下。所以，支持二中在原址改建扩建这个选项，至多不过局部改善办学条件，而绝难从根本上扭转学校的整体下滑趋势，更不要说焕新教师的精神面貌。一任任灰心丧气的教师，一届届前景暗淡的学生，何谈赓续南康府学文脉？

二、搬迁二中有利于滨湖地带文物的保护利用。

保护文物的终极目标，是让它们活起来为当今的社会发展服务。二中校园及滨湖周边有多处重点或重要文物，如紫阳堤、古城墙、耶稣堂等，还有冠如华盖的大樟树，这都是求之难得的宝物。紫阳堤是国家重点保护文物，本人于2013年10月曾写过一篇文章，感叹它是我见过的"最破败的国家重点文物"，最后说道："颓圮如斯，百无一用；实不能泊船避风，虚不能观赏怡情，不看也好，看了伤情。"如今，紫阳堤经过修葺，基本恢复了它的本来面目，但由于周边设施未能同步配套，所以它只能静卧在鄱湖波浪之中顾影自怜，倍显孤寂。另外，我做了一个初步调查，古城墙在九江区域已经极为罕见，庐山市滨湖城墙虽然同样惨败，但已经算是保存最完整的了。如果二中不搬迁，部分建筑会继续挤压着古城墙，使其难以向观众展示沧桑面目。耶稣堂位于校园之内，这里是中共地下党第一届星子县委的诞生地，如果常规性对社会开放，势必影响学校的教学活动，如果不能常规性开放，又失去了一块宝贵的红色教育基地。可以这么说，如果二中不搬迁，周边很多文物就活不起来，或者是活得不鲜亮。

三、二中搬迁并不意味着文脉中断。

这是一个关键的观念问题，退一步则海阔天空。本人从否定二中搬迁改为赞同，就是经历了这样的思辨过程。

◇ 1980年6月，星子中学1980届文科班毕业照

随着南康古城开发的推进，民间修复南康府古牌坊的呼声很高，特别是"真儒过化牌坊"和"嘉靖牌坊"。文物部门保存了一些古牌坊的部分构件，使修复具备了物质条件。但是，古牌坊旧址已经是高楼林立，原址恢复恐怕难以体现其巍峨气势及文史价值。而二中搬迁，正好使得南康镇及周边零散的文物，有了集中复建和安置之地。比如在我看来，二中现在的两处大门，都是复建"真儒过化牌坊"和"嘉靖牌坊"的理想位置。古城的两座老塔，大的梯云塔也称永镇塔、小的文峰塔也称凌云塔，或可择一滨湖临水复建，必成鄱阳湖畔一道亮丽风景。

现在庐山市二中的教学建筑全都是二十世纪八十年代之后建造的，既不美观也没有文史价值，建议在此处建设一座小型会堂，命名为"南康学堂"，听众座位固定于63个（陶渊明享年63岁），规划红线限定为978米（公元978年星子由镇升县），周边设立若干小巧精致的固定主题展厅，如紫阳堤主题、南康府主题等。此外设置若干临时展厅，供本地文化人士进行作品展示，也可以进行以庐山为主题的文化展出。学堂建筑不能过于高耸破坏湖际线，可以参照国家大剧院那样沉降式建造。如果现在难以达成，则可留待后人建造。因为身边有很多事例告诉我们，一厢情愿急功近利的项目，最后都是成了话柄或笑柄。

只要建造设计筹划周密，用心用巧，牢固树立"无一处无来处"的理念，在细节处体现文化，把有代表性的诸多本土文化元素巧妙糅进府学旧址文创中去，届时，目之所及皆传统，言之所及尽文化，芭茅畈人有了愁绪都会跑来凭吊，谁还有理由说搬迁二中割裂了文脉?

至于有些朋友担忧的，诸如这块宝地被开发商看中了怎么办、南康学堂建成之后如何运营、二中搬迁之后何处重新选址……这些问题都超出了"两个建议"的范畴，另文絮叨吧。

2022年6月12日

追踪发出的文章

昨晚20点34分，在自己的公众号发出《庐山市二中是否应该搬迁？》一文，到刚才，今晚22点34分，也就是整整26个小时之后，数据显示：阅读量704，留言3，在看6，点赞12。

这篇文章的阅读量，使我这个公众号的文章阅读量，创下了新高。平时，我是不太关心阅读量的。因为我这个账号不太与人互动，目前虽然有188位熟悉的和不熟悉的朋友关注我，实际上连过去网易博客好友的零头的零头都没有。而且我也知道，阅读量的多寡和文章质量关联不大，起关键性作用的是平台。就像我的其他几篇文章，在媒体平台发表后阅读量接近100000，而在公众号这里只有50左右。此外我也不喜推介，就像这篇文章我只内敛地发了三个群，总人数包括我自己在内一共是47人。其中两个群没有任何反应，另一个群因为我艾特了四位小乡友，他们不得不进行反馈，不过只有一位女乡友支持我的观点，其他三位直男都表示反对。

到目前为止，我的微信聊天群有178个，这还是两次大清洗后的结果，其中，活跃群、有事才有声响群和"僵尸"群各占三分之一吧。活跃群里有不少参与讨论二中是否搬迁的热心人士，我熟悉的人大多数是反对搬迁的，估猜他们也从其他途径看到了我的文字，但所有人似乎达成了高度一致的默契，绝口不提此事。更有甚者，我的一位同学，在我的文章后面留了言，不知道出于什么考虑，立马删除掉了。我没看到留言内容，只看到系统保留的他删除的痕迹，所以我不知道他是支持还是反对我。

其实既然要写这篇文章，在此之前我就没准备去和谁讨论，在此之后也不在乎谁支持谁反对。开始，我还约了孝安同学相伴看看二中校园，但连续两周都因为痛风行走不便而作罢，后来我想，去实地看看并不是刚需，又不是做科学试验，保证基本面不出现偏差，少用点具体数据尽可能避免硬伤，就OK了。

此外，我还实验性地把文章链接发给了海内外9个背景迥异的朋友，截至现在，只有两个星子人就正题与我进行了交流，还有一个学界朋友礼节性地和我说了点其他话题，其他六人——他们都不是星子人或者和星子没有任何瓜葛——没有一个人搭理我，平日里他们可不是这样！

这就对了，我要验证的就是：二中搬迁之事，真正放在心上的只有星子人。但留言等数据显示，星子人很忌惮表达观点！

2022年6月13日

关于如何制止南康府学旧址遭受商业性开发的对话

　　鄙人：兄弟啊，老哥我那篇《庐山市二中是否应该搬迁？》发表之后，不少人问我到底有什么办法制止南康府学旧址遭受商业性开发，我说办法多得很，不料想他们穷追猛打非要我说，你赶快帮老哥解解围吧。

　　友人：你那篇文章我关注了，到今天整整一个星期，每天依然有200多的阅读量，说明你的父老乡亲对二中是否搬迁这件事确实上心。

　　鄙人：数据对我没有什么意义，想得出有操作性的办法才是关键。

　　友人：莫急莫急，我还真帮你思考过。

　　鄙人：那还犹豫什么，和盘托出啊！

　　友人：我的办法实施起来，有一个基本前提，那就是团结一致、持之以恒；还有一个基本原则，那就是合情合理、依法依规。

　　鄙人：这绝对没有问题，快说具体的。

　　友人：首先，由德高望重的星子乡贤领衔起草"反对南康府学旧址进行商业性开发宣言"，然后发动各界人士签署发布。无论是用白话还是用文言，无论是和风细雨还是词严义正，核心主旨必须表达清晰——将南康府学旧址进行商业性或其他非文化性开发，都是挖星子文化的祖坟！

鄙人：有力度，请继续！

友人：其次，宣言发布之后，由各界人士众筹购置跪姿花岗岩石像两尊，用红布包裹存放，通过各种途径广而告之，石像日后将以对南康府学旧址进行商业性开发的主事者具名。待项目开工之日，将石像红布揭下并择地置放。至于具名的时间和方式，可咨询法律界人士。

鄙人：你"挖我祖坟"，我"索你魂魄"！针锋相对，可以！

友人：再次，即便工程已经不可逆转，也要持续向国家有关部门和主流媒体反映南康府学旧址商业性开发对传统文化的毁害，持续向社会曝光在商业性开发过程中产生的各种负面影响。

鄙人：这样做对他们有约束作用吗？

友人：你应该注意到了，很多人离任的时候，喜欢发表感言来惜别，这都是为自己的失误做辩解，挽回一点声誉。不过从这一点也看得出来，再怎么胡作非为的人，也都是愿意留得清誉在身后的。

鄙人：如果有人觉得这样做不太地道呢？

友人：这时候了还卑躬屈膝，到底是厌还是蠢？

鄙人：好，我整理一下马上发出，如果被采纳我请你喝星子糯米酒，哪怕痛风也陪你一醉方休！

2022年6月18日

关于庐山市第二中学提升改造项目的建议

一、基本原则

赓续传统，弘扬文化，特色立校．地方一流。

二、具体措施

1. 将"庐山市第二中学"更名为"江西省星子中学"或"庐山市星子中学"。

2. 内引外联着力培育"庐山地域文化"特色精品课程，做到教师无论专业个个能讲，学生无论年级人人必考。

3. 校园内外"三古"即古城墙、古香樟、古建筑既要重点保护，又要便于宣传利用，且和教学区有适当区隔。

4. 学校主门以"真儒过化"牌坊为模型按比例缩放建造，其他校门要风格相宜各具特色。

5. 目前的设计图学校东主入口和南人行次入口相隔太近，宜取消后者或将其移至西侧。

6. 与紫阳堤及南康古城相协调，建筑风格外形宜以中式为唯一，不要搞得不伦不类，内部为便捷利用可吸收西式建筑特点。

7. 校园建筑的叙事主体是"南康府学"，而不是"书院别墅"，更不是"西式书院"。

8. 所有楼栋及活动场所均分门别类以富有星子特色及韵味的老地名来命名。

9. 校园面积有限故而寸土寸金，应全力争取资金使人车（包括非机动车）分流一步到位。

2023年5月4日

◇ 幸存于原星子中学，现庐山市第二中学西门右侧的一段南康府古城墙

杂感篇

ZAGAN PIAN

回乡偶感

昨日，应同学之邀回了趟老家——离九江只有40公里，庐山南麓的一个小县城星子。

十六岁离家之后，一直在外学习、工作。九江离老家虽然近，刚开始回去的频率并不高，但随着年龄的增长，回的次数越来越多、愿望越来越强烈。说来你别笑话，回去走在路上没有几个认识的人，但心里感到安定、踏实、温暖。我想，退休之后要回去，死了骨灰要埋回去。如果不给埋，就撒进鄱阳湖。

现在同学见面，红喜白喜、一般聚会，除了喝酒就是打牌，偶尔有了兴致，还去歌厅鬼哭狼嚎一番，但以前两项为主，一般二者都是捆绑进行的。昨天回去，七八个同学一起打牌。打着打着，停电了！一个小包间，开着空调都嫌热，停电之后更是汗如雨下。"吨位"很够的老朱同学在一旁打趣，说要雇个人在旁边摇扇，50块钱一个小时，服务员还真的跑去外边喊人。总算熬过了一个时辰，电来了，大家纷纷感慨，三十五六摄氏度的高温，离了电不知道怎么活。

人到中年，同学们的生活也慢慢讲究起来了。小小的县城，开了不少茶庄，本地的云雾，福建的岩茶，云南的普洱，都有。听同学们的话语，应该是经常品尝。渐渐，听他们批评起喝的茶水。开始还没有注意，经他们提醒，果然看见茶杯底有一些不像茶末的沉淀物，这杯有，那杯有，换了茶叶和开水，还是有。门路精广的老猛同学揭了谜底，说不怨茶叶，也不怨开水，要怪就怪水务公司的设施。是啊，县里的水，都取自一级水质的鄱阳湖，是不该有如此多沉淀物的。

昨夜回到母亲那，今早起床漱口洗脸，拧水龙头，竟然没水。幸好当初装修之时，不嫌不雅打了一个水缸，里面有些存水。上面的问题是解决了，下面却不敢。因为水缸存水终归有限，不知道何时来水，进的问题还是要优先考虑，其他则忍着憋着熬着。故而不

◇ 1980年代，在星子县农业局宿舍拍的全家福

140

敢多待，赶紧别过母亲，回九江。

环庐山公路修通几年，带动了周边经济发展，特别是"农家乐"休闲旅游。现在，公路两边的房子越来越漂亮。新的房屋是一个个小别墅造型，看得人甚是眼红。老的房屋经过一番"穿衣戴帽"，也换了新颜。经常听武汉的、南昌的、九江的朋友说，有钱就到乡下盖栋房子，爽死人！

然而，人们往往只看到表面的光鲜，却感受不到其中的难堪。现在，很多农村有了好路，大卡车小轿车可以开到自家门口。通信条件得到改善，拿起手机就是全球通。昨夜在老家县城看到，中心广场的热闹不输上海外滩。但你知道吗，广场上这么多人，可能是因为家里停电热得不行跑出来的。他们劲歌热舞后回到家中，得用早晨不敢倒掉的水来擦身子。农村的电压不稳定，经常烧坏电器，经常停水，洗衣机成了摆设。还有，同学们说到，我们这山清水秀之乡，出现了越来越多的怪病，癌症的势头更是不可遏止地上升。

在守住绿水青山的前提下，让改革开放的成果进一步惠及普罗大众，未来的十年，很关键！

2009年8月23日

觐庐浅语

141

糇糇"不到（登、游、食）×××，不算庐山客"！

暑期上了几次庐山，每次都只住一晚，然后不顾山下热浪袭人，甘受晕车之苦落荒而逃。友人不解，问曰："人文圣山，清凉世界，神仙会所，何故避之如蚊蝇？"

我的天，这话问得真是到位！

常听山上人士吹牛，说庐山没有冰箱、空调，庐山没有苍蝇、蚊子。真是不知天外有天！不要说现在庐山的高档会所都装了齐刷刷的格力、美的，即便当年蒋宋夫妇的美庐，就藏有一台烧炭的冰箱。苍蝇、蚊子有没有？朋友你喜食昆虫不？如果喜欢，你随便走进哪家街边餐馆，向店家借个网兜，立于门口，不一会儿，一顿自给自足的蚊蝇大餐原料便备齐了。

上庐山，图清凉，人之常情。可我清凉难图，皆因扑面而来、避之不及的许多继承了庐山吹牛"光荣"传统的广告让人烦躁不安。

话休絮繁，单表一则公式广告："不到（登、游、食）×××，不算庐山客。"

稍稍拢了拢，套用这则广告词的大致有：

"不到三叠泉，不算庐山客。"

"不游石门洞，不算庐山客。"

"不登好汉坡，不算庐山客。"

"不到白鹿洞，不算庐山客。"

"不到观音桥，不算庐山客。"

"不到秀峰寺，不算庐山客。"

"不到含鄱口，不算庐山客。"

"不登五老峰，不算庐山客。"

"不登汉阳峰，不算庐山客。"

"不到锦绣谷，不算庐山客。"

"不食庐山鱼，不算庐山客。"

所指各处，都是庐山著名风景点，散布在方圆302平方公里庐山风景区的上下左右、西北东南。好事者没计算里程，却算了门票价格，如果你想一个不落旅过来游过去，所费颇多。如果想偷点懒或根本就是体力难支，需要乘坐缆车、滑竿之类，那更是一个无底洞。所以说朋友，知道如何使自己成为庐山客吗？哈哈，不要说你，就是在庐山山上山下生活了几十年的人，按照这样的标准，都未必能够成为真正的庐山客。

要说如此广告，其他风景区也不少见，但像庐山这样放眼皆是，恐"难出其右"。

"挂席几千里，名山都未逢。泊舟浔阳郭，始见香炉峰。""横看成岭侧成峰，远近高低各不同。""陶令不知何处去，桃花源里可耕田？"……

庐山，自然风光依旧美丽、人文传说依旧动人，使她失去魅力，让游人倒胃口的，是常怀饮鸩止渴之心的人。

2010年8月20日

星子人，星子情！

今天，公元2016年5月29日，是"星子"作为县的建制，存世的最后一天！根据有关方面有意无意透露出来的消息，明天，公元2016年5月30日，将在星子会堂举行庐山市成立大会。之后，星子县将不复存在。

史载，五代吴杨溥大和年间（公元929—935年），于庐山之南立星子镇，归属德化县；宋太平兴国三年（公元978年），升星子镇为星子县，归属江州。掐指一算，星子县存世已有1038年历史。今天县域之内，断断没有超过120岁的人，所以说现在存活于世的星子人，从他呱呱坠地那一刻起，就打上了星子的烙印。不管他是否承认，走到世界任何一个角落，他都是星子人。

对于广揽星子地域建立县级庐山市，而将现在的蓼花镇更名为星子镇，我是有感触的，但不特别强烈。我也早早在委府大门前拍照留念，还写了一篇博文《小议星子"撤县改市"》，表示了自己的一点关心。本是想到此为止，因为心中虽然有些不舍，但应站高一点朝前看，这对星子发展和百姓福祉而言应该是一件好事。

但是没想到，随着星子消失日期的临近，周围现实和网络的朋

145

友圈中，对这个话题的讨论越来越热烈，文图信息好像庐山云雾，缥缈而至，弥漫不绝；又像鄱湖碧水，波涛拍岸，前赴后继，从中真是能够感受普通星子人对星子县朴素而真挚的感情。

日前，同事小汪发来信息，说周六约学校的同乡一起坐坐，然后把几个应允坐坐的老少组团建了一个微信群。昨日是周六，大家在群里议论什么时候去酒店，我便建议吃饭之后大家每个人拿张纸，写上"我是星子人"照张合影留念。说实话，此时我是忐忑的，虽然因为年长，可能不会有人驳我的面子，但我也不愿强人所难。因为大家都算公职人员，很多人还有点职务，虽然完全是自掏腰包的私人聚会，平日里还是有人不愿留把柄、惹麻烦、费口舌。没想到这次看到我的提议，大家个个积极响应，且自告奋勇准备纸和笔，让我觉得很宽慰。说来也巧，就在同乡兼同事们约定不久，星子网版主"蚂蚁"在网上找我，蚂蚁就是小汪的哥哥。我和蚂蚁虽然偶有联系，但一直都是通过网络，至今未曾谋面。前几年，星子网印制了一批文化衫，其中有点募捐的意思，我买了一件作为纪念。后来网站印制了第二批文化衫，我并不知道，但蚂蚁跟我说过要赠送我一件。这次蚂蚁告诉我，因为星子县即将成为历史，这些文化衫就显得非常珍贵，很多人向他讨要，但他依然牢记对我的承诺，问我怎么转交方便。听了他的话我很感动，就请他把东西放在店里，我今天过去取。蚂蚁对我一无所求，却能如此待我，便是因为他觉得我也是一个热爱家乡的人。

昨天的小聚，我们到了九位老乡，除了我和同学华良是"六〇后"，还有一位生于七十年代末的，其他都是正宗的"八〇"后，但他们都是硕士博士，前程远大。用餐过后，我们每人依次写一个字，九个人写了九个字"我们大家都是星子人"！有朋友说感觉句子不很通顺，他不知道我们一是配合人数，二是九人集体合影之后还要不断组合。两人组"星子"，三人组"星子人"，四人组"我们星子"，五人组"我们家星子"，六人组"我们是星子人"。从拍照时组合不断的变化可以看出，大家的不舍是发自内心的。本是一次平常的小聚，不经意间赋予了特别的意义，大家定然会铭记在心。

虽然早已有了在委府大门前的留影，但今天回星子，我还是要去那里看看。因为一段时间以来，和这两块牌牌合影，俨然成为星子新时尚。只要进入星子人的空间，无论是个人的还是公共的，无论是年长的还是年少的，无论是稳重官员的还是活泼学子的，无论是矜持少妇的还是卖萌小妹的，都可以看到这样的晒图。而且，随着5月30日一天一天迫近，合影的队伍越来越庞大，从单个到三五

◇ 2016年5月28日，和同事乡友在一起

成群，从街坊组合到单位团队，峰值高的时候，大门前排起了长长的队伍。不明就里的游客以为这里发生了什么。昨天我们小聚时，桌上有一半人说今天要去拍照留念，后来都在网络上看到了他们挈妇将雏的照片。另外，还有几位在九江工作的老同学也说要去。我中午时分到达县政府大门的时候，没有遇见他们，但见到了好多位九江过去的别的方面的熟人，看架势他们也是早有计划。后来，还有老二班同学志华贴出了我在街边的"偷拍"照。他看到我，我未见他，但此刻，万众同心，情系星子。看着这一拨一拨自发而来的人，很多人感慨，如果庐山市成立之后，发展思路纠缠不清，错失发展机遇，哪里对得起这些淳朴的民众！

在星子网房产门店，我取到蚂蚁特意留存的文化衫，依然没有见到蚂蚁本人。在很多的空间里，我看到过蚂蚁组织的几十名网友在县政府门前的合影，看见过他发出的明天庐山市成立大会的工作证。作为星子新媒体的领军人物，此时此刻，他一定和许多期望家乡快速发展的人一样，非常忙碌。文化衫上"我爱星子"，是大家的心声，我把它展开在网站门前留下纪念。

1038年前，星子始由镇升格为县；1038年后，星子又由县降级为镇。一千多年，一个轮回。从明天开始，星子县原有的大部分区域，将由一个叫"庐山市"的机构引领，我们祝福新的庐山市的发展。但我们也知道，不论何时，不论何处，自己都是星子人，我们身上的烙印绝不会淡化半分。此心不改，此情依旧！

2016年5月29日

"跟着课本游九江"背后……

　　说到文化资源，很多九江人可以甩出这句颇为自豪的话语：来，跟着课本游九江！

　　是的，自古至今，九江养育的名人有陶渊明、黄庭坚、陈三立等，和九江结缘的名人有李白、苏轼、王阳明等，他们在鄱湖岸、庐山麓，畅游放歌，抒情遣怀，留下了许多脍炙人口的诗文。据不完全统计，仅现行中小学语文教材中描写九江的课文就有21篇，占比在全国所有旅游城市中位列前茅。所以说，"跟着课本游九江"并不是浮夸虚张。

　　如是，那人们特别是本地人对九江的概况应该是耳熟能详：谁没读个中小学呢！

　　因为前不久接受了2019九江国际名茶名泉博览会泉文化论坛的筹备任务，这段时间，我对九江文化的关注也更具体、更细致了一些。

　　今天下午上课，我就把这个问题抛给了学生："你所知道的九江名茶名泉有哪些？"

　　经管学院大二年级两个班约90人，只有一位吉安籍的女生不很确定地回答了"庐山云雾茶",细问之下,她却不知道遂川茗茶"狗牯脑"。于是,我特地问了两位九江本地的学生,一位男生一位女生,一位来自开发区一位来自八里湖新区,他们的回答一模一样:"庐山云雾茶,庐山三叠泉。"

我提的问题的闭合性有缺陷,所以,尽管学生没有沿着我的方向回答,但他们的回答并没有错误。然后,我便问得非常具体:"知道茶圣陆羽的天下十大名泉吗?"都摇头,都说一个都不知道。天哪!陆羽评定的天下第一泉可是距离他们生活的区域咫尺之遥啊,排在后面的不知道情有可原,雄踞天下第一之位的总该牢记吧!

然而,并没有。

现在的学生,特别是城市学生,中小学教育都是比较完善的,但从我今天的提问可以看到,他们对地方文化的了解,真的是少之

◇ 2019年5月29日,和中心同事进行"2019九江国际名茶名泉博览会泉文化论坛"筹备工作

又少。在这个问题上，绝对不能指责学生，反思的只能是教育本身。我想尽一位老教育工作者之力小声呼吁的是：我们的省情市情教育时间，有待大大扩充；我们的省情市情教育课本，有待好好完善。

最后，录一个版本的"陆羽十大名泉"，给自己备忘：

天下第一泉：庐山谷帘泉；天下第二泉：无锡惠山石泉；天下第三泉：杭州慧禅寺虎跑泉；天下第四泉：上饶广教寺陆羽泉；天下第五泉：扬州大明寺泉；天下第六泉：庐山观音桥招隐泉；天下第七泉：蚌埠荆山白乳泉；天下第八泉：南昌洪崖瀑布泉；天下第九泉：桐柏山北麓淮水源；天下第十泉：庐山天池山顶龙池水。

2019年4月4日

親廬淺語

由渊明雕像忆往事

昨天在山北淋了雨人被浇得软绵绵的，于是今天硬撑着去晒晒山南的太阳让自己还原。家乡的太阳，家乡的味道，效果真是不错，特别是在吃掉一盘由自己采摘、表哥爆炒的新鲜辣椒之后，感觉其爽，打通任督二脉也不过如此。只是返回九江经过星子渊明雕像的时候，想起的一段往事又让我窝心了。

我对陶渊明是崇敬的，不过有些敬而远之，这种感觉说来话长，在此还是不展开为好。另外，我对陶渊明的籍贯归属兴趣也不大，星子当初总是和九江县打嘴仗。论历史沿革，你星子他九江县都属于古柴桑，你们原本就是一家人，那有什么好争的。但我母亲不这么看。她平时对这些问题并不申明自己的偏向，我在《玩转九江》里面这么注释："陶渊明，东晋柴桑（今九江县）人……"母亲看到后就不高兴，说"明明是星子的你凭什么说是九江县"，然后蛮长时间不看我写的东西，起码我看到或感觉到的情势是这样的。

星子兴建渊明雕像的具体时间我没有印象，有印象的是有一次我回家，母亲告诉我这件事，并且要求我捐款，说我是学中文的，有这个义务。母亲的理由让我感到非常奇怪。尽管学中文的大部分都是一副穷酸相，但全国学中文的基数多大呀，如果学中文的都有这个义务，如果大家都能尽50元的义务，保守估计可以给五柳先生塑一座高250米的纯金雕像。然而，绝大多数学中文的和我一样没有觉悟，于是只能给他老人家雕一座花岗岩的石像，高不过两丈吧。

　　母亲虽然没有说服我，但她自己还是履行了不该她履行的义务。我对她说，渊明雕像放在石材城这里是没有远见的，这里迟早要成为城市中心。把一位好不容易复得返自然的田园诗鼻祖置于高楼大厦、灯红酒绿之中，本身就是对他的不尊重，所以我不支持。如果把渊明雕像兴建在玉京山或鸡笼山山顶，我倒是可以考虑捐点款，不过也只是意思一下而已，聊胜于无。母亲觉得我在推诿，然

◇ 2007年2月19日，母亲在陶渊明雕像前留影

后好像也有几天不太理睬我，饭熟之后叫别人吃不叫我，好在我强烈的求生欲自觉抵消了这样毫无道理的家庭内部制裁。

大约是2007年春节，全家人去河村畈拜年，回来时经过渊明雕像，那时候雕像周边没什么建筑，仅一座"山湖名城"的牌楼相伴，渊明老师尚有点巍峨耸立的感觉。大家围着雕像，点滴评论一番之后，就去基座找捐款人的芳名。母亲一定是捐了款的，但左右四方都找不到她的名字。母亲只好自己解嘲说，我捐得少，自然够不上镌刻姓名的资格。

更早一些的二十世纪九十年代初，星子重修县志的时候，父母也都是捐了款的。那次有收据，后来还赠送了一本县志。父母的捐款是100元，那时候他们的月工资都没有这个数。他们，经常几块豆腐，几把青菜、豆芽都能对付一星期。

看到已经被高楼簇拥、彩灯映没的渊明雕像，想起历历往事，不由得我不窝心！

2019年6月23日

五老峰，吾之倚靠

　　庐山五老峰位于庐山山体东南，因山的绝顶被垭口所断，分成并列的五个山峰，仰望俨若席地而坐的五位老翁，故人们便把这原出一山的五个山峰统称为"五老峰"。它根连鄱阳湖，峰尖触天，海拔1436米，虽高度略低于大汉阳峰，但其雄奇却有过之而无不及，为全山形势最雄伟奇险之胜景。庐山五老峰从各个角度去观察，姿态不一，有像诗人吟咏，有像武士高歌，有像渔翁垂钓，有像老僧盘坐。五峰中以第三峰最险，奇岩怪石千姿百态，雄奇秀丽蔚为大观；五峰中第四峰最高，峰顶云松弯曲如虬，下有狮子峰、金印峰、石舰峰、凌云峰和旗竿峰等五小峰。

　　描写庐山五老峰最著名的诗篇是李白《望庐山五老峰》："庐山东南五老峰，青天削出金芙蓉。九江秀色可揽结，吾将此地巢云松。"

　　厦门五老峰古名为五老山，海拔185米，因为自西向东五座山峰凌空而立，远望如五位老髯面天盘坐，丛树若须，云雾似袖，故名"五老凌霄"，是清朝评定的厦门八大景之一，也是1997年厦门市评定的厦门名门新二十景之一。五老峰上遍植着相思树，这种树被称为"台湾相思树"。若是游客攀岩直上，美丽的厦门大学校园风光和南普陀、厦门海滨景色将一览无余。

描写厦门五老峰的诗文多散见于描写厦门的文字中，如郭小川的《厦门风姿》："看，凤凰木开花红了一城，木棉树开花红了半空；可不在僻远的山林呀，可不是假想的仙境。听，鹭江唱歌唱亮了渔火，南海唱歌唱落了繁星。可不在冷寞的海底呀，可不是空幻的龙宫。看，榕树好似长寿的老翁，木瓜有如多子的门庭；可不在肃穆的山林呀，可不是缥缈的仙境。"听，五老峰有大海的回响，日光岩有如鼓的浪声。

人生蒙幸甚，五老伴终生！

2019年8月1日

◇ 2016年2月16日，52周岁生日当天，和家人在五老峰下留影

徐霞客的格局

在拙作《庐山：道路建筑树木的故事》中"徐霞客：勇敢者的探险路"一节结尾处，本人狠发了一顿议论：

——徐霞客的庐山游记读完了，各位是不是意犹未尽？是不是觉察到有什么蹊跷之处？

——陶渊明以降，与庐山结缘的名流如过江之鲫，谢灵运、陈子昂、张九龄、李渤、李白、白居易、苏轼、秦观、朱熹、周敦颐、王阳明、唐伯虎……徐霞客所经之处，很多景色都出现在他们广为传播的诗文中。但是我们一定都意识到了，在这篇篇幅不短的庐山游记中，除了一个李渤，统统都被徐霞客无视了！

我当时便断言：刻意的无意便是故意。

前几天我在攀登九九盘的时候，仍然在琢磨这个问题：为什么要故意地无视呢？及至登顶圆佛殿，凉风习习，醍醐灌顶，我明白了：这就是一个人的格局。

徐霞客出生在南直隶江阴一个有名的富庶之家，祖上都是读书人。他幼年好学，博览群书，尤钟情于地经图志，少年即立下了"大丈夫当朝碧海而暮苍梧"的旅行大志。万历二十九年童子试落第后，便在富庶家境的支持下，以游历名山大川为己任。而且他由爱生厌，博览群书时处处与前辈文豪名士为伴，游历山川时便尽可能敬而远之，不管他人如何声动文坛，不管他文如何享誉千古，都只能被青山和云雾压制，被绿水和清风荡涤，我就如此轻轻松松探幽寻秘，达人所之未达，探人所之未知，快活至哉！

不为前贤羁绊，我自天高云淡。这便是格局。每个朝代都会有一批痴情的游历者，但他们多是自娱自乐，唯有大格局的徐霞客，超越了自我，跨时代地站到了巅峰。

我人生走过五十多年，路遇了很多人，其中大部分都是平常人，其实我以为平常人是很幸福的。但有少数人，是人们平时所说的聪明人，照理说凭他们的聪明劲，应该能够成就一番事业，但遗憾的是，他们的命运应了那句老话：聪明反被聪明误，最终不仅大事无成，有的人甚至祸害了自己。在我看来，这些聪明人往往因为知道自己脑瓜灵光，越来越缺乏格局，慢慢地有点忘形——其实，适度的自傲是可以理解的。因为没有格局，便喜欢显摆，喜欢计较，喜欢耍滑，喜欢占便宜。更加致命的是，他们只觉得自己聪明，而别人都是愚蠢的。最后被所有人看透了，唯独自己还蒙在鼓里。这样的人，怎么能有所成就呢？！

孟子曰："孔子登泰山而小天下。"九江人（含外籍居住者）真的可以经常循着徐霞客的足迹，培养培养自己的格局。不说登庐山而小天下，也不说登庐山而小赣鄱，适当小小自己，让自己清醒一点、收敛一点，总是可以做到的！

2020年6月17日

经济可口的星子土菜——萝卜丁

那天，友人问老家星子可口的美食有哪些，我忍住一腔涎水，脱口报了一通：梳拢扣肉温泉红烧肉干豆角烧干鱼大蒜炒腊肉辣椒炒小鱼薯粉汤变瓜粑……之后，特别补了一个：萝卜丁。

萝卜是最经济的蔬菜之一，而萝卜丁的做法特别简单，所以我觉得它就是最经济实惠而又美味可口的星子土菜。

做萝卜丁，就是找一根或多根新鲜的白萝卜，洗净之后切成指甲片大小的块状，特别提醒，是块不是片。切好之后盛进钵里盆里，用适量的盐腌制小半天。你杠精啊，非得问适量的盐是多少克？多少克多少克，我知道是多少克！适量就是适合，适合谁？适合你的那张豁嘴！我做了一辈子老师，现在最烦的就是教育人，但是碰到你这样的"杠精"，气不打一处来，不教育一番会让我觉得有失"师范"，年轻人不要不讲"杠德"！不好意思，刚刚被他打岔了，现在言归正传。萝卜腌了小半天之后，滗掉能够滗掉的水，就可以下锅。油一定不要加多了，我还建议不要加生姜，辣椒是唯一的必需项，而且应该略高于你的忍辣度。现在没有杠精问忍耐辣是多少，看来刚才的训导还是起到了作用，孺子可教也。

下面也是关键。

萝卜丁炒好之后，如果马上上桌，那只能是一道凑数的菜。关键在于：萝卜丁一定要凉吃！凉透了再吃。

凉滋滋的萝卜丁，和烫滚滚的白米粥，是"额咯星子恁"早餐桌上的绝佳搭配！

2020年12月3日

一位盗木汉的讲述

笔者注：起初，对于往事，我遇到的这位盗木汉并不大情愿启齿，因为总归是"偷盗"，总归是不光彩的。但我告诉他，他所讲述我要记录的，是历史。历史有光明的一面，也有黑暗的一面。我们记录这段历史，目的不是宣传偷盗，而是告诉后人这种黑历史的客观存在。如果没有当事人的讲述，后人可能就会很难理解，为什么大多数人脑海中都郁郁葱葱的庐山，在李德立开发的时候，山头几乎都是光秃秃的。还有，到了二十世纪七十年代，除了核心景区，庐山几乎没有多少像样的成片的成熟林区。汉子听罢，觉得在理，于是我才能写出下面的文字。

靠山吃山，靠水吃水。古往今来，概莫能外。庐山周边的老百姓，东南西北，很多人都靠庐山吃饭过日子。

庐山的山体，有大小之分，从我们记事的时候开始，就知道大山脚下的小山，都属于不同的姓氏家族。这些山，分坟山和柴山。有的坟山柴山，就在屋场旁边，有的还有蛮远的距离。这些山，都是祖传下来的，至于祖上是怎么得到的，有的说是打下来的，有的说是买下来的。你们新屋陈家在玉京山有坟山，那就是买下来的。当时你们老太公和刘姓通婚，一高兴就把东北的那一片，以分水岭为界，送给了刘家。至于大山那部分，据说也都有主，但是我们不是很清楚。

我们靠山吃山的一个重要内容，就是砍树。家里做房子，需要木材；新人做家具，需要木材；老人做棺材，需要木材，所以木材一直都是非常紧俏的东西。因为求大于供，自家山上的木材不够，那就靠偷盗。以前都是偷盗别人家的，后来成立了国营林场或垦殖场，那就是偷盗国家和集体的了。

盗木这个活，都是家族祖传，无师自通的。我们这个家族，盗木的历史要追溯到太公的太公，可能是嘉靖年间吧。因为盗木很危险，所以大人一般也不主动叫自己的子侄参加。但是，一个男孩要成为男子汉，盗木好像就是一个成年礼。只有参与了几次盗木，而且能把木材扛回自己家里，或者安全送到买家那里，你才能收获屋场上上下下赞许的眼光，你才可以在家族的事务中有发言权。

我基本上算是最后一拨盗木人，从十六七岁一直偷到三十出头，后来不偷，不是盗不动，而是不需要盗了，因为木材大多数已经被别的原材料替代了。我的子侄及他们的同龄人当中，再没有出过盗木的了。

我开始盗木的时候，国营林场或垦殖场都成立好多年了。我力气大扛树没问题，主要的精力就是和林场或垦殖场斗智斗勇。

林场或垦殖场的职工也多是当地老表，知道我们的路数，也知道我们的彪悍，所以他们组织更严密，成立了护林敢死队。我们刚刚入行的时候，是跟着大人上山，行动听大人指挥。有了几次经验之后，就开始自己行动了，一般是夜里11点多开始上山……越偏越远的地方，林木越好，比如汉阳峰那一带。

我们偷盗的都是杉树，杉树的用途广泛。木料一般都裁成2.1米长，然后一个人扛着下山。上山的时候哪怕被林场或垦殖场敢死队碰到了都没关系，拿不出偷盗东西的凭证啊。下山就不一样了，因为木材就在你肩上，捉贼捉赃了。一旦被抓住了，除了一顿死打，还要罚款，我记得是180块钱。偷盗数量大的，还要判刑，判两三年吧。判刑的倒霉鬼不多，但还是有的。

我有一次差点被抓住。我走到山脚下，就要进村子，这时，我看到夜光把几个黑乎乎的影子打到了墙上，虽然很不容易察觉，但我还是感觉到了。我知道敢死队的埋伏不止一处，但不甘心大半夜的辛劳前功尽弃，想冒一个险。仗着对周边小路的熟悉，我就拐了一个弯，这里果然也有埋伏，三四个壮汉提着木棒跳了出来，呼呼地就朝我扫过来。我把肩上的木料一扔，跳下田埂就跑，他们转身就追，我感觉扫过来的木棒距离我不过一米。眼看就要追上了，前边出现了一团刺蓬，我别无选择纵身一跃，同时用手护住自己的眼睛。敢死队这时候不敢死，他们绕了一段路，于是让我逃脱了。回到家里，我想想怎么都不是滋味，就找到几个同去的伙伴，问他们敢不敢去把东西抢回来。被我们丢下的木料，敢死队都会把它们收回去，丢在场部或家里。于是，我们几个人趁着敢死队熟睡了，一顿工夫又把木材偷了回来。

二十世纪八十年代末，你们拿工资的七八十块钱一个月。我们偷盗的2.1米的木料，售价是……其实，谁愿意趁着夜黑风高去偷东西，生活难啊，不说建房子婚丧嫁娶这样的大事，家里的一把盐一瓶酱油都指望它呢！

2021年3月7日

南康镇街头之议

上午九点钟都过了，我去玉帘路天津汤包店买早点，因为老板说肉包子还要等几分钟才出笼，我不愿同一堆人挤在人行道上，扫码缴费之后就往秀峰大道路口晃过去。移动大厅门口的台阶上有五六个老滚的坐的坐站的站围在那里闲扯。说他们是老滚的，看面相也不过大我五六岁，听他们扯淡的内容，那还真是有点格局。

我走过去的时候，说的还是家事，一个老滚的在抱怨自己的崽俚总是问自己要钱，不给钱就要吵架。崽俚吵，奉家的跟着也吵，无非是怪自己没用。老滚的越话越激动，声音大得半条街都听得到："额哪里还有钱撒，额只有咯几根骨头，侬几个要，就拆过去炖汤！细时间养侬是额的义务，而今竖起来比额高一戳，侬自己不谋生还问到额要钱，世上哪有咯样的道理，太过着分！额有钱侬不问最终还不是要给侬，额就是死了想困个金子棺材，末了不也得侬同意么？！"

众人赶紧劝住他，可能是觉得家务事不好评判，于是急忙把话题转移到了旱灾。这个说："额咯出世就冇看到过八月份咯么缺水的，原来八九月份是划水到落星墩，而今是走过去开摩托过去，真是好耍的。"那个说："还不是咯么久冇落雨，上头又冇有水往下来。"另一个补充道："听到话南昌为了老百姓恰水，都在赣江作了坝缴水，咯样的哪里有水下得来撒！"

我正听得入神，只听得路那边汤包店老板扯着嗓子在喊："包子熟着，包子熟着！"于是，我只好恋恋不舍地走开着。

2022年10月5日

借光庐山山火

　　掐着五短的指头一算，我住在庐山北麓的骡子山村不觉满十年了。其间，不幸目睹了三场庐山山火，最近的一次便是今天，此时此刻的石门涧铁船峰山火依然处在紧张扑救中。而之前两次，一次是2019年，另一次也是2019年。

　　不知是不是巧合，2019年发生山火的两个地方，名字都是"龙"字开头，前边一个是龙首崖，后边一个叫龙门沟。

　　先看第一次龙首崖山火的原始报道——"中国江西网/江西头条新闻客户端讯，记者杜宇蔚报道：7月31日14时32分，接到九江市森防指报告，庐山市石门涧龙首崖景区附近发生森林火灾，起火原因初判为雷击火。火场位于悬崖峭壁，周边无重要设施。接报后，庐山管理局、濂溪区、庐山市、柴桑区的4支专业森林消防队伍和庐山风景区消防救援大队立即赶赴火灾现场参加扑救。省森防指已调派省航空护林局AC-313直升机赶赴火场灭火。"

　　再看第二次龙门沟山火的原始报道——"中国江西网/九江头条客户端讯，记者钟良报道：9月27日7时30分左右，九江市105国道旁龙门沟归元寺后山发生火情。经近500名森林消防指战员及周

167

边消防救援队伍连续奋战，采取空中直升机喷洒压制，地面人员采用风力灭火机、高压细水雾、铁锹、防火耙和二号工具跟进定点清除，地空结合的方式，9月29日11时30分扑灭明火，9月30日14时，过火片区的烟点已全部熄灭，未造成人员伤亡，现场已实现无火、无烟。经查，过火面积约120亩。起火地点属无人区，非游客观景区，非'驴友'游玩区，位于山地悬崖部位。起火原因正在调查之中。过火迹地由庐山市派人留守，防止复燃。"

龙首崖位于庐山西南，距离稍远，但看得见烟雾升腾。而龙门沟位于庐山北麓，近在眼前，虽有高楼阻挡，但白天看得见烟雾弥漫晚上则明火清晰可辨。两篇报道都曾提及，这两次扑救省里都动

◇ 庐山三叠泉铁壁峰

用了直升机，第一次动用多少架没有说明，第二次白纸黑字写着派来了三架。这三架直升机那些天绝对是九江的明星，它们循环往复在浔南上空劳碌了三天，每次洒水之后就从我家阳台前盘旋回八里湖取水。今天的铁船峰山火扑救也动用了直升机，大清早我就在微信群和抖音看到直升机在八里湖取水的许多同款视频。

山火扑救，危险性大、科学性强，我等业余人士不发表评说添乱，只期盼参加灭火的人们平平安安，宁烧百亩山林，也不伤残一人。而我之所以提出庐山山火这件事，不过是想借此事告诉大家，三年前的两次山火，站在骡子山村同一位置都能拍到清晰的照片，而今天发生山火的铁船峰，和龙首崖不过隔石门涧相望，从骡子山远眺位置却更理想，但望过去除了灰蒙蒙便是蒙蒙灰，庐山早已掩了踪影，笼罩她的究竟是原生雾霾还是山火浓烟，现象和答案都是混沌。不过，这恰恰证明了我要表明的观点：近年来，我们周边的空气质量已经明显下降了。

是的，铺垫了大半天，主题就是上面这句话。

2022年11月12日

親廬淺語

中华经典大赛《题西林壁》讲解词

　　作为中国历史上著名的大文豪，苏轼一生著作颇丰，他现存诗约2300余首，存词340余首。其中一首小诗可谓妇孺皆知，它便是《题西林壁》：横看成岭侧成峰，远近高低各不同。不识庐山真面目，只缘身在此山中。

　　庐山，是中国的人文圣山，它位于江西省北部，耸立于长江南岸、鄱阳湖之滨，云雾、沟壑、山涧、溪流、瀑布、奇石、怪松……众多元素构成风光秀美的庐山地貌，其诡谲变幻使凡夫俗子感到惊异骇怪，更令文人墨客为之倾倒。

　　"忽逢桃花林，夹岸数百步，中无杂树，芳草鲜美，落英缤纷。"这是陶渊明醉心的庐山！

　　"登其峰而遐观，南眺五湖，北望九江，东西肆目，若登天庭焉。"这是慧远感慨的庐山！

　　"积峡忽复启，平途俄已绝。峦陇有合沓，往来无踪辙。昼夜蔽日月，冬夏共霜雪。"这是谢灵运痴迷的庐山！

　　据不完全统计，古人留给庐山的诗词，达到了16000余首，共有21篇诗文进入了中小学教材。

当年，苏轼因为乌台诗案，险遭杀身之祸，在经历了百余天的牢狱之灾后，被贬为黄州团练副使。黄州四年多的贬谪生活，是他一生的低谷，虽然苏轼一向秉承乐观的心态，但有段时间他情绪也非常低落，禁不住对人生产生了怀疑。直到元丰七年也就是公元1084年，朝廷将他由黄州迁调汝州，这看似无关紧要的调动，实则说明朝廷有重新起用的意味。苏轼自然深知其意，虽然他已具备宠辱不惊的心态，但接到这样的调令，心情难免会舒畅起来。在前往汝州经过九江时，苏轼乘兴和友人一起游览庐山，庐山奇幻的山水引发了他的壮怀逸兴，他因此写下了不少关于庐山美妙的诗词。

苏轼刚入庐山的时候，曾写过一首五言小诗："青山若无素，

◇ 2022年7月12日，烈日炎炎，邓心怡同学在庐山东林寺虎溪实地拍摄

偃蹇不相亲。要识庐山面，他年是故人。"他很风趣地说，第一次见到庐山，好像遇到一位高傲的陌生人；要想和他推心置腹，今后就得常来常往。于是他"往来山南北十余日"，写出歌咏庐山的名篇《题西林壁》。

现在我们所处的位置便是庐山西林寺。

西林寺内珍贵文物很多，以七层千佛宝塔最有特色。千佛塔又名"砖浮屠"，唐开元年间由唐玄宗敕建，塔内外供奉佛像共计1008尊。传闻当年苏轼来游，登塔眺望庐山，下塔盘桓良久。他转身来到壁前时，看到前人题诗众多，顿时兴起，索笔写下这首脍炙人口的《题西林壁》。

开头两句"横看成岭侧成峰，远近高低各不同"，实写游山所见。庐山是座丘壑纵横、峰峦起伏的大山，游人所处的位置不同，看到的景物也各不相同。这两句概括而形象地写出了移步换形、千姿百态的庐山风景。在这里，诗人透过云雾的迷纱打算直接体认庐山本体。你看，他从横里观察，所得到的印象是道道山岭；再从侧面端详，则是座座奇峰。无论是从远处望，近处看，还是高处俯视，低处仰观，所见景象全然不同。然而苏轼并没有像其他诗人那样仅仅止于惊叹和迷惘，而是进一步思索：人们所看到的万千异态毕竟是局部景致，而并非庐山的本来面目。原因就在于游人未能超然于庐山之外统观全貌，一味于山间流连，"见木不见林"，自然难见其本相。

后两句"不识庐山真面目，只缘身在此山中"，是即景说理，谈游山的体会。我们为什么不能辨认庐山的真实面目呢？因为身在庐山之中，视野为庐山的峰峦所局限，看到的只是庐山的一峰一岭一丘一壑，局部而已，这必然带有片面性。游山所见如此，观察世上事物也常如此。这两句诗有着丰富的内涵，它启迪我们认识为人处事的一个哲理——由于人们所处的地位不同，看问题的出发点不同，对客观事物的认识难免有一定的片面性；要认识事物的真相与全貌，必须超越狭小的范围，摆脱主观成见。

在众多的歌咏庐山的作品中，苏轼的西林寺题壁诗与李白《望庐山瀑布》同样著名。但两首诗的艺术构思却大不一样：李白通过香炉峰瀑布一处景色的描写，烘托庐山的磅礴气势，激发人们对祖国山河的热爱；苏轼则没有描写具体景物，而是概括抒写浏览庐山的总印象，从中揭发一种生活哲理来启发读者思考。

仁者见仁，智者见智。一首小诗激起人们多少回味和深思！《题西林壁》不单单是苏轼歌咏庐山的奇景伟观，更是诗人以哲人的眼光从中得出的真理性的认识。从古诗中探寻古人踪迹，感受古人智慧；从古诗中体验山川魅力，品悟人生哲理。源远流长的中华文明成就我们的自信，源远流长的文化财富让我们赓续弘扬。

2023年7月12日

（本篇解说词由管理学院邓心怡同学起草、本人修改，之后进行拍摄参赛，最终获得第四届中华经典诵写讲大赛"诗教中国"大学生组三等奖。）

九江"庐山文化传承传播二十八星宿"

上榜原则：健在，常住九江，以庐山文传传播为主业，以文字为专长。

【南方七宿】

徐新杰

刘希波

景玉川

释能行

袁晓宏

查小荣

陈再阳

【北方七宿】

邰绍周

王耀洲

罗时叙

闵正国

郭宏达

杨振雱

胡少昌

【东方七宿】

汪国权

徐顺民

张国宏

张雷

慕德华

贺伟

◇ 2016年7月29日，"庐山故事丛书"策划人员和部分作者合影，前排从左至右为邰绍周、皇甫金石、汪国权、王耀洲，后排从左至右为慕德华、封强军、闵正国、贺伟、陈晓松、吴靓

陈晖

【西方七宿】

罗龙炎

李宁宁

吴国富

陈晓松

李勤合

滑红彬

黄澄

令人自豪的山南文化形态

九江下辖有十三个县市区，除掉中心城区浔阳区，其他十二个县市区中，有三处文风鼎盛，它们是分处东西中的都昌县、修水县和星子县。而都昌县和修水县均属于"术业有专攻"类型，比如都昌是个书法大县，最好的例证就是其中国书法家协会会员就有十数位之多。而要论文化形态之丰富多样，则非星子县莫属了。

现在，星子县已经撤销，原主要属地和庐山管理局合并组建成为庐山市。这里还是单表山南原星子县。

首先，山南是渊明故里。至今，这里还保留着许多原生态的田园风光和渊明文化遗迹。早在1985年，为了弘扬渊明文化，以徐新杰先生为领军人物，山南文化人成立了陶渊明研究会，并多次召开有影响的国内国际学术会议，现在还经常派成员参加各类高端同题会议，为学界大咖青睐。据悉，这还是目前国内唯一一家正式注册的陶渊明民间研究协会。

原星子县现庐山市诗词学会成立了30余年，会员达200多人，诗词创作高手如云，域外业内人士评价说，其整体创作水平在全省各县处于前列。他们有不少特别的活动，比如每年正月初五循着渊明的足迹走斜川。我音韵方面比较薄弱，所以对诗词一向敬而远之，于是也就不知道恩师杨国凡先生担任首任社长的著名的"五柳诗社"是其源头还是其分支。

山南有个传统戏曲剧种叫西河戏，诞生于清嘉庆道光年间，流行于星子、德安、共青城市和柴桑区一带，因有西河水流经星子，1982年定名为"西河戏"，又名"星子大戏"，台词念白多乡音俚语，服装古色古香，表演古朴夸张。2011年5月23日，经国务院批准列入第三批国家级非物质文化遗产名录，编号为IV-145。这样一个小剧种，在星子竟然派别林立，百花齐放，甚至老死不相往来，却都还有各自施展的舞台。

"也许我们都不专业，但那份热爱早已深入骨髓，腹有诗书气自华已成为每一个会员的信念。我们要走进校园，走进乡村，走进

◇ 2022年6月19日，庐山庆云文化研究会在万杉寺举办
"壬寅端午禅茶会"

家乡的每一个角落，让经典朗诵响彻庐山市。"这是庐山市朗诵协会主持人曾经的激情宣言，他们真的做到了，不信，就请周末到山南的街头巷尾走走，在这里和朗协会员偶遇是大概率事件。

2017年"五一"节，秀峰大道庐山市政协机关右侧，一家公益图书馆——"小人物"图书馆正式开张。其藏书既有丰富的古典名著，也有相当数量的现代名著，还有许多适合中小学生读的童书。据透露，开办这般规模图书馆的前期投入约30万，后续每年投入不下10万。所有这些，都是一位在外工作乡贤的个人投入。

山南人想了解山南，喜欢上网冲浪，上星子网的落星墩社区查历史资料，阅时鲜信息。每年一票难求、坚持了十几年的春晚，就是由星子网牵头，联合其他多家协会为全县民众真情奉献的。让人诧异的是，星子网的创办，竟然早于九江新闻网。庐山市成立之后，星子网已经更名为"尚庐山"网，栏目更加丰富，内容更加鲜活。

万杉寺是庐山五大丛林之一，经过能行大师率领僧尼20多年的努力，从废墟上站立起来了。如今，多以文化活动回馈社会。2013年12月28日在万杉寺成立的庆云文化研究会，团结了一大批星子本土及域外文化人士，开展了丰富多样的文化活动，出版了庆云文化丛刊及其他文集多种，享誉僧俗两界。

现在，无论是山南还是山上的在外地的庐山人，都很关心家乡，特别关心家乡的文化事业。外地山南庐山人的文化旗帜是江西省人民政府原副省长胡振鹏先生，外地山上庐山人的文化巨擘则是江西省科技厅原厅长李国强先生。2019年9月21日，两位德高望重、学识渊博的老先生在万杉寺携手并肩，为庐山故事的赓续出谋划策，为庐山文化的鼎盛添柴旺火，庐山文化上下一统的局面值得期待。谁又能断言在这融合的过程中不会产生新的文化形态呢?！

MANBU PIAN

漫步篇

思贤康王谷

有的山，壁立千仞，峰插云霄，令人惊叹，如华山；有的山，群峦叠翠，秀绝人寰，让人欣赏，如黄山；有的山，体式浑厚，云诡波谲，叫人思索，如庐山。

对于列入《世界遗产名录》的单位，世界遗产委员会没有吝啬赞美之词。1996年12月的庐山，被给予这样的好评：江西庐山是中华文明的发祥地之一。这里的佛教和道教庙观，代表理学观念的白鹿洞书院，以其独特的方式融汇在具有突出价值的自然美之中，形成了具有极高美学价值的，与中华民族精神和文化生活紧密联系的文化景观。

以笔者浅见，在中国古代，庐山作为中华文明的发扬地的发展以隋朝为界，大致分为前后两个阶段。前期文明云集在腰际线以下，后期则上下同步，山上文明至近代达到巅峰。

从地质构造上讲，庐山是一座崛起于平地的巍峨的地垒式断块山，在其峰峦之间，分布着许多气势磅礴的峡谷。这些峡谷树木葱茏，物产丰富，是土著山民自给自足、安居乐业的好去处。同时，泉水淙淙，怪石突兀，风云变幻，晴雨莫测。访客进入大峡谷，恍然置身于和现实世界迥异的环境，不得不让人感慨世事多变，发人深思。

康王谷是庐山第一大峡谷，位置在庐山西南。关于康王谷的来历，据宋《南康军图记·记游集》记载，秦灭楚时，楚康王避难谷中，秦将王翦追赶甚急。幸而天降大风雨，秦追兵才退却。康王得以脱险，从此他隐居谷中，康王谷也因此得名。进入谷中，溪声林涛夹杂着凉意扑面而来。只见两岸青山高耸，古木参天。夹道之间，一条不过10米的溪流随山势而转，不宽的道路傍溪涧而进。山重水复，曲折蜿蜒，头顶现出一线蓝天。循着傍溪小道而行，山势渐缓，眼前出现一处村落，田园葱翠，屋舍俨然，鸡犬声相闻。倘若春天进山，则夹岸桃花灼灼，香气氤氲，云雾和着袅袅炊烟，如丝如带，绕村溪水叮叮咚咚，清澄碧透，真是"犬吠水声中，桃花带雨浓"。走在峡谷中，一路鸟语花飞，宛如进入了传说中的仙境。

如果真像正史的记载、野史的传说那般，陶渊明经常往来于庐山西麓，那康王谷一定是其必经之地。年轻时的陶渊明常怀"大济苍生"之志，数度辞官之后，"猛志固常在"，只是日偏西。陶渊明经历了三次婚姻，前两任妻子年轻早逝，小他一轮的第三位妻子翟氏吃苦耐劳，勤俭持家，陶家的日子渐渐好起来，粮食丰收了也会酿些新酒。对陶渊明来说，饮酒是件脱离现实苦痛的幸福的事。可是他毕竟有五个儿子，在那个年代，不要说个个娶亲生子，单是对付几张嘴也不容易。渐渐，家中的气氛凝重起来。陶渊明有一封写给儿子们的信，其中有这样几句话："余尝感孺仲贤妻之言，败絮自拥，何惭儿子？此既一事矣。但恨邻靡二仲，室无莱妇，抱兹苦心，良独内愧。"其实，不能责怪翟氏对陶渊明弃官归隐的埋怨，毕竟是她要面对锅碗瓢盆。面对儿子们的肌黄体瘦，如果没有愁闷，她就不是一位合格的母亲；面对陶渊明连生蛋的老母鸡也要偷偷拿出去换酒喝，如果没有抱怨，她就不是一位合格的妻子。

当然，陶渊明如果醉酒之后只会靠打妻骂儿撒气，那他就是一个彻头彻尾的庸夫。可他不是，他是一位"行义以达其道"的志士，是一位永远行走在路上的思索者。所以，康王谷的美景带给他的是和喧嚣、困顿现实迥异的感受。景是芳草鲜美，落英缤纷，人是怡然自乐，和蔼可亲，一幅美好世界的画卷就在他面前铺展开来。于是，才有我们看到的《桃花源记》；于是，康王谷也就变成

◇ 2010年3月28日，和谭寅生同学在康王谷"天下第一泉"牌坊

了现在的旅游胜地桃花源。

笔者常常被一个问题困扰，那就是：正是因为苏轼的推崇，才使陶渊明从一个二品诗人跻身极品大师的行列。那么，苏轼到底推崇陶渊明什么？因为，从表面上看，他们的风格不能说迥异，起码也不是一脉相承。

如果说把庐山之美丽推向巅峰的，是满腹诗书华章的李白，那么，把庐山之思索推向极致的，则是一肚子不合时宜的苏轼。

1084年春夏之交的霏霏细雨之中，苏轼挥毫写下了《题西林壁》："横看成岭侧成峰，远近高低各不同。不识庐山真面目，只缘身在此山中。"庐山的诡谲风云，就好比变幻莫测的人生。苏轼因为上书批评王安石推行新法引起的种种弊端而被外放，十多年间，辗转于杭州、密州、徐州、湖州、黄州等地任职，且不断受人诬告陷害，以致在湖州任上被捕入狱，险些被害。但当其后回到权力中枢，旧党司马光决定废除新法时，苏轼又唱起反调，说"法相因则事易成，事有渐则民不惊"，于是，又开始不断遭到保守派的攻击陷害。

《石钟山记》写于王安石当政、苏轼被贬黄州时期，虽然其后一系列的人生故事尚未发生，但狷傲的性格已经将其种子播下。苏轼向来以豪迈奔放著称，为何独独到了石钟山却和前人过不去？其时，贬谪黄州的他送长子苏迈赴任饶州德兴县尉，途经石钟山。儿子事业有成，本是值得高兴之事，可自己不容于改革派，前途无望，加之离别在即，心中更加郁结，于是抓住前人的漏洞，发出"石之铿然有声者，所在皆是也，而此独以钟名，何哉"之问。

地质学家认为，石钟山属于庐山余脉，但万古鄱湖的浪涛将其与母体生生分割。现在的石钟山，只能隔着江湖和母亲遥遥相望。

登临山崖，既可远眺庐山烟云，又可近睹江湖清浊。如在月夜，可谓"湖光影玉璧，长天一月空"。这样的景色，吸引了同行者，可苏轼的思绪，却在别处。

月夜中，绝壁下，一叶扁舟穿行在如猛兽奇鬼森然欲捕人的千尺怪石之间，连久经风浪的舟人都不禁大恐，唯有苏轼镇定自若，徐而察之。这固然是探索自然奥秘的好奇心驱使，更是他思索人生的惯性使然。作为政治家的孤苦，莫过于立场上的无助。苏轼在政治上属于保守派，但又不属于顽固派；他主张变革社会，他对变法总体持反对态度，但是也能够看到新法中的合理因素，因而在实践中为民生计，能够局部推行新法。这样特立独行的立场，在政治的博弈中却好似骑墙派。苏轼从内心非常厌恶士大夫不深入实际却自以为"故莫能知"，好凭着主观意志指点江山。所以，他为自己的探索而欣慰，为自己的所得而自豪，便有了"叹郦元之简，笑李渤之陋"的"狷狂"。

于是，笔者也明白了，是庐山的思索成就了陶渊明的盛名。正是这样的思索，把陶渊明和苏轼联系在一起。因为他们跨越时空的联手，又为庐山的美名增色。

2012年5月4日

伤情紫阳堤

　　我的老家庐山山南星子，古称南康。其方言中，在称谓方面有些奇怪的现象，就是词义和规范的白话文恰好颠倒。比如说，邑人管父亲及其同辈男性叫"爷"（yá），而管祖父及其同辈男性叫"爹"（diā）。县城南临的鄱阳湖，烟波浩渺，水天一色，却被活生生称作"南门河"。

　　有趣吧？

　　今天，先说点有趣的让你宽怀，转入正文的话题就可能让你伤情了。

　　前古的星子比较沉寂，长时间被裹挟在柴桑的庞大之中，远不如它依山带水的近邻如浔阳、彭泽、枭阳那么为人所知，但它扼守鄱阳湖通往长江的水道，随着漕运的发达，地理位置优势日渐显现，于是一旦勃兴，不长时间便迅速超越前辈，甚至一度陡升为可与豫章、江州比肩的重镇。史载，星子设镇在五代十国吴杨溥大和年间，也就是公元929年到935年间。公元978年，即北宋太平兴国三年升镇为县。其后芝麻开花，历设南康军、南康路、南康府，直至民国初年废府降格为县改属浔阳道。由此可见，星子的辉煌期从五

庐山文化传播丛书

代开始延续了近千年。

可以佐证辉煌的军、路、府衙门，可惜现已不存，只有它曾经的正门、现今的县城中心孤零零矗立着一座谯楼，相传比府衙历史还悠久，是三国时期周瑜大都督的点将台。在此，有点私房阅读经验传授给看官朋友，以示对诸位的感激：看历史或文物，一定先看看它有没有"相传"或"据说"的前缀，如有，百分之一万是不靠谱的。

所以说这座谯楼肯定不是真的周瑜点将台，否则，它不仅会是全国重点保护文物，而且应该被列入世界文化遗产，不会像现在这样，羞答答立一个县级文物的保护牌。当然，是文物就要保护，不能国家文物就奉为至宝，县级文物便视如敝屣，这是后话，却是我今天要说的主题。

星子县信息中心2013年5月21日在九江市人民政府门户网站"中国九江"网发布了一条题为《星子县紫阳堤晋升"国保"》的消息，全文如下：

近日，国务院核定并公布了1943处第七批全国重点文物保护单位，星子县的紫阳堤榜上有名。

紫阳堤位于该县城南鄱阳湖畔，因前面与落星石相对，故又称"南康星湾石堤"。该堤始建于北宋年间，长500余米，堤内又疏浚两个停泊之所，可容小船千艘，后因年久失修逐渐崩坍，南宋淳熙七年（1180年），朱熹知南康军，着手大力修复，工程进行了四个月，用工17200多个，扩建增高完毕后，为纪念朱熹的卓绩，人们以他的别号"紫阳"对大堤进行命名，城门也改称为紫阳门。现在，这一遗迹仍然保存完好，内外两堤坚固如防，层层垒叠的花岗石块基础依旧，古闸依稀可见，是我国古代水利史上的伟大杰作。如今，紫阳堤已成为星子县城一个非常优美的景点。

截至目前，该县共有4处全国重点文物保护单位，分别是白鹿洞书院、观音桥、秀峰摩崖石刻群和紫阳堤。

消息中的关于紫阳堤基本情况的介绍来自《星子县志》，为突出"紫阳"之得名，还略写了前边一段，现予以补充齐整，以示对历史和文物负责：

始建于北宋元祐间，郡守吴审礼以郡治濒湖，风涛险恶，往来舟楫停泊无所，于是构木为障。因草创简陋，仅十余年即废。崇宁间，郡守孙乔年报请以石为堤，长 500 余米，堤内又疏浚两个停泊之所，俗称'内澳'，可容小船千艘，岁久渐圮。南宋淳熙六年（1179 年）朱熹知南康军……

此处朱熹知南康军的时间，和前文有异，看官明鉴。

史载就不去考据了，没有真实史料为依托考据出来的历史都是考据人的意淫。现在，我要评的是"现在，这一遗迹仍然保存完好"和"如今，紫阳堤已成为星子县城一个非常优美的景点"这两处"今说"。

朱熹 1180 年修整的堤防，距今已有八百余年。再坚固的堤坝，被滔滔湖水经年累月一刻不停拍打了八百年，也会岁久渐圮，所以宋之后的历朝历代，对它都实施过程度不一的维护，因此我最早见过的紫阳堤保存还算是完整的。那是我刚刚升入初中的时候，开完班会，同学一伙人就冲出校门（这校门就是过去的城墙南门，现在还有一段十余米的土城墙）去看南门河，见到了那令人心悸的丰水期的鄱阳湖。

说实话，那时的我，心思很少在脚下的堤坝，多在渐行渐远的机帆船，多在熟悉而又陌生的对岸。但即便如此，我对当年的堤坝还是有一些印象的。紫阳堤的造型，就像一把已经拉开的弓箭，两边有对称的内外闸（方言音为 cǎ），东边的水比较深，所以这边的闸人们较少光顾，西边的闸一方面水浅，再就是它有一级一级向

◇ 2013年10月4日，星子县紫阳堤

观庐浅语

下的台阶，所以它是附近居民洗衣洗菜的绝好去处。一到夏天的丰水季节，这里更是热闹非凡，裸露的内闸、隐隐约约露点痕迹的外闸，站着、躺着、漂着的都是光着膀子的大人小孩。只是小地方比较封闭，人们的思想不开放，女性都是在台阶上抡着芒槌，绝无一人下水游泳。大小汉子们并不因没有异性的参与而失去折腾的乐趣，最能体现悍将风采的是游往落星墩。落星墩是鄱阳湖中的一座小岛，相传是天上坠落的流星，所以叫落星墩，我们星子县也是由此而得名。落星墩距紫阳堤大概两三里，来回两三公里，是比较适合比赛的距离。而且，不是光比你有没有本事游过去，还要看你来回的速度以及姿势的变化。水性差一些的，也不敢逞能，就在附近划划，然后坐在台阶上搓胳膊搓背，附带怂恿一下人家的比拼，帮着计算时间。那时候手表属于奢侈品，没人会把它带来河边，但作"坝"上观的关注者们心里对此都有点谱，几个头一碰就有了定论。于是，一个来回下来，某某游得既快又好的名声便会在小县城传开，胜利者会赢得许多赞誉。所以说，当年的堤坝承载了人们许多的欢乐。

高中毕业之后我来河边的次数就不多了，只是有一种感觉，县城越来越向北向西拓展，城南日渐显得冷清。只是因为县中还在这儿，平日里还有学生上下学，倒还有那么点样相。如果一到节假日，恰巧又没有补课的学生，走到这里，便只有哗哧哗哧的水的撞击声和你做伴。而且不知道从什么时候开始，湖面挤满了高大狰狞的挖沙船，有时零零散散，有时一字排开，不管是哪一种阵势，都封堵了你遐想的轨迹。再不见一望无际的浩渺，再不见水天一色的宁静，站在紫阳堤，会觉得自己是一头困兽，无处可往。

再看脚下的堤坝，优美的弓箭弧形已经完全被破坏，东闸不知什么时候被夯实填平。也就是说，弓箭的一半已经折断。西闸虽然基本保持原形，但只要以前看过紫阳堤，对它还有些印象的人，细察之下，就无不为它摇头叹息。曾经，东闸西闸是由石拱连通的，而今已被堵上，东闸石拱不见了天日，西闸这边用石条砌着。西闸北岸的阶梯总体还能保持队形，但依然有不少石条已经滑落，港湾已经淤塞了很多，除了七零八落的石头，还有已经散架的木船和底部穿了大孔的塑钢船，不远处还有大大小小的沙堆。视线到了西外闸，更是惨不忍睹，整个堤岸就像一个乱石场，圆的方的长的石头，"原生态"地垂头丧气散落着，看不出丝毫当年的风采。正在做事的几个人看见我在拍照，笑了笑，那笑里，分明透着不值之意。

是哦，颓圮如斯，百无一用。实不能泊船避风，虚不能观赏怡情。

不看了，看了伤情，但愿此次入围"国家重点文物"能提升人们，特别是政府对它的珍惜度，到了那时，邑人会情不自禁地赞叹你："咯个老几，真是要也要得！"别以为这话平常，这可是民心！

2013年10月5日

环行马尾水

老刘是我的老同事，因为课余兼职做律师，所以我习惯喊他"大律师"。在我眼里，大律师是个彻头彻尾的浪人。不过他的浪，在行走，而不在其他。比如你买早点时见到他，中午再联系，他已经在去张家界的火车上了。再比如昨天，他早上独自去了沙河，在周边穿梭，下午两三点才回来。跟这样的浪人在一起的好处，就是哪里都可以去，哪里都是好去处，就像今早出门我说去马尾水，他虽然去过多次，却也二话不说就同意了。

庐山周边有几处叫马尾水的地方。都是一个山谷，一股溪流蜿蜒而下，遇到一处悬崖，汇成奔涌的瀑布，状如马尾，因此得名。今天去的山北马尾水，应该是地名比较被官方确认的一处，所以搞了点小开发，修了个房子收门票，标价每人18元。走到近前，卖票的老师傅主动跟我们商量："都是九江的，就买个10元的学生票吧。"人家这么好说话，我们也得体现一点素质予以配合吧。

今天是寒衣节，时令已经入冬，但感觉庐山山谷的植被尚在仲秋，漫山遍野的色彩虽然丰富，却要有心去收集，因为炫目的红和黄，都零零星星散居在依旧苍翠的层林。倒是有几处陡峭的山道，满是飘落的黄叶，层层叠叠铺着，走在上面，恰似踩在柔软的地毯上的感觉，让你忘却面临峭壁的危险。

起初，我们是沿涧而上的，但赣北地区已经很久没有有效降水了，媒体说赣江鄱湖已经降到了历史最低水位。我们看到，山里的光景好不到哪去。耳边虽然还有细微的流水声，但更像是干涸前的残喘，此行的最主要景点马尾水瀑布，此处有水胜无水地寂静，走到相距两三米的近前才能目睹到岩壁上的如丝细流。

马尾水之上有一座九峰寺。庐山风景太好，周边庙宇太多，鼎盛期有四百多座，所以走了几座山峰不见庙宇才是怪事。这九峰寺在众多的庐山庙宇中可以概括为"三绝对"：一扇绝对朴素型山门，一座绝对袖珍型天王殿，整体是绝对的其貌不扬。可是，名山藏古寺，小寺有玄机。就在寺后，耸立着三棵绝对有型、不亚于

◇ 2013年11月3日，和同事刘礼忠老师在山北马尾水瀑布

亲庐浅语

195

"庐山三宝树"的银杏树。这三棵树龄超两千年的银杏，除高大挺拔之外，还有一个共性，就是主干四周，围着一圈粗细不一、高矮不一，然而和主干一样直立的小银杏。这些小银杏，既像是从主干的根系而出，又像是独立门户的童子。但不管怎么看，它们都像簇拥在主干周边，与母亲牵手的顽童。银杏之上的山崖之下，掩映着一座墓塔，近前一看，不禁倾倒，原来这是果一大和尚墓塔。果一法师贵为省佛教协会主席，经营东林寺二十余载，圆寂之后不安葬在香火缭绕的东林寺，却选择在偏僻幽静的九峰寺，定有深意吧，这个我们不敢妄测。九峰寺旁，还有一座建于乾隆九年（公元1744年）的状元桥，原汁原味的古朴厚重，倒是值得读书人凭吊一番的。

九峰寺本在一个三岔口，左行就去了妈祖庙和北山公路，穿出了景区。大律师走了多次，所以我们选择右行，走一个景区的环形线。门票上有线路图，右行的这一段用红线标注，说明是野外登山道。我俩沿着不易察觉的山路穿行，时上时下走了一段，发现除了道路两旁之外，周边的树木都在我们的视线之下，大律师说"我们现在已经走到了山脊上"。停顿片刻，我们仰天长啸，阵阵浑厚的声音穿过密林，向四周发散，挂在树梢，荡在天际。之后的感受，就像是把肺腑拿出来在空气中抖落了一番。

随后多是下行。山脊不仅有路，还有特意修砌的台阶，隐埋的石碑写着"二三圣宫"字样。我们边循迹而行，边玩笑说当年这山里除了老虎野猪，恐怕就只有和尚老道，和尚老道住到一起会打架，只好隔山而居，但毕竟是修行之人，又断不了切磋五行，共赴三界，于是走动也是必须的。辗转走了很久，及至下到山腰，地上踢出一个石碑，有红漆摹写的"二圣宫"，还说是"始建于西汉年间"云云，画蛇添足地忽悠大众。"三圣宫"没有发现，就让它在草层中安歇吧。

再行一段，刚钻出密林，豁然便来到大路，回到了售票处，我饥肠辘辘，已是强弩之末，大律师却气定神闲，和登山前无异。可能，这三个小时的环行于他这样的浪人而言是轻松的，山路的逼仄令他觉得不够舒展。而对于再次填补了空白的我，进了古寺，走了古桥，伴了古木，濯了清泉，会了大师，已经很心满意足了。

2013年11月4日

文熏白鹿洞

我去过白鹿洞书院多次，但都是半个小时多一点的逗留，像昨天那样待上一整天的，恐怕今后也不会多了。

白鹿洞书院坐落在星子县白鹿镇境内，这是我实实在在的老家，但因为是闻名遐迩的文化宝地，所以早就作为一块好肉从县域剜出来喂给了庐山管理局。我一直到大学毕业之后才第一次来到这里。

上小学的时候，学校有一次组织到白鹿洞书院××。这里不是故弄玄虚，是实在想不起当年这类活动的名称，绝对不是"踏青""户外""郊游"这么时尚，是不是叫"开门办学"也不能确定。但不知道什么原因，家里没让我参加，所以我只能很羡慕地听同学们回来说某某攀上石头做的白鹿，还掰断了白鹿的一只角。后来我每次到白鹿洞书院，都情不自禁要去辨别哪只鹿角还保有陈年的裂纹。小学还有一次学校组织上庐山，父母也没让我去，可能是考虑我早年骨折过，这算是我懵懂少年时代少有的一点痛。

而我昨天到白鹿洞书院，却没有空闲去观赏石鹿，因为学校满满当当安排了两个会议。

上午举行的是季羡林基金会"儒学传承与创新奖"颁奖仪式，基金会理事长潘际銮院士率领来自北京、上海、广州等地的十余位理事亲临，副理事长潘文国教授致辞，清华大学原党委副书记胡显章教授讲话。获奖者是学校的"中华经典的公理化诠释"科技创新团队，奖金30万元。这个团队初始的研究启动于2008年，我当时也有所耳闻，相比于参与者的疑惑和焦虑，更多的是否定和批评，文化的东西居然还有"公理"，绝对是无稽之谈。而六年下来，他们的研究却扎扎实实地推进，陆续有了《论语》《孟子》研究的成果，而且还有英译本，关于《荀子》的也即将出炉。他们研究的名称，也在不断变化，最初是"《论语》公理化诠释"，后来是"儒家经典的公理化诠释"，现在已经是"中华经典的公理化诠释"，一个隶属学校的庐山文化研究中心也蜕变为省级"2011协同创新中

◇ 2014年11月22日，在白鹿洞书院参加活动的九江学院国学社同学

心"。对于他们的研究，一批国内享有盛誉的学术界前辈如杨叔子、汤一介、乐黛云、杜维明、李学勤都给予积极鼓励和高度肯定，其中以今年10月28日季羡林基金会来函授奖最为正式和显要。

像我们这样层次的学校，能够产生这样引人瞩目的成果，是非常令人高兴的，也是非常值得深思的。于我来说最大的感触是，坚实的脚步固然重要，但方向选择的正确更是成功的关键。

下午，是郑州大学和我们学校联办的"2014嵩阳—白鹿书院文化之旅"会讲。郑州大学领队是宋毛平副校长。宋校长2008年作为评估专家来学校进行本科办学水平合格评估，我参加了一个他主持的座谈会，会上他就学校的教学质量监控提出问题，本是轮不上我发言的，可领导们都保持沉默，有的低着头努力做笔记，有的把余光往我这边瞟，我知道我的底线，不能再被突破，只好开口。但刚刚把准备的汇报开头，就被宋副组长打断，说"你只要把这几年你们学校处理了多少起教学事故、最重的处罚是什么讲了就行"，我一一如实作答。从那之后，他便和我们学校结缘，从当年开始就组织了第一次两校书院文化之旅活动。这七年的活动，每隔一年互访，形式有会读，有演讲，有辩论，有演唱，其间，清华大学、湖南大学、上饶师院也有参与，但我们学校和郑州大学一直都是主角。在这热点变化不断的时代，一项活动连续不断举办七届，依我看来，本身就是文化了。

今天参加会讲的，是两校不同年级、不同专业的学生，他们的选题有分析书院文化中的祭祀因素和忧道精神的，有论及程朱理学对社会的影响的，有介绍自己和国学的美丽邂逅的，也有专就白鹿洞书院揭示和"正学之门"进行阐述的。从他们的选题可以看出他们在这个领域的深入，从他们的深入也可以看出导师对他们的关心及培养。不同学业背景的青年学子沉浸于传统文化，对传统文化而言，绝对是一件幸事。只是其间，学校一个国学社团几十号人也曾经把会堂挤得水泄不通，可是随着会讲的深入，他们逐渐失去兴趣，最后走得一个不剩。可见，板凳要坐十年冷，文章不写半句空，成就学问需要非常的磨砺，对青年人尤是。

会讲结束，山谷中已是漆黑一片，日间熙熙攘攘的游人杳无踪迹，枕流石旁的溪水流过，传来的清音格外欢快，他们似乎见证了走出崇圣祠的学子们难掩的兴奋。

而我，受了一天文化的熏陶，再次走过这片故乡的土地，心中更是盈满了自豪。

2014年11月23日

雨行羲之洞

大凡身边的风景，都不会在天气不佳时游赏，而今我反其道而行之，实则是因为南昌校友的缘故。

首倡国庆长假小规模"星子一日游"的，应该是八二级师妹魏琳。这几天阴雨连绵，有人打退堂鼓，有人想打退堂鼓，只有魏琳一直坚持，特别是昨天，她深受"中国自然科学领域第一位获得诺贝尔奖的是一位女性科学家"消息的鼓舞，拿出大学学刊主编的执着，引领大家迅速达成了"莫听穿林打叶声，何妨吟啸且徐行"的共识。

有人说女性意志的坚定大多数时候强于男性，此可为一例。

今天一早，微信上从七八级师兄宗仁处得知他们已经从红谷滩出发之后我从九江立即赶回星子，联系两位星子籍女校友——多次参加活动的颖涵和第一次见面的勤芝去迎候。途经庐山北门看到，前天进山车辆堵到大道，今日门可罗雀，连拉客的野导游也不见踪影。

同样，昌九高速也畅通无阻，八六级师弟昱红把车子开得飞快，于是客人还先于我几分钟赶到归宗，一看，除了前边提到的三位，还有春兰母女与八三级师妹成娟，还有第一次来九江参加校友活动的八〇级同学一江。

之所以在归宗碰头集合，是因为南昌方面的校友提过要求，说不去景点只走野山。考虑到天气不好，且女性居多，我就安排先游览羲之洞，准备午饭后再赏醉石和大佛，这几处都是归宗周边不太需要体力适合徐行的去处。

把方案和大家一说，均无异议。

烟云锁九岭，细雨湿人衣。紧挨着环山公路，庐山最早的寺庙、五大丛林之首的归宗寺遗址已经被高高的铁皮围挡围住，寺庙修复及房地产工程正在施工。我们从东侧樟树林中绕过，踩着泥泞的道路，开始了雨中徐行。

一行十人包括两位星子籍小师妹，只有我来过羲之洞几次，于是，对羲之洞的介绍我就责无旁贷了。

要说羲之洞必提王羲之。王羲之是琅邪人，东晋咸康年间即公元335—342年，出任江州刺史。公元340年，因为酷爱匡庐奇峰秀水，在山南金轮峰下营建居舍，卸任之后干脆不回老家就在此隐居。史载王羲之于公元361年去世，他去世之后四五年，陶渊明才在距离归宗西南几公里的栗里陶村出生。在金轮峰东侧，有一处玉帘泉瀑布，瀑水从40余米高的悬崖绝壁飞流直下，泻入碧绿深潭。此地距离王羲之的居所不过三里路程，传说王羲之经常独自或携三五好友溯溪而上，观瀑寄情，醒脑清心。瀑水于潭中翻转数圈，乃从西侧岩石间蜿蜒而出，十余米之后，中石分流，右侧之水注入一座山洞，今人这样描述："洞顶由一块稍倾斜的巨型岩石构成，三面巨石支撑。洞室约有10余平方米，洞内乱石块块，有的状如石凳，有的形似石椅，可坐可卧。洞外缕缕光线，透入静谧的洞中。静中有动，动中有静，可谓是鬼斧神工造就的天然'书斋'。"王羲之登临此处，为避躲风雨或遮掩骄阳，时常来洞中歇息，有时还在此挥毫泼墨，于是后人把它称为"羲之洞"。此外，上山的路途，我们还能见到"鹅池""洗墨池"等和王羲之有关的遗迹。

得知此行有如此的文化内涵，大家兴致更高，多了不少"一蓑烟雨任平生"的豪情。

然而，愈往山中行，云雾愈加浓。金轮峰已经完全被云雾覆盖，一点点的轮廓都看不到。一路溪流潺潺，间或也有瀑布的轰鸣

◇ 2015年10月6日，独自在羲之洞看书的年轻人

隐隐传来，但任你如何睁大双眼，或使用相机长焦镜头来眺望，也搜索不到丁点痕迹。倒是近前的松树、樟树、槐树之类，还有那些不知名的花草，掩映在云雾之间，枝头顶着雨珠摇曳，显得清新动人。

看着眼前的朦胧，喜爱茶叶、精于茶道的昱红接过了我的话头。

他从庐山说到武夷山，从云雾茶说到岩茶；从瀑布的清流说到泡茶的用水，从茶水说到了茶具，听得我们一愣一愣。从中我们感受到了昱红的用心和精细，据说已经不把房地产作为主业的他，面对依稀的摩崖石刻袒露自己成为有思想的艺术家的志向，随后还在羲之洞内的石桌上做挥毫状，两个年轻的星子女校友扮作乖巧的书童。

教人看过，觉得煞是有趣。过后，我们言及一路所见不知名的小植物，这下自然进入了"一江频道"，一江这位南昌大学生命科学学院的博导拉开了话匣子，从诺奖得主屠呦呦说到无名科研群体，从青蒿素说到胰岛素，从东乡野生稻说到修水无花茶……两个硕士毕业的小师妹依然听得一声不吭，好像在教室听老师讲课。

不知不觉，我们已经下了山。

我不是不登山便脚痒的驴友，却也围着庐山走了不少山头，只是觉得今天的雨行有些特别，除了登顶时观赏瀑布和钻进山洞之外，一路上，裹着密密云雾，淋着滴滴小雨，见得树影茕茕，听得流水淙淙，这倒也不是没有经历过，那还有什么特别呢？后来我有点明白了。平时我们登山，大多风和日丽，景色宜人，所以我们寄情山水，借助它们来抒发自己的感受，这种抒发是外向的。今天，我们虽然身处野外，但因为云雾所阻，我们的视野不过在几十米之内，而且松散的沙土山路上偶尔还有几个不大的水坑，于是脚步断不能像平时那么随意，且无山头斜照相迎，所以大家的身心还是收敛的。

但是，雨行之中，一路有云雾的洗沐，使我们的心境愈加纯净，雨行的话题既是随意的，又是发乎内心的，似是偶得，实乃多年的融悟。

很多的话，平时并不会和盘托出，只是今天，置身清丽的化境，面对亲人般的校友，不光是滔滔不绝，而且是妙语连珠了。再看这云雾与细雨，雨行一路，雾不增减浓稀，雨不变化大小，和我们自始至终，不离不弃，也是感我们心之诚吧。

在农竹庄园品尝土鸡汤、豆参炖鱼头、义门陈酒之后，大家觉得已然尽兴，于是果断把醉石和大佛的行程抹掉。昱红取出专门携带的茶具，又取出肉桂、水仙和大红袍各一包，顿时，包厢里清香四溢……

香茗品过，大家话别，依旧的绵绵细雨之中，目送他们上车远去，我情不自禁啧啧：哦，回首向来不萧瑟，风雨伴人情更浓。

心有所得、口留余香的感觉，真好！

2015年10月6日

语农简寂观

友人组织周末活动，行程是环庐山，主题是寻踪访古。依次走过东林大佛、羲之洞、醉石及归去来馆，之后来到简寂观。虽然第一次来到简寂观是2007年，但它距离我小时候生活过的东山大队项家墙村不过一两公里，真的是鸡犬之声相闻。

简寂观位于庐山香山之南、鸡笼山西北侧，起源于道教上清派宗师陆修静。陆修静在此修道、传教、整理道经、编撰道教斋式仪范类道书长达七年之久。虽然后来离开庐山，但他临终前嘱咐弟子将其归葬庐山，而且要用布袋装殓遗体，直接抛入深山穷谷之中，与土木同穴。弟子们不忍，仍然将师父葬入观后悬崖下的墓茔，瀑布下的布袋岩由此得名，大师得以和青山翠竹、飞瀑流泉千古为伴。

陆修静为道一生，"大敞法门，深弘典奥"，创立了大行于世的南天师道，使之成为与寇谦之创立的北天师道相抗衡的道教重要道派，令"朝野注意，道俗归心"。史载，因为他的贡献，简寂观一度成为除首都太康之外的全国第二道教中心。如此的盛况延续到了唐代，之后日渐败落，明清时已是惨不忍睹。清人黄宗羲到此凭

207

吊，"询简寂观多不知者"。李渔目睹简寂观败象，沉郁悲怆写下"天下名山僧占多，也该留一二奇峰栖吾道友；世间好语佛说尽，谁识得五千妙论出我先师"。然而，这些悲呼哀叹都不足以改变简寂观的沉寂之势，直至今日。不想再渲染简寂观的颓圮，外观就恕我不描述了……

以前几次到简寂观，观中均空无一人，今日幸运，首先见到做饭与扫地老妇人各一。或许是我们一行人给古观带来了生气，做饭的老人很高兴，取出开水瓶和几个瓷碗，倒出热腾腾的桂花茶。过后，又一农家老汉来到礼斗石旁，用地道的星子话给我们讲起简寂观的遗闻。我居中充当翻译，问题大部分也是我提的。

◇ 2020年5月15日，庐山文化研究中心同仁考察简寂观

"咯样的石头一共有两块，都是张果老挑来的，咯里头一块，下头还有一块，两块一模一样的。石头上还都有脚印，嗯看，咯就是，就是咯个。"

"下头的石头我们没有听闻，您看到了没？"

"额当然看到过，额要冇看到还能站在咯里跟嗯们话事。"

"两块石头还是有不同吧？"

"嗯是当然的，下头那块石头出油出米，晓得几骁勇。"

"这块石头叫礼斗石有什么说道吗？"

"那当然，嗯看到了咯里的字是不？先前，陆大师就是在咯块石头上观星斗察天象，也在咯里祭祀天地，所以叫礼斗石，嗯看嗯边还有字。"

"这里现在太萧条了。"

"嗯是，先前几样相。毁坏了几次，额就经历过一次，日本佬来的时候放火烧，起先烧不着，后头浇汽油，浇了三道，火才着起来，都烧掉了，就剩咯块石头。"

"老人家您多大年纪了？"

"将将71岁足的。"

"看起来不像啊，像50多岁，腰不弓背不驼。"

"而今几好撒，而今上头好。"

"哦，上头什么好呢？"

"额咯农民，只晓得吃和穿，嗯皇帝不拿额去的不话，还把还额咯，嗯说好啵。"

"还有什么吗？"

“有哦！而今不着急子女不孝顺，国家补贴嗯，几好撒。”

“这里要开发不？”

“嗨，话过几多年了。嗯说咯个路是嗯修的，他说嗯个路是他修的，都要那么多钱，一下就把人家吓跑着。”

“您还是很期待开发吧？”

“嗯是嗯是，咯几好的地方，陆大师的道场，不该咯样子的……”

细嚼之下，老人的话有矛盾之处，但我们都相信，无论实的虚的，都是他的心声。可是，除了我们几位，还能有谁听到吗？

2015年11月1日

悟缘万杉寺

　　一个人期待名垂青史愿望之强烈，总是难以估量的，即便此人贵尊为帝。这不，公元1022年至1063年统辖率土之滨的宋仁宗赵祯偶闻庐山山南有一寺庙，香火旺盛，其住持超公破荒植杉万株，蔚为壮观，便一时兴起，钦赐匾额，将庐山五大丛林之一的"庆云院"更名为"万杉寺"。无独有偶，它的西南近邻原本好好的"开先寺"叫着，但公元1662年至1722年君临天下的清圣祖康熙皇帝一心血来潮，就给它赐名"秀峰寺"，还怕人家不奉旨，牌匾做好送到门上。两位皇帝老人家的目的都达到了，这两个寺名一直保持到今天。

　　我年少居于秀峰的时候，对万杉寺曾有耳闻，也有向往之心，似乎还有过实施，怎奈出师未捷，折戟沉沙。秀峰寺通往万杉寺的山体，仿佛以红土为主，间杂一些风化了的岩石。难行的就是这不多的岩石路，因为它表层覆盖着一层碎石颗粒，走在上面松软滑动，如果是上下坡，那就麻烦了。遥远模糊的记忆还有些许，记得是从岩石下了一个大坡，然后又要从岩石上一个大坡，都是碎石的。屁股坐在地上滑下去了，还没来得及得意，发现上不去对

211

面，却也回不了，左挂绝壁，右悬深沟，困在这个U形槽里。尽管当时我贵为带头大哥，但只有三四岁，来回折腾了一阵，均无功而退，手足无措之下只能号啕大哭。自己哭了很久，两个跟屁虫也在坡上帮着哭，哭声在山谷回荡，还好此时豺狼虎豹基本绝迹，后来终于惊动了一位干活的农民大伯，他拎小鸡似的把我拎回到来路。打这以后，我对万杉寺便敬而远之，不敢再有念想，直到四十多年之后。

今次去万杉寺，缘于偶然的说起。一行好几人，童年的糗事我忍着没提，担心大家憋不住的朗笑坏了这寺庙的清雅。但于我来说，尽管头里已经来过多次，心里依然有些忌惮，步伐比在其他的庙宇依然要恭敬一些。

自从我觉得"秀峰死了"之后，便极力推崇其他禅林的清幽，万杉寺就是其中之一。不过这也是暂且，据说一条紧靠庐山南麓山体的新环山旅游公路段已在规划中。想想不久之后这里可能也是人头攒动，人欢车鸣，我们一行便更用心、更细致地品味起万杉寺来。

来到万杉寺，俨然来到了庐山山南之核心。左侧的汉阳峰、香炉峰、双剑峰和右侧的五老峰、太乙峰裹挟着庆云峰壁立于前，给人以仓皇的压迫之感，原谅我，我想到了幼时滑坡的那个U形谷。

然幸得森严古刹和挺拔古木就像那农民大伯护我于侧，使人复归平和与安宁。故而在我眼中，万杉寺较之一般的寺庙更显凛然，而且我已知它曾经荒废的历史，幸赖当今住持能行法师"伐榛莽砍荆棘而入住，择原址取荒基而重兴"，历时二十载，终于再见殿阁林立，飞檐纵横。

殿阁之外，令我瞩目、仰慕之最的是五爪樟、巨石刻和珍珠泉了。

五爪樟挺拔于山门之外，目下枝叶茂盛它显得比较柔美，一旦叶落枝显，它就如五爪张开的佛掌，擎天问地，气势不让山川。如果说进山之前，万杉寺的亮色是苍翠掩映之中的红墙黄瓦的话，一到万杉寺前，夺人眼目的便是这守护神般的五爪樟了。我所见过的古香樟躯干，有粗壮得像个铁墩子的，有虚了心却根系庞杂的，但眼前的五爪樟，躯干低层次就长得如此纠结的，我还只在此处见到。

◇ 2020年5月10日，和胡振鹏先生、能行法师和仁静法师在万杉寺

于是，我对铭牌上"树龄1000年"的标识，深信不疑。

　　庐山号称人文圣山，摩崖石刻数不胜数，最巨幅的在哪知道不？

　　对了，就在这万杉寺左侧的竹林中。字不在多，够大则名。我想，就如秀峰寺一样，万杉寺的石刻曾经一定是非常丰富的。当年，宋仁宗赐名之外，还御书"金佛宝殿"匾额和"国泰清净"四个大字，皇帝老大奋勇当先，文墨小弟哪还有不拾履跟进的？只是无奈被经年风吹雨打，如今呈现眼前的所剩无几。好在苍天有眼，"龙虎岚庆"四个三米见方的大字完好无损，当仁不让夺得庐山石刻魁首。署款"槐京包帚书"曾让不少学者皓首穷经，先是考证"槐京"为地名，现在证实其为人名，还有人讹断他就是包拯，这些，也为这略显冷清的石刻增添了一点情趣吧。

　　紧挨"龙虎岚庆"不过丈许，便是一壁非常模糊的蝇头小石刻，近前端详，还真有些讲究。原来，这湿漉漉的岩壁之下，就是一处常年不涸的山泉，因为它的清澈、甜润，也因为它的细微、恬静，于是人们把它唤作"珍珠泉"。泉水聚潭而溢，注入三分池而下，年复一年，滋养着人们。南宋状元张孝祥过万杉寺，欣然题诗："老干参天一万株，庐山佳处着浮图。只因买断山中景，破费神龙百斛珠。"

　　泉水汩汩，状如玉珠，人的思绪跟随前行，不觉也清敞起来。

　　你看这万杉寺，殿阁是建造的，但它几经兵火，现在没有一幢比那有可能是野生野长的五爪樟古老；天之长子题写的匾额早已灰飞烟灭，不知名的抬轿文人的镌刻倒还完好无缺；还有，人类很多的坚韧，就像现今官员的那些宏图大略，远不如一注山泉那么恒久。宋仁宗、清圣祖们强烈的愿望，因为他们一言九鼎，所以实现得畅通无阻，换作凡夫俗子，结果会怎样？

　　请原谅我，我又想到了幼时滑坡的那个U形谷……

2015年11月3日

親盧浅語

漫步西东林

庐山西麓有两处著名的古寺庙，一座西林寺，一座东林寺。虽然千百年来东林寺的名声都更盛于西林寺，但历史上是先有西林再有东林，所以，今天下午的南昌、九江校友春游联谊活动，也是先西林后东林。

西林寺的声誉得益于苏轼的《题西林寺壁》，所以西林寺后院立着一块崭新的照壁，上面镌刻着"横看成岭侧成峰，远近高低各不同。不识庐山真面目，只缘身在此山中"。然而在常人看来，西林寺的镇寺之宝还应该是它的七层古塔。这座高46米，周长34.2米的宝塔名为"千佛塔"，又名"砖浮屠"，唐开元年间由唐玄宗敕建，北宋庆历元年将其改建为七层六面楼阁式砖塔，明崇祯五年大修，每层内外均设有佛龛，供奉佛像。1988年，西林寺塔全面修复，现有玉雕佛供奉在顶层。1998年，台湾觉海法师目睹西林寺荒圮冷落，发愿重兴古寺，并将其更名为"西琳寺"。

西琳寺和东林寺相隔不过里许，其间是一畦一畦盛开着的油菜花。刚才，寺庙的庄严和古朴多少令人有些拘谨；现在，这里成了欢乐的天地，谦称不能爬山的东有会长竟然是跳下田埂的第一人。

东有会长是江西名人，但他为人谦和、随和、平和，他的率先垂范，奠定了校友会的氛围。他一带头，大家纷纷钻进几乎人高的花丛中，衣着鲜艳的魏琳、成娟、春兰更是对着宗仁、绍锋、老沈为首的长短镜头，摆出各种妙曼的姿势。晓强、荣辉、仁美这几位带了家眷的，都挈妇将雏，在田间开心戏耍。大家"咔嚓咔嚓"一顿好拍，在留住他人欢快的同时，也留住了自己的愉悦。我感觉似乎少了一人，便回头问干辉、曹飞、镇昌他们，清点了一下，原来是武超不见了。张辉说放心他疲倦了没有下车，大家听罢，继续前行。

和油菜花地一路之隔的一条溪涧，便是虎溪。不知道虎溪的人中间，却有很多能讲虎溪三笑的故事，或是知道明宪宗朱见深"一

◇ 2016年3月29日，南昌、九江部分厦门大学校友在西琳寺

217

团和气"那幅画的人。当年慧远大师影不出山、迹不入俗，从不越过虎溪，否则山林中的老虎就会吼叫起来。一日，陶渊明和陆修静来访，三人谈得很是投机，说话间不知不觉走过了虎溪桥，顿时山林虎啸，三人大笑而别，这就是脍炙人口的"虎溪三笑"故事，其中可见儒释道的一团和气。虎溪由庐山剪刀峡而来，千百年滋养着东林寺的白莲，使它绵香至今。山门之后的东林寺庭院正在修建，莲池空空，昔日的凌凌清波、田田绿叶、朵朵白莲都不见踪迹。放生池里，也不见大大小小、懒懒散散、层层叠叠晒太阳的乌龟们。慧远大师手植的古樟高高矗立，不时有枯叶落下，在地上打打转，又随风远走。大雄宝殿前还有一棵古樟，人称"九头樟"，有着800多年历史，因树干分出九个枝杈酷似九尊龙头而得名。从大雄宝殿右侧经过罗汉堂再往里院，迎面的小楼便是三笑堂，堂前有一棵古罗汉松，虬枝盘结、树影婆娑。相传也是慧远大师亲手所植，和山门之后的古樟一样，都有1600多年历史，故称"六朝松"，有人亦将它誉为"庐山第一松"。现在，三棵古树都是枝繁叶茂，状如华盖，其中、干辉、小管等校友一一览过，不胜流连。

三笑堂前有一方水池，据传，当初慧远大师建寺之地本有他选，然梦中得神示"此处幽静，足以栖佛"，而且当晚雷雨交加，明日，荒野化为平地，池中不断涌出巨大良木，可作建寺之材，于是便有了东林寺。后来，这方小池便被称为"出木池"，良木多用来修建大雄宝殿，大雄宝殿也多了一个名称——"神运殿"。罗娇、颖涵、吴思几位小美女已经和美欢很熟了，看他在出木池绕了几圈不愿走，就问他，美欢嘿嘿一笑，说："我要仔细观察，掐算一番，看它今天晚上会出什么，我就守在这里。"那边聪明泉边，被人称为"老秘"的晓林也在和初中生般面相的剑豪开玩笑："你离这里近，聪明泉的水要多喝，喝多了你就可以回厦大读博士。"聪明泉得名于慧远大师赞东晋名将殷仲堪："将军之辩，如此泉涌，君侯聪明，若斯泉矣。""聪明泉"三字为唐太宗李世民手书。旁边不出十米就是大诗人兼书法家黄庭坚题字的"菩萨泉"，书法造诣比前皇帝不止强一点点，但受关注度不止低一点点，大家笑叹，这就是中国社会。

不知不觉的漫步漫谈中，大家走出了东林寺。陈静写给校友总会的报道结尾是这样描述的：太阳西斜，人影渐长，暮霭四合，今天的昌九校友春游活动在欢声笑语中圆满落幕。

2016年3月29日

闲步归宗街

对仿古建筑一向不感兴趣的我，和中文84（2）班的十余位朋友在醉石温泉参加了一位晚辈的婚礼之后，悠闲地走进这条仿古商业街，却有一种不同以往的适从。

时令已是深冬，今天却很有些小阳春的意味。冬日挣扎着从厚厚的云层中探出了头，努力播撒着柔暖的光辉，俊朗的金轮峰就像蒙着一层面纱，整个商业街于是显得暖洋洋且懒洋洋了。

首先映入眼帘的是一丛丛芦苇，苇花在微风中泛着光泽，好似幼儿被风吹起的毛茸茸的头发，亲近之下，令人禁不住有爱抚的欲望。

沿着鹅卵石铺就的小道移步向前，则是一棵棵形态各异的古樟。它们可能是我童年的玩伴，现在有的依然枝繁叶茂，在微风中含笑致意；有的仅剩粗大的躯干，于清冷中诉说沧桑。它们肯定是认不出我了，但是每当看到它们，我心头便涌起一股回家的温暖，难怪我们星子人把这里称为"归宗"。

古樟之间，看似散落，实则是颇有玄机地错落分布着十余幢古式客栈。初见之下，我不能确认它们所仿的年代，如果需要我有个指认，我以为在唐宋之间。客栈以平房为主，也有两层的小楼，并没有例行悬挂大红的灯笼，店家的经营拘束在室内，主宾的吟笑也浅浅微伏在室内，所以游人不会有局促感和压迫感。于是，我竟然在屋外的草坪上，看到了一位读书的女孩。青草、白衣、红巾、黄狗，端的好和谐的一幅图画！

商业街是仿古的，客栈的青砖黛瓦自然也是仿古的，还有木制的门户和窗牖，但被能工巧匠们仿得很自然，设计的水准也很高。墙壁除了木质的，便是糊着老家这一带常见的黄泥，很纯粹的杏黄，其间还能杂见一些稻草梗。在阳光的映照下，砖瓦和泥墙形成了蛮大的反差，但并不会让人产生违和之感。

水杉般挺拔的商业街保安也挺友好，看见有人在草坪拍照，很和蔼地招呼："拍吧，拍好了就出来。"于是，大家都愿意配合他。

◇ 2017年10月26日，家慈与舍弟在归宗灿埭

从宣传方面得来的信息，这条仿古商业街，是一家央企斥资30多亿元精心打造的大型旅游度假综合体项目的一部分。这个项目整体涵盖了建设一条地方特色的商业街、恢复庐山五大丛林之首的归宗寺、引进建设一座世界级现代酒店、复制一座古村落、营建一处生态房车营地等五大板块，它是目前庐山市单个投资额最大的旅游项目。

项目的规划和目前的效果让我欣慰。本人2002年1月6日在《江西日报》发表了一篇文章，名为《以文化为核心，创庐山旅游特色》，文中写道："依据陶渊明的思想情感及其描绘的生活环境来构建富有特色的庐山复古田园风光是切实可行的。因此，可以在庐山山南渊明故里选择依山傍水的两三个自然村落，以唐宋农村村舍为蓝本，建立复古田园风光旅游区，向世界展示中国古社会风情。"

商业街尚且如此休闲，更遑论其他。于是，我似乎觉得自己的愿望实现了一点点。或许正是由于这样的喜悦，即便环绕客栈与曲拱小桥的都是干涸的沟渠，依然不能让我产生一点忧思。

在此，希望央企，能够直面正当的利益，有自己的高端视野，有自己的社会担当，造福我的家乡，造福大众。我和朋友们相约，待整个项目落成时得闲再来看看，如若不能脱俗而再入窠臼，届时定然骂它！

2017年1月3日

赏春方竹寺

　　巍巍匡庐，曾经的佛家乐园。宋人晁补之诗云："南康南麓江州北，五百僧房缀蜜脾。"

　　庐山连带外围保护地面积不过734平方公里，现代专家考证，曾经和现存寺院约有800余座，这么算来，就是说庐山不到一平方公里就有一尊佛爷在入定打坐。其中是否包括同样星罗棋布的道仙，专家没明说。

　　庐山禅院众多，最著名的莫过于"三林"即东林寺、西林寺、大林寺以及"五大丛林"即归宗寺、秀峰寺、万杉寺、栖贤寺、海会寺了。然而在九江，每年总有那么十来天时间，有一座小寺比东林寺还令人牵挂，还令人向往，那就是庐山北麓的方竹寺。

　　方竹寺的今朝盛名，得益于发达的交通，得益于撩人的网络，得益于如期而至的似锦繁花，更得益于老少男女的逸致闲情。

　　方竹寺距九江市区不过十余公里，这样的路途，驱车徒步两相宜。每到阳春三月，暖阳映照，方竹寺那五棵同治年间栽种、距今300年的樱花芳菲绽放，于是，九江市民的朋友圈被它们刷屏，引得大家扶老携幼争相观赏。小小的千年古刹，天天都人满为患。

　　我是一个春雨初歇的午后来到方竹寺的。经历了两昼夜的凄风冷雨，樱花树上的花朵已然稀疏，地上的花瓣虽然还没有零落成泥，但早已失去了曾经的光鲜，即便被风吹得偶尔翻滚也是那样无精打采。而赏鲜的市民该是早早得到了花事颓圮的信息，午间寺院的游客只是三三两两成为山野的点缀。

　　然而，此情此景，正合我意。因为，樱花固然芳艳俏丽，却远不如传说中的方竹令我意趣盎然。

　　我从濂溪大道转庐山大道到了威家，沿山北公路开始登山，走不过十来个弯道，还来不及感受山间和山下气温的差异，右手边就已经出现了"方竹寺"的指路牌。停好车从陡峻的水泥路下行百十

◇ 2015年3月14日，和同事在方竹寺

米，翠绿中就有一团红墙黛瓦映入眼帘。

在我们赣北地区，流传着许多关于朱元璋的传说，始建于唐代的方竹寺也不例外。据说当年朱元璋和陈友谅在鄱阳湖纠缠多年，大多数时候都是朱元璋被追得抱头鼠窜，那一回也是如此。朱元璋正在寺庙和当家和尚吃饭，忽然卫兵来报，说陈友谅的追兵来了。朱元璋没想到自己吃顿饭都不得安生，勃然大怒，将筷子往地上一插，发誓道："如果将来我有命得此江山，筷子给我长成竹子。"后来朱元璋击败陈友谅做了皇帝，他插在地上的筷子果然长成了竹子。因为筷子是方的，于是这里的竹子也长成了方的，寺庙也改称方竹寺。

庐山竹子有楠竹、苦竹、方竹、箬竹、石竹、筋竹、千岁竹、破叶竹等品种，听过一些人说，走遍庐山只有在方竹寺才能看到方的竹子。真假莫辨，信不信由你。

方竹寺依山而建，大致可以分为三级，最低一级也是最古朴的部分，坐落着大雄宝殿和东西厢房各一，方竹就长在这小而雅致的院子里，方竹主要簇拥在东厢房前面。

之前我查阅过资料，介绍说这里的方竹一般高3到8米，粗1到4厘米，早期的幼竹竿呈圆形，只有长到成材时竹竿才呈四方形，竹节头带有小刺枝。现在我来到小竹林跟前，粗看过去，觉得它们和其他地方的小竹子无异，无论是颜色还是形状，我还寻思是不是世人故弄玄虚，生造一些所谓的方竹故事来。及至我忍耐不住好奇心，用手轻轻触摸，方才感觉出不同来。原来这方竹，不如普通的竹子圆滑，表层好像被砂纸打毛了一般。它的棱角哪怕是近前端详，都不易觉察出来，但是一摸却是真真的存在。而且，每一处竹节的确都有滞涩的楞刺，触摸之后叫人森然而远之。

初春日落早，待我走出院门，三三两两的游客早已遁去，山寺更加沉寂。我想，方竹寺本是因方竹而得名，市民竟然多是为樱花而来，不是本末倒置吗？然而，还不及哂笑完毕，我又想到自己，寺庙本是诵经念佛之地，我竟然只是为方竹而来，不也是赏樱花者同类吗？不过我转念又想，诵经念佛为的是修身养性，而我们俗众，无论观竹还是赏花，走出方竹寺时都是兴致盎然。

此时我心，春意浓浓。

体验新索道

之所以称之为"庐山新索道"，乃是因为在这条索道运行之前，据我了解，大庐山范围已经开通了多条索道，如石门涧索道、三叠泉索道、太乙村索道、大口瀑布索道、秀峰索道等等，但这些索道主要是区间索道。而位于东林寺附近的这条由两级政府出资的索道后来居上，而且成为继步行、滑竿、汽车之后又一新型的攀登庐山的重要方式。媒体报道：庐山交通索道位于庐山风景区西侧，是中国首条双线承载单线牵引循环脱挂式30人吊厢索道，总投资约6.1亿元。索道上站位于牯岭镇，下站位于云雾茶场，全长2864米，高差873米，其间只有4个支架。该索道的优点就是载客量大，每小时设计运量达到4000人，最快速度达到7米/秒，从下站到山上最快速度只要7分钟。

7月10日，我从环山公路西侧返回星子，特意拐去正在修建中的庐山索道下站。但见冷冷清清的工地、冷冷清清的大厅，不过欣慰的是吊厢正在试运行。我问工作人员什么时候正式开通营运，工作人员一脸谨慎地说不知道。后来从媒体处得知，正式运营的时间是7月28日。

要为庐山索道点赞的是，它推出了一系列广受欢迎的惠民措施。比如索道上行下行全票是150元，但对九江市民实行优惠，上行下行各30元直至年底。所以每到周末，坐索道上庐山已经成为九江人的新时尚，不信你就去翻翻九江土著的朋友圈。

我今天上庐山，也是趁机赶这个时髦。体会不算很深，就记记流水账吧。

我特意选择下午晚一点过来搭乘索道，并非有什么先见之明，拖延症惯性使然。但懒人有懒福。16点45分左右到环山公路索道口的时候，看到路上停放了许多车辆，道口还立着"车位已满"的提示牌。不过我也看到不少车辆从里面驶出，料想现在该是人们回家的时间，一定空出了一些车位。事实证明这个分析是正确的。我往里走的时候，看见路旁三三两两停着车，三三两两空着位。走到一个栏杆前，工作人员示意把车停到两边的临时停车场，那就是在泥

◇ 2019年4月12日，庐山文化研究中心同事搭乘庐山交通索道走访

土上平出的一块空地，名副其实的临时。由此可见，运营商对九江人民赶时髦的热情严重估计不足。如果营运商真是境外聘请的，那就情有可原。

从临时停车场上行500米左右，就是售票处及搭乘入口。我进去的时候，只有五个人在买票或签票，此时一位中年大妈插队挤到前面，两位年轻人看见，露出惊讶的表情，不禁面面相觑做了下怪脸。等候售票的时候，我趁机观察售票大厅，应该不能叫大厅吧，就40平方米左右，可以想象火爆时分的火爆场景。我问工作人员是否能网络订票，回答是不能。这方面网络上有些诟病。

候检大厅懒洋洋坐着站着十来个游客，他们闲散得令人不知是要上山，还是下山之后在此休整。检票口两个游客四个工作人员，长廊静悄悄没有人，吊厢外没有游客，几个工作人员在打扫卫生好像准备收摊，走进吊厢没有人。你说对了，我就一个人专享一个吊厢，羡慕吧？

环境太宽松了！于是，进入吊厢的我扔下背包打开手机，开始录像，我要完整记录庐山索道从下站到上站的运行时间和过程。录像非常完整，内容非常丰富，只是因为文件太大，1.17GB，不能与大家分享我觉得非常遗憾，一路上下来的吊厢里的人没人理会我的热情招呼我觉得非常遗憾。不过，全程录像让我知道了从山下到山上的速度，也就是从进吊厢到出吊厢的时间，9分45秒。原来，宣传的7分钟上庐山，那是最快速度或理论速度。不过，10分钟能上庐山，我已经非常满足了。

庐山西侧这一段风景虽然比较平常，然而一路也能看到层层叠叠的云雾茶园，看到从山头纵贯而下的溪流，看到白云笼罩的暂时不知名的俊朗山峰，还有渐行渐远的城镇供你抒发感慨。如此短暂的时间，风景如此频繁转换，是不是很令人感到惬意呢？

　　上站出口对面便是地处大林沟的庐山消防队，算是在牯岭中心区域吧，这比下站要驱车半小时，真是便捷多了。于是，一见到来接我的云中派出所汪鹏警官，我就迫不及待表达了首次体验庐山索道的愉快心情。

2017年8月21日

枯行汉阳峰

这些年外出旅游，大凡名山我都力争登顶，如泰山主峰玉皇顶、衡山主峰祝融峰、武当山主峰天柱峰、云台山主峰茱萸峰……但我一直有个遗憾，就是我视为精神支柱且坐落在家乡星子境内的庐山主峰汉阳峰，却始终未曾涉足。

这次上庐山的另一个重要因素，就是要趁机填补这个空白！

今天历时5小时（其中徒步4小时20分钟），终于完成了这个愿望！但结果却让我失望，整个行程比较枯燥无聊。难怪在汉阳峰遇到八九位庐山本地的退休老人，他们大多是第一次攀登汉阳峰，最多的也不过第二次，因为来过的人都说这里确实无趣。

关于这次行程的枯燥无聊，我概括这么几句话：低头看路，抬头看树，到了汉阳峰，看的还是树！

庐山风景名胜区植被太好了，好得遮住了路，挡住了景。子曰："过犹不及。"现在很多人都觉得森林保护过了头，已经影响到了林木及野生动物的健康生长。这是个很大的话题，就不展开了。

还是把行程简单介绍一下，供和我一样的轻微强迫症患者参考。

　　先联系一辆小车把人从牯岭经仰天坪送到701电视台，来回接送的价钱是一百整。然后沿着东南方向的泥土路前行，热情的电视台工作人员会告诉你只有这一条路，要回牯岭必须原路返回。没走多久你会看到一处裸露的山坡，记得一定在此留步，因为这是你此行能够看到的唯一一块大面积裸露的山体，也是此行视野最为开阔之处，南纵北览一定会大有收获。

　　百度地图告诉我，这里叫晒谷石，还蛮形象。北面是一块屏风似的山体，这就是庐山人都知道的大月山，除了远处的空军雷达，还能看到鄱阳湖点点船舶；南向则是一块比较奇特的建筑群，一大块平整规则的场地，有经验的人看得出那是庐山机场。继续前行下坡拐弯，然后会看到一个指路牌，上面告诉你距离汉阳峰还有 3300米。沿着山脊松软的小道继续下行，一畦畦茶园映入眼帘，茶园西南坡有几栋红顶的房屋，这里你又要留步了，因为这是此行第二也是最后的开阔处。这里叫簸箕洼，还是百度地图说的。不过在此处你只能顺着山垄一个方向远望。采茶的女子告诉我，从这里往下走就是庐山垄，文人雅称的桃花源。这个介绍让我有点小激动……

　　然后一路，都是跨草穿林而行，有点上坡都不长，我这"50+锻炼一"的人歇几口气也能上去。从下车出发用时1小时56分钟，期盼已久的汉阳峰就在脚下。

　　以前看到的汉阳峰照片让我产生了错觉，以为这庐山顶峰有一片开阔地，开阔地中央像人民英雄纪念碑那样，矗立着光绪年间镌刻的"庐山第一主峰"石碑。实际情况呢？曾经断成两截的石碑确实存在，但是被摆放在一座石砌的七八米见方的平台上。尽管是平台，四周依然被松木包围，不要说传说中让它得名的楚地汉阳，连山底下的吴属浔阳、柴桑、南康，统统难觅踪影。期望越高，失落越大。此情此景也让我憋出了一点想法。作为庐山主峰，汉阳峰位置非常理想。汉阳峰基本处于樟叶形的庐山山脉中心，东接五老峰、含鄱口、太乙峰，南俯秀峰、温泉、简寂观，西连桃花源、面阳山，北通牯岭。过去庐山因为南北、上下分治，不能统一规划，现在庐山市已经成立，整个庐山及其规划应该融为一体，汉阳峰作为庐山之巅可以在其中起到统摄作用。它的合理开发，必将形成众峰来朝的态势，从而使庐山风光形成一个有灵性的整体。大事长干，小事现干。目下的顶峰整治，可以将那些并不名贵且被松毛虫祸害的松树砍伐去掉，像庐山植物园一样种上一些特色灌木，在此

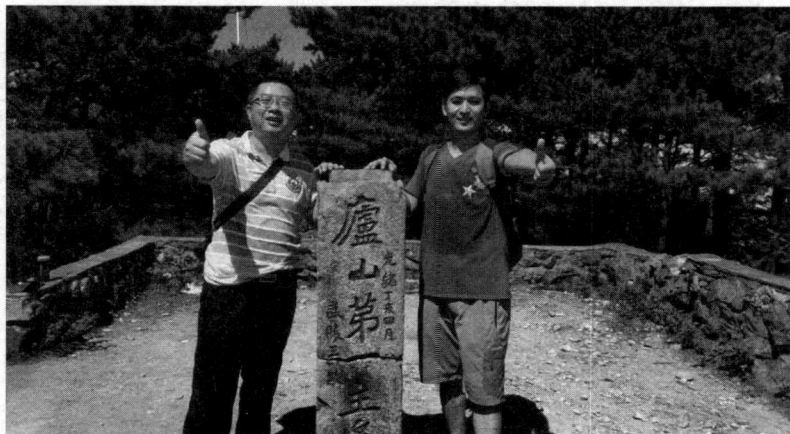

◇ 2017年8月23日，和陈义刚宗亲在庐山汉阳峰

建一个开阔平台。那么，鄱阳长江，幕阜东山，远山近水尽收眼底；大禹治水、司马登台、陆羽品泉、霞客探僧，包括汉阳灯火也可留待游客去想象。另外，沿途可以设置一些观景台。那时人们一路走来的感受，绝对不一般了……不过一想，自己不能不小心失足为庐山的专业批评者，于是赶紧收缩思路。

汉阳峰，你好！我来了！对于庐山之巅，喜爱庐山的人都应该来。不过，假以时日你还是这般模样，我就不会再来了！

盘桓四五分钟，匆匆拍了几张照片留待日后证明曾到此一游，便打道回府。

前边的文字看过之后，你是不是也觉得汉阳峰之行枯燥无聊？如果不觉得，那就是我写得太好了。

感谢帅哥义刚陪我完成心愿！他有趣且时尚的话题，为我这枯燥无聊的行程驱赶了烦闷，同时启发了我的一些思考；他矫健的身影和富有弹性的步伐，让我还能在枯燥无聊的行程中回忆青春的过去，比如一口气跑上黄山光明顶之类的当年勇，这也是我完成庐山巅峰之行的支撑力。

2017年8月23日

信步牯岭镇

多年没在牯岭镇住得这么长久，从来没在牯岭镇住得这么闲适……天公作美，每天晨昏，蓝天白云便悬候在酒店门前，良善盈盈地提醒宜珍惜时光，宜启程观景。而我，是断断不能违拂这大自然的盛情了。

下面，综合汇报正式开始——

以前上庐山，或公务在身，或匆忙而过，这次有闲，得以走亲访友。先后和三拨朋友小聚，其中既有经常聚首的，也有十几年未遇的，还有刚刚认识的。方方面面的朋友，清澈苍穹之下，云雾变幻城中，或酒肆，或排档，大家一起喝点小酒，聊聊过去，说说当下，真是人生一大快事。席间，朋友们也有谈及我的那几篇关于庐山的文字，让我很高兴听到了庐山人对庐山建市的感受。他们当中，有几十年一直生活在庐山的土著，也有学校毕业之后来庐山的；有经历了几十年庐山风云变幻的成功者，有刚刚品尝人生滋味的小鲜肉；有参与决策人士，也有自由职业人。他们对庐山的感情非常深厚，对庐山的感悟非常真切，能看外人所不能看，能道外人所不能道。大家表达了今后希望能经常相互看到彼此文字或听到各

觀廬淺語

自见解的愿望，只有关心庐山的人越来越多，庐山才会越来越好。就好比今年旺季推行的大换乘，好比刚刚开通的索道，都是新方向，都值得肯定，也都存在问题，都需要及时改进。这些不算严格意义的信步，从略。

早就听说庐山人的生活，节奏比较缓慢，性情比较淡然，这次和他们接触一多，算是见识到了。让我有这样感受的，除了餐桌上的朋友，还有庐山图书馆的读者。庐山图书馆紧邻庐山恋电影院和美庐，从隧道口与合面街过来游览东谷的景点，图书馆是必经之处，游客可能会下意识抬头看一下任继愈先生题写的"庐山图书馆"馆舍，但真有闲情逸致步入其中的则少之又少。这点，从我和朋友们自身经历，从我历次在庐山图书馆门前的观察，再就是从各地朋友撰写的庐山游记中，都可以得到印证。

我走进图书馆大厅的时候，倒是有几位老年游客在那里的座椅上歇脚，看我站到地图跟前，他们便起身问了我几个行路的问题。此时，一个穿着比较正式的工作人员请我们配合一下，拍几个电视镜头，我就让他拍了下背影。工作人员没有告知拍摄的用途，所以以后有谁看到这个节目请知会我一声。你要说看背影怎么知道是我，那我告诉你，我穿的是上回中文84（2）班聚会的限量版T恤衫，背后是红彤彤的"亲，萌萌哒"几个字，绝对醒目。

大厅右侧有馆情图文介绍：庐山图书馆现有总藏书四十三万册（件），其中，古籍图书近六万册，古籍当中有善本五千二百册，善本书中明朝中叶至明朝后期的版本有一千余册；另还藏有民国时期出版物三万册。连续五届被文化部命名为"一级图书馆"。附后大事记先简后繁，过去庐山历任领导皆隐其名，而现任领导则出镜多多，严肃性、历史感瞬间就被破坏了。

馆情介绍图文看完之后，转身上到二楼。刚刚让我们拍镜头的那位工作人员端坐在北侧的馆长办公室。我现在有一个经验，就是一个单位衣着最挺括的人，必定是这个单位的老大。至于是不是大家自愿邋遢一点以衬托老大的形象及权威，则无从考证。二楼还有期刊、旅游文献、儿童等几个阅览室，阅览室都不大，但每个阅览室都有读者。读者有男有女，有老有少。从他们坐着的位置看得出来，他们有的是独自阅读，有的是母亲带着孩子在看书。窗外就是巨大的汽车轰鸣声，以及此起彼伏的导游吆喝声，而图书馆内的大人小孩，丝毫不为所扰，眼在书上，心在字间，庐山人的淡然可见一斑，令人佩服。

◇ 2017年8月24日，在庐山图书馆阅读的小朋友

从图书馆出门上坡西行，连接东谷和街心公园的合面街依然游人如织，看不出大换乘对这里的影响。攒动的人头之中，庐山邮政所画摊前，几位庐山老人正在争议一个月后开通的武九客专终点站到底是地处城区的九江站还是名不符实的庐山站，另外还听他们议论刚刚得到批复的"难产"的柴桑区。道路过去便是街心公园，这里有毛体"庐山"石刻和牯牛雕像，是俯瞰九江及长江的妙处。今天能见度非常好，我感觉都能看见自己居住的小区了。

我拍了几张风景照之后，转身去找一个树蔸，竟然很快就找到了。这里有故事："8月5日下午，庐山风景区天气晴好，突然几声巨响，街心公园的一棵大树竟被劈为两半。从网友上传的图片可以看到，这棵大树从树梢到树根被劈成两半，上面的树身天女散花般垂散到地上，周围20多米外都是被劈碎的树木屑。"我现在看到的，只是一个平着地面的树蔸。周边几位老人应该是街心公园的常客，我在那观摩的时候，他们也不曾多望一眼。很多故事都是如此，发生的经过惊心动魄，待事情过去，一切又和平常无异了。当然，这也和庐山人的心境有关，这个年纪的庐山人，谁还没见过些世面。

不同的场合还听了几个故事，说到庐山和他处的不同。好比交警和司机，交警把司机训得一愣一愣的不少见吧，但在庐山就不一样，经常看到司机啊导游啊把警察训得一愣一愣的。因为庐山常住人口两三万人，几十年住下来，大家滚雪球一般成了亲戚。别看你站在街头是警察，可那导游司机是你姨夫是你三舅是你表姐是你堂弟，他尽管违规了违章了，你还只能涎着脸好言好语去规劝，一旦尺度没有把握好，主动立即转变为被动，只有乖乖听训。当然，庐山作为文明景区，治警也是极为严格，牯岭镇云中派出所2002年至今连续十五年被公安部评为"一级公安派出所"，我上山的那天，他们还在悬崖峭壁下救起了一位轻生的青年，牛！

这几日行走于庐山，我经常边走边在微信发图，很多庐山朋友看过之后，惊叹"我是不是一个假庐山人"！因为我走的好些地方，很多老庐山都还没去过，其中就有大月山水库。其实原来住五一疗养院实训基地的时候，就有机会过来，但事务太多没有心情，这次午后匆匆饮过几口矿泉水，便开始了顶着烈日的独行。

既然是水库，自然处于大山深处。大月山水库正因为是这样的位置，庐山人才少有光顾，游客更是人迹罕至。一路伴随的只有松涛阵阵、蝉鸣声声。我是富有极速分享精神的，所以要告诉你，这里不仅山清水秀，而且是眺望九江的第一妙处。对，就是"第一"，比通常推荐的街心公园、望江亭、锦绣谷、龙首崖都要好。如果在那些地方眺望九江，看到的都是单幅照片，而在大月山水库豁口，看到的则是色彩分明的叠幅画面。由近而远，首先是苍翠欲滴的树木，继而是牯岭街错落有致的红瓦绿砖，然后又是一道苍山适度从左侧隆起斜插，越过这道并不碍眼的脊梁，之后便是一望无际的江河湖城，午后灼热的阳光把这一切都涂成了蒙蒙一色，就好像是衬托牯岭这位主角的帷幕。书到用时方恨少……你自己走一趟吧！

然而，我还不得不抑制住喜悦，和颜悦色吐槽一下。大月山水库，如此一个好去处，庐山一级水源保护地，在它的坝体上，竟然堆放着为数不少的废弃油罐和车辆。我拍下了周围各类警示牌，署名的单位有防汛办、自来水公司、物价局、发改委，谁管这事，不知道。这是在庐山看到的闹心一事，奈何！

　　自从将新媒体管理纳入自己工作范畴之后，我的作息时间就变了，由北京时间变成了迪拜时间，不过比迪拜的滋润差了好几个纪元。所以只要是我发的霞光万丈照片，一定不是清晨而是黄昏。以后如果你看到我说拍的是日出，请多予关怀，那一定是我要出事的前兆，别的不说，患精神分裂和强迫症一定是大概率事件。

　　这几天，我在庐山看了两次日落，一次在宾馆附近的芦林桥，一次是专程穿过大半个庐山去到锦绣谷，在好运石前静候了半个小时。今年本人人品有点小爆发，在庐山的日子，天气特别给力且好变不断，所以我的两次日落景象各异。芦林湖日落，红色是大背景，红彤彤的云彩、红彤彤的太阳，最后，山体也红彤彤了，观日的人也红彤彤了。太阳坠落得很快，于是红彤彤的一切马上就黑漆漆了。而锦绣谷日落，绛紫是基本色调。那天的云层很厚，但又不是整块的浓密，太阳在老高的时候就钻了进去，于是从云层中四散出灿烂的光柱。光柱随着云层的漂移，不断发生着变化，地面也随之时而由晴转阴，时而又由阴转晴，最后太阳彻底隐在云中，于是江山一统……

　　过去，虽然知道自己喜爱庐山，但毕竟一直在庐山脚下生长和工作，细论起来，喜爱的应该是自己熟悉的那一部分。这一次能够闲庭信步般行走于云中牯岭，加深并拓展了对庐山的了解，让我对庐山的喜爱，迅速漫布到它的整体。于是下山的那一刻，心中迫不及待和它许下了一个约定，拉钩！

2017年8月25日

环游秀峰瀑

　　清晨，伫立庐山秀峰山门向北仰望，苍翠的群峰腰间似乎垂挂着两条烁烁闪耀的银链，这就是著名的秀峰姊妹瀑布。其中，西侧这条更气势磅礴，也更为著名，李白《望庐山瀑布》"日照香炉生紫烟，遥看瀑布挂前川。飞流直下三千尺，疑是银河落九天"就是为她而作。她因位于开先寺之上，本名"开先瀑布"，又因自黄岩峰峦悬空而下，所以也称"黄岩瀑布"，再因为李白的垂青，现代很多人干脆把她称作"庐山瀑布"或"李白瀑布"。开先瀑布倾泻于鹤鸣、龟峰之间，是"大姐"；而"小妹"悬于双剑、文殊二峰之间，因为被二崖紧束，喷洒则如骥尾摇风，于是被形象地称为"马尾水"。

　　开先瀑布和马尾水这对秀峰姊妹瀑布，就是我和阳志华同学今天要征服的目标！

　　还没到六点钟，我们就走到秀峰大门近前，碰上了掌管钥匙的扫地师傅正在嘟嘟囔囔生气，他说没到景区开放时间，于是不给开门。在我们这里，遇到这样的情况，一两根香烟就可以了，因为这能让他感受到你对他的尊重。但是，我和华老都不抽烟，我要替他扫地他说那是假的。磨蹭了不到一分钟，似乎是扫地师傅的熟人要进秀峰，便招呼我们一块进去。刚刚走到"第一山"老庙门，遇到了强驴柳纪委春波下山，听说我们要上瀑布顶，他建议我们从右侧上去，一是看看四叠泉，二是这边道路虽然闷一点，但是好走很多。事实证明，强驴就是强驴，他的点拨让我和华老感觉收获颇丰。

走进"月印龙潭"小园门，径直走就是"可以观"的龙潭，右手则是一段杀威的石阶，春波指的便是这条路。这条路我很有点印象，小时候经常攀爬上去，采一些野果，饭米馓、麦泡、毛栗、尖栗之类。现在的路较之以前拓宽了不少，加之刚刚开始发力，所以尽管陡峭，攀爬并不困难。上坡不久就是一座硕大且无甚美感的凉亭。我记得小时候基本在此打住，或是从左侧下去龙潭。而今天我们是继续沿着石阶北去。没走多久，便见道路被铁丝网拦住了，上面挂了一个牌子，写有"禁止通行"字样。我和华老商量了一下，决定继续前行，反正我们主要目的是爬山，是否看到风景无所谓，路到尽头走不通打道回府便是。

春波指路的时候用词很准确，"闷"！此时太阳已经露头，我们走在密林中一点都不被晒着，但是空气似乎也是凝固的，山路时而陡峭时而平缓，不属于很难攀登的路径，但我们依旧大汗淋漓、气喘吁吁。

走走歇歇估摸有一节课时间，眼前出现了一泓潭水。这里我虽然没有来过，但地理方位还能清晰辨识，知道这不是熟悉的开先瀑布水系。果然再往上走片刻，就在一股凉风袭来的时候，就在我们的右上方，一条界破青山色，这边是每每隔山相望的马尾水瀑布了。

我们在马尾水下盘桓一阵再往上行，其后蛮长的一段路途，有几处观景台，让马尾水一直和我们相伴，从底而腰而顶，得以把马尾水的景色饱览，华老赞了好几次"不虚此行"。

往右观赏马尾水的时候，我注意到左侧的文殊塔已经映入眼帘，而且还发现山林植被已经发生了变化，在山脚告别的毛竹再次进入我们的视野，于是我告诉华老，我们也到了开先瀑布的顶端了。果然前行不久，就有路牌指引"庐山瀑布源头"。我们逐级而下，伴随着溪流声的增大，就在翠竹丛中，大小不一的冰川石团卧，在此处形成一个豁口，清澈的溪水汇流而来，争先恐后奔向豁口，飞流直下三千尺而去，朝着阳光升起的地方。

我不到十岁的时候跟着县委党校的一帮大人来过黄岩，最深的

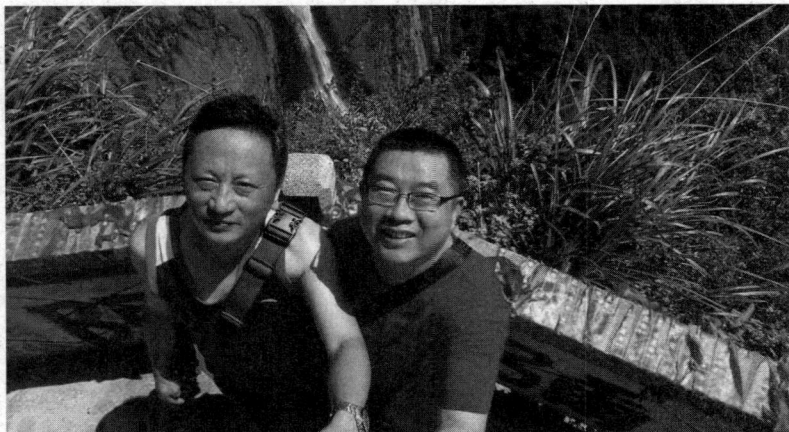

◇ 2017年8月19日，和阳志华同学在秀峰文殊塔自拍留影

记忆是林场的人给每人赠送了一担竹笋和柴火，当然大人小孩是有区别的，我只记得那一担东西我边走边扔，最后到家只剩下一把笋子了。除此之外，便只记得在林场简陋的场舍旁，平缓地流淌着一涧清流。大人告诉我，这就是后边的瀑布水，也就是党校从龙潭上的岩壁处导引的饮用水，于是我一下子和这水自然亲近起来了。

我当时甚至想，眼前看到的这个水珠，说不定回到家里我还能看到呢！只是它已经和其他水的兄弟姐妹融为一体，我自然是认不出来了。这个想法令我惊奇、兴奋，却也莫名遗憾。时隔四十多年，我现在又站到了大山深涧，心里一下子愉悦起来。起初，我还是穿着鞋在石头上跳来跃去，后来甚至嫌不过瘾，干脆脱了鞋袜，一任水流抚摸着双脚，双脚在光滑的石头上行走，瞬间就把感觉拉回到了少年时代。

我本是畏水的，悬崖就在五米之外，但是此刻，披着从密密匝匝的树林透过的阳光，看着阳光在水中泛起的星子，心底里回荡着童年的歌谣……

林场已经旧貌换新颜，低矮的屋舍化作三层小洋楼，只是悄无声息，如果不是几只芦花鸡在竹林里刨食，我甚至会觉得这里已经被废弃了。小洋楼前面立着一块石头，上面镌刻了"仙居"两字。一楼左侧挂着"经理室"的门牌，还有一个条幅，竟然是"少管闲事养精神"。

看过小洋楼和木房子，我感觉这黄岩之上真是异人多多。小洋楼对面就是黄岩寺，这是我小时候来没有印象的。黄岩寺挂的门匾却是"黄崖寺"，走过看过心里很有点拧。黄岩寺南行百十米就是文殊塔，这是我小时候来不曾有的，但我后来到秀峰每每都会凝神眺望。今天得以亲近，并由它陪伴居高临下全景俯瞰李白瀑布，心中已是极大的满足。

因为已经涉足瀑布源头，其后的瀑布底部我们就没有过多盘桓，沿着流淌的瀑布一直下到龙潭，完成了今天的秀峰姊妹瀑环游。

想起曾经读过古人的一首禅意诗，即南北朝陶弘景隐居之后回答齐高帝萧道成所写的：“山中何所有，岭上多白云。只可自怡悦，不堪持赠君。”于大山而言，白云是易得的，而水则不然，为什么大家说起来北方的山不如南方的灵秀，就是缺了灵动的水。下山之后，我稍稍整合了今天的感受：宇宙寰球美，寰球中国美，中国江西美，江西星子美，星子白鹿美，白鹿秀峰美，秀峰瀑布美。

不服来游！

2017年8月19日

遇蛇青玉峡

昨日中午大雨滂沱，我却在和"山南地宝"再阳相约三点钟的秀峰之行。再阳本说是三点半，我想稍微早一点回来办事，于是提前了半小时。就是因为提前了这半小时，所以到达秀峰的时候还在下霏霏细雨。从"第一山"旧山门上坡，经过男性观音绣像和千年罗汉古松，本想去秀峰寺橘子那里喝茶，但庙前停着五六台小车，故而不去凑热闹。跟着再阳转入松雪楼，他熟人太多，刚上台阶转眼就已经跟三四个人打了招呼，还说要去见老板。我说老板我不熟你去就是，我在走廊坐坐就好。不一会儿，再阳回来了，身后还跟着一个清癯的中年男子，原来他就是这里的老板，姓万。我突然想起，前日南昌森昆同学转我看了一篇文章《山上的老万》，正是此人……现在庐山周边类似老万样的大神越来越多，只要不走火入魔，他们的所作所为，对庐山文化的新积淀和新发酵，应该是值得期待的。这个话题很大，暂且按下不表。

避雨谈话耗费的时间太多，我和再阳说后边还有事，今天就不登瀑布了，到青玉峡龙潭转转打道回府。到了龙潭，我请再阳带我去看看侵华日军101师团101联队联队长、陆军特晋少将饭冢国五郎

246

的墓葬。饭冢当年号称"军神"，类似今天的网红，既然是网红自然少不了粉丝，自然得不断回馈粉丝。饭冢就是为粉丝拍照时，因为头顶钢盔熠熠生辉引起了中国军队狙击手的注意，于是两枪毙命。日军将饭冢埋葬在龙潭西南侧的坡上，墓碑上刻着"故饭冢部队长之墓"。后来这里修建了凉亭叫听涛亭，饭冢的墓碑也被掩埋。前些年文化工作者发现之后没有声张，后来不知怎么被承包景区的商人知晓，把墓碑重新刨出来，并重新镌刻。原本可能是想打造一个新景点，没想到引起了网民的公愤，说他为侵华日军招魂，承包商不得不再次把墓碑掩埋起来。于是我和再阳走到那里的时候，看到的是湿漉漉树叶覆盖的一处水泥浇筑块。

再阳虽然来过多次，我还是让他先站到水泥浇筑块上，给他留影，然后我又如法炮制。等我拍好回到听涛亭，刚说几句话，忽然

◇ 2018年6月9日，和陈再阳宗亲在秀峰青玉峡考察。照片左侧中部"小白条"，就是已经呈攻击状态的蝮蛇

再阳往左一指："你看看那石头底下，是不是一条蛇？"我一看，离浇筑块不过米许，斜卧着一块褐色的大石头，石头四周都是杂乱的树叶子，在石檐之下，似乎是一堆树叶，仔细一看，果然盘着一条肥硕的大花蛇。大花蛇蛇头微扬，纹丝不动，警惕地注视着我们。我不管大花蛇能不能听懂，安抚它说："大花蛇啊你别动，我是大龙你小龙，靠近你不过拍个照，我是著名的陈拍拍……"拍好之后，我随着再阳返回，后来他再介绍了几处石刻，我告诉他："没看到大花蛇之前，我一定近前观摩，现在还是有点……"

回家之后，马上发扬无私的分享精神，把大花蛇照片发到了许多朋友群，听到了一些称赞，也看到了一些颇受惊吓之言，当然也有奇谈怪论，什么吉兆啊蛇仙之类的调侃。后来，有见识的朋友说这是一条蝮蛇，也有说这是早有耳闻但从未谋面的"五步倒"……总归是越说越怕人，弄得我渐渐不安起来。于是我再仔细看照片，哇！我发现在给再阳拍照的时候，大花蛇的蛇头高昂，就是那眼镜王蛇一般，已经做好了攻击的准备……看罢，竟然有了些后怕，而且似乎觉得左手有点麻木，赶紧把长裤褪了，让母亲帮忙仔细检查双腿有没有血眼。晚上应蚂蚁老总之邀去和庐山市文友喝酒的时候，走在路上还心有余悸，好在酒杯一端什么都忘了。今天早上醒来，抹了抹脸验证自己还活着，于是还原如初。

等会再去秀峰，续登瀑布，弥补昨日之憾。当然，我不会刻意去寻觅大花蛇，如果遇上了，那就是缘分！

2018年6月10日

跑马桃花源

前些天和朋友去到桃花源景区。这是一个很有历史文化内涵的景区，但二三十年运作一直不见起色。我们算是跑马观花在景区待了小半天，走了一点山路，吃了一点风味，其间有些见闻，现在记录下来。这些内容看起来似乎没有关联，感觉有点乱，不知道和景区的不见起色有没有关系。

见闻一。景区有条溪流，被富商租用开发漂流，夏天这样的季节，每天一两千人，每人近160的费用，对当地老百姓没有任何回馈，风景管理区也收不到漂流客的门票。老百姓对他没有好感，抱怨说，我种田要用水的时候他储水，我不要水的时候他拼命放水。

见闻二。老话说靠山吃山，当地有个明白人很早就开发本地的山珍，生意做得老大。酒店从一两间小房子做成了一座生态庄园，即便不是节假日也是高朋满座，有点名气的人来到本地，在这宴请是倍有面子的事情。老板自己读书不多，哪里费用高昂就把儿女往哪里送，可他和本地的一个机构签订协议，一年也就一万出头的费用，他觉得自己一个人出有点亏，于是拉了一个外地商人，两个人三七开，自己自然是三，而且一直让本地机构蒙在鼓里。

见闻三。景区有名泉，早年，一家特殊单位得知此事，就从景区饮水到单位使用，几十年都是白用。而且，以"监测水源质量"的名义，租用了景区几套房子，打造成那种山里人觉得很浪漫的阳光房，一到周末和节假日，便呼朋唤友前来，多半还是女客。景区新领导觉得这么白送水不是事，于是打探上门。去之前很是忐忑，因为人家毕竟是特殊单位。可没想到对方特别热情，不该看的都该看，还回赠一套办公设施。景区人很诧异，旁人打趣道，还不是怕你们暴露那些阳光房。

　　见闻三。景区很有历史文化内涵，吸引了一些奇异之士，其中有位酿酒的女子最为著名。她是本地区邻县人，据说当年用几十块钱就走穿了川藏线，出了一本很有名的书，于是成为穷游界的领袖，粉丝如云。后来不知何故，隐居在山谷中酿酒。本地人说就那

◇ 2018年7月29日，在山南桃花源"天下第一泉国际茶会纪念碑"碑址

糯米酒，我们几块钱一斤，她卖200多，出酒的时候拉酒的车辆还要排队。

　　见闻四。景区名泉之下有两处凉亭，两处凉亭之间有座小广场，广场正中有一块天然巨石，镌刻了"饮水思源"四个大字，巨石基座正面有一排大字："天下第一泉国际茶会纪念碑。"其他三面斑驳的青石上收录了当时参加会议的代表姓名，好家伙层次真不低，业界名流，各级官员，还有国际友人。会议的日期是2000年4月，是刚刚跨入新世纪的时候。问当地朋友，这一届会议之后可还有续会，朋友说，没有。

2018年7月31日

疾行九九盘

日前，南昌东有校友来电话，说他要带领一批省城专家考察庐山，想走走当年徐霞客的登山线路。我到两南山之后，便自觉既然端了庐山文化的饭碗，就要对庐山各方面的代表性符号有所了解。好比说庐山登山道，有人说百十条、有人说二三十条，不管它多少条，东南西北的经典登山道总得要用自己的脚步去丈量一下。东南北都走了几条，唯独西山是个空白，而西山，最著名的登山道无疑就是九九盘。

关于九九盘，本人在拙作"庐山故事"丛书道路建筑树木的故事》（江西教育出版社，2016年出版）中这样描述过：

> 徐霞客行走的路线，是庐山西麓的一条道路，较之东、南、北，都更为险要，但从这里到达庐山多有人烟之处最为便捷。我们知道，朱元璋最落魄的时候是在庐山，扭转时局也是在庐山，和陈友谅一战他树立了真命天子的信心，所以公元1368年他在南京建立明朝后，便要在见证了他命运转折点的庐山竖碑建亭。现在游览庐山的朋友如果看到御碑，纵使你见

多识广，也会为它庞大的气势所震撼。为了运送御制的石料上山，朱皇帝便在庐山山脚和山顶开凿一条道路。最早就地雇佣当地的老表修建，但那时候的老表已经养尊处优了，干了很久进展缓慢，监工的官员只好到江北征调民夫，终于使朱皇帝如愿以偿。修好的山道后来被人称为"九九盘"。有意思的是，运送完御碑之后，这条耗资巨大的御道就完成了它的历史使命，被皇室和官府遗弃，所以难怪两百多年后徐霞客到来的时候，它已经荆棘密布，难以攀爬。然而，道路一旦形成，要想被彻底遗忘，除非是有更加便捷的道路来取代它。从这直到清末李德立在庐山北麓开凿登山道之前，庐山再无大规模正式修

◇ 2020年6月14日，疾行九九盘登顶龙首崖留影

253

建道路的记载，所以几百年来，九九盘就是唯一的官道，即便它已经被官家遗忘，但民间对它的利用应该是延绵不绝……

今天同行者为同学老朱、老汪、湖金，还有老朱老弟及邻居，他们都是登山好汉，我是拖后腿的。不过，今天我也算是挑战而且征服了九九盘，值得骄傲，不过因为"昨天九龙坡、今日龙首崖"，身体比较疲劳，思维比较迟滞，文字无力过多铺陈，那就把九九盘的特点简单归纳，粗记一下吧：

第一，便捷。我们开始登山的时间是7点48分，我到达山顶阳明大道路口时为10点59分。我可以羞涩表示，除此之外，可能再也没有一条登山道能让我在两个半小时之内登顶。比如好汉坡，从零公里处到好汉亭，我得花费将近两小时。刚刚我用高德地图查询了一下，从山麓的"石门涧小学"到山峰的"圆佛殿"，里程3.5公里，印证了"便捷"之说。

第二，陡峭。因为便捷，必定路程较短，我感觉这是庐山非常直上直下的一条登山道，除了甘露泉那一段，全程几乎没有平缓路。而且，因为道路年久失修，台阶破损严重，有些地方完全是山体原石，似乎不曾有过凿面。这种道路，是最伤膝盖和脚踝的，不管老少，都不能过多攀爬。

第三，风化。现在九九盘最具标志性的景观就是"庐山高"石坊，石坊始建于明嘉靖七年（公元1528年），由时任户部主事寇天舆与九江兵备副使何棐修建。坊两柱单门，飞檐玲珑。后毁于兵火。现存之坊系1987年按原样修复。我注意了登山道石阶，很多垫脚石都带有花纹和文字。另外，整条道路只有"烟霞深处""白云天际"等少数石刻清晰可辨，其他均已风化模糊。

第四，猕猴。我看过这样的报道，说是赛阳有人圈养猕猴，原本可能是用于吸引游客，后来难以为继，于是就把猕猴放生了，从此，在绝迹几十年或更长时间之后，庐山又有了野生猕猴。我今天上下山都遇到了。上山的时候是一家四口，下山的时候是一个庞大的猴群。如果和平相处，这会是九十九道的一道风景。

今天于九九盘，我有了一个全程往返的切身体会，东有校友他们来，我就有发言权了。不过，我想建议他们不要取道这条线路。原因，就是前面说的。

2020年6月14日

览故山湖城

　　那日有了回星子的念头，我便和同学汪传贵联系，问他是不是要出门做客——因为在我的印象中，每到周末，老汪就有各种宴请要隆重出席——如果不喝酒的话就带我去看看杏林遗址。老汪说有空，我说那我就两点钟左右到星子，你可以安心睡午觉，进城的时候我给你打电话。

　　过了白鹿洞书院牌坊我就打了电话。遵照老汪的指引，进城后从白鹿大道左拐到星光大道再在好莱坞右拐到冰玉路接他。天王老爷啊，我哪里知道什么好莱坞什么冰玉路呀，不过感觉不错，我拐对了，对得起经年的绰号。接上老汪，就往温泉方向驶去。

　　之所以请老汪带我去看杏林遗址，一是因为老汪对这方面有兴趣有钻研。在我身边的亲朋好友里面，星子地宝除了再阳，排下来就是老汪了。二是老汪前两年就在温泉这一带驻点防火，这里的村庄、溪涧、山峦，用他自己的话说就是"走穿了"。在我看来，走穿了就是稔熟，所以理所应当请他指引。但是，没想到临近归宗，这位引路人却有些迷糊了，说知道大致方位在环山公路以北，但从哪个道口上山，却没有把握。不过还好迷糊的时间不长，进错几个路口之后，在一位老婆婆的点拨下，我们终于走上了正途。

一走上山路我们马上都恢复了记忆。隆咚哩个乖乖，这不是温泉中学吗？以前刘老佘在此任教兼恋爱的时候，我和金老猛他们来过多次。隆咚哩个乖乖，这不是通往饶家山水库的山路吗？那年周峰从美国回来，我和熊颖就陪他来过这里，在门前的石桌旁还留下了一张尺度很大的合影。但是，环顾四周，这里哪有杏林遗址的影子呢？

于是，电话求援。老汪打给村里的书记，我打给再阳和业卿。再阳正在赣州宋城和福州三街七坊兜圈学习古城改造，推广庐岳文化的业卿博士正在杭州诲人不倦。我告诉他们，目标是要找县级文化保护石碑的位置，再阳和业卿都说不知道，村里的书记也说没见过。这就见鬼了，在那一刻，我确实有点怀疑自己的记忆力了。

◇ 2020年9月12日，汪传贵同学在杏林遗址

怏怏而返！

就在将要和温泉中学的后围墙擦肩而过的时候，我忽然眼前一亮！就在围墙旁边浓密的芭茅丛中，赫然立有两块石碑。我的近视散光老花眼没有欺骗我，这就是我要找的庐山杏林遗址立碑处，一个连星子地宝都不曾涉足或入眼的地方！老汪是个麻利之人，开门下车，咔嚓咔嚓一顿脚下功夫，芭茅全部倒毙伏地，石碑重见天日。

碑文存录，以惠后人。右碑书："星子县重点文物保护单位杏林遗址星子县2010年1月公布庐山市2018年8月立。"左碑书："杏林遗址简介　同治《星子县志》：董奉，字君异，侯官人，有道术；隐庐山、为人治病不受谢，惟令种杏一株，数年成林，杏熟易谷、以济贫民，永嘉中化去；今庐山杏林，乃其遗迹。"

董奉与张仲景、华佗并称为"建安三神医"，"杏林"一词更是中华传统医学的代名词。这样的一处本该熠熠生辉的遗址被如此冷落，茅草丛生，连四乡"走穿了"的地宝们都被屏蔽，怪谁呢？！

出山回城。南康古城西宁街改造启动之后，我还未曾去过现场。于是我们从湖滨大道转紫阳堤从紫阳路北上。这是我们当年每周要走六天、每天要走四趟的上学路，当年我们觉得老长老长，现在车轮转几圈竟然就几无声息地把老街"走穿了"。

刚刚，我和老汪停车从牛屎墩眺望市区的时候已经感慨一番了，主要是唏嘘过去的城区之小。所以现在，我们走上西宁街，来到琵琶岭和北门巷，来到剃头铺和俱乐部，可以挨个点出当初哪个同学家住在哪里。到了这里必须偏离主题八卦一下，我们竟然连哪个同学的爸爸喜欢打老婆的传闻也扒拉出来了，如果这不是两个人在一起凑着回忆，这档子事还真的忘到马里亚纳海沟去了。

古城改造目下我们之所见，就是拆了许多房子……琵琶岭旁边原来是星子老人津津乐道的杨裁缝楼，曾经的日本占领军司令部，可惜拍完电影《南昌起义》后就拆除建了商业局办公楼，"贺龙元帅"三步上篮的球场的蒿草已经一人多高了。立在一片荒芜之中，迎着西下夕阳，我心里对再阳说了一句话："你现在好歹也是古城改造参与人员，如果做得不好，列祖列宗要蹬开棺材板骂死你们，后学后浪会评头品足咧着嘴笑死你们！"

转了一圈转到了饭点，老汪说要找几个友人喝点小酒，我马上掏出手机，给他看了我的体检报告图片："……尿酸580，甘油三酯10.24……"他一瞧马上不作声，同意了我吃碗面的建议。于是我们走进了庐山市委大院对门的一家兰州拉面馆，我让店家把牛肉换作鸡蛋，生育有四个儿女、在南康镇待了五年的天水老板给我们做了一碗分量十足、口感甚佳的拉面。

在星子老街这样下馆子，是我有生以来都没有过的体验！

2020年9月12日

同窗篇

老二班记事

一

本文的老二班，特指星子县城区五七小学1975届二班，也就是后来的星子中学初中1977届二班，二者一脉相承！

自从五年级到了二班，感情上就从来没有分开过。不过，要想系统、完整地把老二班的风云往事都记录下来，恐怕做不到。

举个例子。去年清明，程珉安排一大桌人吃饭，最后竟为小学毕业是不是有七班打起赌来，分成了人数大致相等的两拨人，针锋相对，各不相让，每人赌金1000元。好气又好笑的是，刘玉林明明是七班毕业的，却记不起来。四处打电话求证，也是众说纷纭，最后还是把电话打到老二班班主任程招丽老师那里，才得以确认。可还是有几个死硬分子不肯认输，赌金自然又回到了个人的口袋。

你看，这本该一清二楚的事都是一滩浊水，更不要说那些并不是人人经历的细节。所以，我的"老二班记事"就是我的，即便是含糊不清，初中扯到小学，小学折腾到初中，沟里田里畈里，东门岭北门巷，那也是我记忆中的老二班，并不是有意混淆视听或穿凿附会，请各位明鉴。

要说老二班，先得说女生，男生的故事和她们分不开。

要说女生必须先说余艳，一来她是班长，二来她是班花、校花。那时候不知道有没有班花、校花的概念，反正我是不知道的。我对余艳没有太深的印象，只记得她总是替老师传话，她说的话基本上就是老师的话，所以对我来说，她不是同学，更像是老师，而且还是全科老师。从来不记得她和男生玩过，至于女生谁是她的铁杆，一概不知道。

其实，说余艳是班花、校花，还是前些年从女生那里听来的。感觉这些年每每老二班的同学聚到一起，说起了过去，女生的话题必然转到余艳。女性对女性的挑剔甚于男性，女生的承认，佐证了余艳的风采，可惜当年不知品鉴。男生多是在说到绰号"叶崽"的叶永龙时说到余艳，也可能是他们不好意思直接说，故意兜个圈子。

我刚来九江工作的时候，经常有人问到余艳，还会问到项淑华。其实，我和项淑华不认识，因为三年级我到县城读小学的时候，她已经转学去了九江，严格讲我俩还不算同学。项淑华的父亲是老县长，官宦子弟，关注的人自然多。不过上次吃饭认识了，昨夜在QQ排起家谱来，她母亲竟是我们老陈家人，高我四辈。于是，我在认了个同学的同时，也找了个姑婆。

那阶段的男生"开枝"分化比较严重，懂事的老懂事，不懂事的浑浑噩噩好多年。三年级的时候，那会儿我还在四班，夏天，同桌的女生把胳膊弯了，另一只手在关节处一按，问我知道这是什么吗，我老老实实说不知道，她得意一笑，过后我怎么追问她就是不说。到我读了大学二年级，暑假回来和张仁和、孙崇平这些人厮混，大家还在探讨小孩子是从哪里生出来的，惭愧！

班里排起来，叶永龙算早"开枝"的。他家在建筑公司，接触鲜活的民间文学机会比较多，眼界自然比我们开阔。张群策这方面相当在行，他的家教，相当严谨，真不知道他是从哪里钻研来的。

回头说女生，当余艳1976年随父亲转往南昌的时候，我们大多数人压根不知道就要和一位优秀的同学分别，叶永龙就迈出人生勇敢的第一步。我和叶永龙是多年的死党，四年级我课间玩耍摔成骨折，就是他背着我、张仁和在后边拎着鞋，走过弯曲的田埂，把我送回孤零零一个人的家。但是，他送别余艳的细节从来没跟我提及。据张群策、程珉等人东拼西凑得出的版本，说是他一个人偷偷摸摸买了一个当时很金贵的塑料皮笔记本，还附了一封可能有点暧昧意思的书信，在余艳家门口彳亍，彳亍又彷徨。后来据说是鼓足勇气进门去，想好的词全忘记了，把本子丢下，吵架似的说了句"送你的"，拔腿就跑了。

余艳很快就走了，照说这事是当事人之间的秘密，为啥传出来了呢？原来，当年在电机厂宿舍门外篱笆墙那里，潜伏着几拨欲送不能的同年级和高年级同学，据说刘玉林、程珉都在其中，眼见叶永龙抢得先机，心里还不嫉妒得要死，还能对他有好话？只是一说，姑妄听之吧，除非当事人出面澄清。

对余艳，同学们多是仰视，而对陶淑琴也是仰视，角度却不一样。

那时候还不知道"辣妹子"这个称谓，现在想来，陶淑琴绝对是标准的辣妹子。

我好像是同陶淑琴一组，她坐在第一排，我坐在第三排，所以我看老师、看黑板必须先看到她。那时候男女同学之间"三八线"分明，和陶淑琴同桌的是于崇明还是李仕永记不清楚，但我记得他绝对是含糊陶淑琴的。别的男女同桌，多是男生欺负女生，写字的时候你的胳膊肘伸了点过来，我就一巴掌劈下去。当时的女生也普遍认可自己的违规，只要劈得不是十分疼痛，也就忍气吞声。还有就是后排的男生看到前排的女生靠在自己的桌子上，会突然把桌子往后一抽，女生冷不丁吓一跳红颜失色。或者，在桌沿涂上粉笔让她在靠上衣服后背上留下一条横杠，只能自认倒霉。当然也有忍无可忍奋起反击的，初中时熊晓春就和后排的男生厮打，真正的厮打，就是因为那出其不意的一抽。哪里有压迫哪里就有反抗，当时天天讲斗争，女生比男生学得好。

又扯远了，再回到陶淑琴。陶淑琴不要说被欺负，她不欺负同桌男就谢天谢地了。

陶淑琴的威信建立在五年级。那时候，叶永龙基本算得上是班里的大王，他长得很敦实，小时候这样的身板就是资本，于是一拳一脚打出一片世界。其他班不太敢到二班滋事，多半就是因为他的守护。程新华比我晚些从新余转来，叶永龙有点欺负他的意思，程新华也不服输，对决的时候，弟弟赶来帮忙。三个人在运动场的土沿翻来滚去，大战数十回合，程氏兄弟占得上风。不过叶永龙尚能以一敌二，大家也是很佩服的。

照说以叶永龙这等威猛，女生对仙应该心存畏惧，可陶淑琴偏偏不信这个邪。一次，也不知道什么缘故，叶永龙把陶淑琴惹恼了。个把女生的恼火叶永龙自然不放在眼里，何况眼前这个瘦小的陶淑琴。就在言语交恶之中，陶淑琴发出一声长啸，我后来看武侠小说才知道，那长啸是《雪山飞狐》这样的武林故事中绝世高人出场才有的铺垫。叶永龙那时候也没看过武侠小说，浑然不知后边的势态。但见得陶淑琴把同桌一推，转眼就抄起了一条长凳。叶永龙虽然身经百战，内心却是慈善的，面对女生，嘴巴上是恶狠狠，心里仍是甜蜜蜜，否则也不会有送余艳的举动。所以，眼看陶淑琴板凳临头之际，第一反应就是跑。岂知这一跑就收不住脚。陶淑琴甚是敏捷，紧跟叶永龙夺门而出，旁边于崇明、袁德林、张仁和、舒亚庐、蒋雄、邓小林、陈五平、胡官林、陶勇、阳志华、杨长江、申苏安等一干人见了，齐声叫好，明里好像不偏不倚，实际上都向着陶淑琴。其中苦大仇深的好几个更是拍手称快，如陈五平、陶勇、杨长江，特别是蒋雄，当初叶永龙一掌把他从墙角推下，摔得他口吐白沫不省人事，现在总算有人出气。得道多助，失道寡助。东风吹，战鼓擂，现在世界上究竟谁怕谁。一切反动派都是纸老虎。雄赳赳，气昂昂，跨过鸭绿江。呼儿嘿哟，你是同学大救星……一班人除了几个胆小、本分的女生，其他人都跟了出去。

　　叶永龙应该会为自己一时的失策后悔一辈子。当时，如果他不跑，板凳下来，头上破个窟窿，他可以心安理得不上学在家里吃好多陶家送来的鸡蛋，还算个英雄。你想啊，敢勇于面对板凳砸的能有几人。即便跑了，就该一溜烟跑下运动场或者旁边的农田，陶淑琴自是追不上的，热闹也就散了。当时，可能是老大当久了，没想到会有这样的狼狈，脑子一下子转不过弯，于是脚步也围着教室转弯。二班全体这么一叫，一班很快惊动了，一班跟着一喊，后排的三班、四班也都跑出来。叶永龙一共绕着教室跑了三圈，陶淑琴举着板凳追了三圈。虽然最后叶永龙成功脱逃，但陶淑琴举板凳的英姿深深烙在星子五七小学1975届同学们的脑海中了，直到永远。

陶淑琴后来就在母校星子小学做老师，不知道面对调皮的学生她还抄板凳不？她的学生如果知道她的"壮举"，不知道有什么感受？

小学和初中，成绩好的似乎都是女生，不是一个的好，是一批的好。后来看起来几个成绩好的男生，如张群策、李小白、彭荣、王宗禹等，当时从来没听老师表扬过，而女生，几乎是天天、时时、刻刻挂在老师嘴上。前几天殷建华在QQ空间挂了一首诗歌，读罢觉得真好，但又不很在意，因为网上写得好的诗歌多了去了，直到李淑明、熊晓春几个说起这些殷建华的原创，才倒回去认认真真拜读，感受了女生的才华。殷建华是同学当中响应党的号召先富起来的那部分人，没想到她商务运作之余还有这样的雅兴。而且，对于同学之事她也极是热情，后面会详细记述的2015年五一聚会就得益于她和几位同学的积极奔走、呼吁，这才召集到了五六十个同学，包括一、二年级就转到外地的同学，蛰伏如此长久都被四十年的记忆抠出来，真是意料之外。所以说起来，同学们都很感谢日夜奔波的孙崇平、阳志华、殷建华、陶勇、程珉等人。阳志华的"南昌寻人"很有点故事，建议他亲自披露。

当然，男生也不是学习不刻苦。记得当年学校要求住得靠近的同学组成学习小组晚上学习，我和叶永龙、张仁和一个小组。那时，我母亲在秀峰党校，父亲经常下乡，两间房的小屋子里就我一个人，右腿骨折也是一个人对付了好几天，现在想来甚为可怜。殷建华、周青春和张仁和是一栋大屋的邻居，不知道为什么没有加入我们这一组，可能是我们太调皮，属于落后分子，不屑与我们为伍。另外还和李永生同过一个组，学习地点就在商业局他家宿舍。

　　在我家有一夜，作业做完了，叶永龙说起了鬼神，越说越邪乎，越说夜越黑，吓得两个人都不敢回去了。我家到叶家、张家不过三四百米，但得经过一段几十米的芭茅路。月黑风高，芭茅丛簌簌作响，是有一点可怕。叶永龙说红领巾辟邪，但他俩都没带，我的一条不够用，只好一起住在我这，三个人和衣挤在一张小床上。半夜里，没有钟表不知道什么时辰，听到有人敲窗户喊名字，叶爸爸把叶永龙领走了；再过一阵，又有人敲窗户，张爸爸领走了张仁和。

　　学习小组的方式好像坚持到了初中，我们小组还到医药公司谢秋雁小组去参观，我夸奖他们做得好，他们小组的彭荣不好意思看上去羞羞答答像个姑娘，却竟然给我一巴掌。骂人没被打过，夸人挨一回，就这一回，郁闷30多年。

　　那年纪，学习不是主旋律，主旋律就是玩。相比现在的孩子，物质生活我们差得很远，但就玩来说，他们却远远比不了。

　　玩的方面，班上除了叶永龙，还有几位群众领袖，分别是于崇明、张仁和、袁德林，三人各有所长。于崇明的父亲是农业局的汽车司机，那年代，司机就是走南闯北、见多识广、新鲜事物的代名词，所以于崇明那里有很多时尚的东西。张仁和善辩，他的那张厉害的嘴没有几个人没领教过，叶永龙就经常被他呛得吐血，想发作又实在是太熟，拉不下面子。袁德林和叶永龙属于同一个类型，胆子大，敢打班干，他比叶永龙更有亲和力，所以他的队伍最庞大，也最不稳定。程珉有时候也尝试登台振臂一呼，但他父亲是县委副书记位置太高，众同学对他多是敬而远之。

我那时是纯粹的跟屁虫角色，却还有点个性，常和老大翻脸。这是自我安慰的好听说法，实际上是被驱逐出门。好在门派众多，此处不留爷自有留爷处。不过几位老大倒还念旧情，一段时间不说话之后，会托人来说和。我当然没有拒绝的资格，喜滋滋跑过去和老大羞答答握手，接受其他喽啰的欢呼。

升了初中，玩的范围广了，胆子大了，花样也多了。

中学就在鄱阳湖边，同学们经常坐在高高的湖岸和古旧的城墙上，看过往的船舶。偶尔看见一群一群的江猪时隐时现地游过，同学们便会发出一阵阵欢呼。远眺对岸的都昌沙山，引发大家翩翩思绪。那时的我们，大多数没有走出过县门，对外面的世界，有多多的幻想和憧憬。

夏天，对男生来说最有诱惑力的就是鄱阳湖。鄱阳湖水位季节性差距很大，枯水一线，丰水一片。大水涨起来了，从紫阳门到学校的路都会被水淹没，尽管学校规定不能渡水上学，但我们还是偷懒，不愿多走路弯石粉厂那边。游泳更是严令禁止的，但这时表现出来了男生的团结，就像我们现在看到的女生送别余艳时表现出来的团结一样，连最一本正经的副班长孙崇平也来了。余艳走的时候，女生偷偷摸摸拍了一张合影，个个笑得像花儿一样，竟然没一个男生。于是乎，男生齐整整偷偷摸莫去湖里游泳，当然也没有一个女生。

浩渺湖水，在小学毕业时带走了我们亲爱的同学陈小平，这，仍然抵御不住它对我们的诱惑。有时候，游水后还要上课，大家就赤条条钻到水里。为了不让可能路过的老师发现，经常在一艘一艘的半大渔船之间游来游去。游得尽兴了，爬起来在太阳底下把头发晒干，并不一起走，三三两两地散了。

不知道那时候有没有人喜欢上课，我以为大多数同学是不喜欢的。胖墩墩的王建和就不喜欢上课，他是人武部部长之子，比较调皮。调皮的王建和经常拉着龙克梅坐在后排，拿一个帽子罩在头上，嚎嚎地吼几声，把头埋在桌子上："老师，豪猪来了。"老师从黑板转过身，他就把帽子丢到龙克梅头上。王建和初中没毕业就随转业的父亲回了辽宁老家，和星子再无联系，这次筹备五一的聚会，阳志华他们四处打听，也没一点消息，甚是遗憾。但愿他现在喜欢上网并经常搜索自己的名字，那他就能看到这篇博文，就知道在遥远的南方还有好多的同学在念叨他！人武部子弟当然也有敦厚老实的，如初中转学来的刘殿永。

我们的教室左侧，是一个低矮的没有窗棂的大窗户，有一次课正上着，只听噔的一声响，老师问出了什么事，没人回答。只有窗户边的几个知道，转学来不久、年纪最小的李代华跳窗户跑了！在李代华到班上之前，我是班上年龄最小的。

我们的不愿学习，和老师的教学也有一定的联系。不想苛求那时的老师，其实，很多的课程，他们也是赶鸭子上架。

那时候，政治课是绝对的主课，"反击右倾翻案风"是主题，老师的上课就是他先抄报纸，然后一个不漏报出来，我们一字不漏地抄记。

农机课老师，是一位刚刚高中毕业的代课老师，留给我的印象就是他的脱口秀非常棒。当然，是星子俚语的脱口秀。一次，讲到农田灌溉要适度，他说："水多了不行，你去他妈的×，灌他妈的一田的水，禾都要淹死。"那些俗俚之语，老师都是一字一字清晰地讲出来，前排的几位女生被这样的原生态俚语镇住了，包括猛女陶淑琴。

一次化学课，讲到化学反应。年轻的老师举例子："一个麻

◇ 2010年5月1日，班主任熊廷魁程招丽夫妇参加"老二班"小学毕业35周年观音桥聚会

雀，一枪打下来，没有了，怎么回事？"我们说没打中，老师说打中了打下来了；我们说别的野东西抢先吃掉了，老师说没有。这就奇怪了。于是我们和老师发生了激烈的争执。我们想的是掉下来这下子，老师的意思是掉下来之后的过程，满拧了！我们理解力有限，老师你也没讲清楚啊。

陈秋洁的父亲是一位画家，受父亲的影响，他喜欢写写画画，作业本的名字也用篆体写的，同学们一致佩服。上化学课的时候，老师批评他是"克己复礼"，这顶不小的帽子刺得陈秋洁马上站起来反驳，舒亚庐路见不平拔刀相助，老师气呼呼跑了。

……

一大早爬起来就写此文，现在篇幅不短了，却像刚刚打开话匣子，还有很多很多，比如：受老师气时的报复、"地主崽"填表时

◇ 2010年5月1日，叶永龙、张群策、张仁和在一起

的尴尬、上课偷看连环画的乐趣、坐在预制块上看《蛇岛》时的心惊胆战、蒋雄的南昌观感及性启蒙辅导、工地偷扒钉换打糖、落星墩烧烤、听实习老师讲故事、学校打操场、园田化劳动和农场抬大粪、庐山野营的趣闻……

二

严格地说，小学期间，我只在老二班待了一个学年，来不及做什么坏事，好像也没什么糗事，挺快乐、幸福的时光，呼啦啦就过去了。

记忆中的糗事、坏事，都是初中之后才有的。

最早的一次难堪，是上学的途中遇到了母亲的一位马姓同事，在去北门巷上坡的地方碰到的。母亲在家提到这位同事的时候，总是唤作老马，而我，自然不能这么称呼，该叫马叔叔的。可能当时在想别的什么心思，一下子没有反应过来，刚拐弯猛地一照面，冲口而出就叫他老马。心里那个臊得，真是无地自容，那感觉延续到今天，这还是我第一次披露这个秘密。马叔叔当时也一愣，只是我跑得飞快，不曾也不敢回过头看他有什么反应。

开头说这事，是为了让大家了解我的心理素质，由此观之，本人不具备带头做坏事的胆魄和气质。再说了，当年不曾做过什么恶贯满盈的坏事，少少的一点坏事现在也多作为饭后谈资，一笑而过，而今也不存在要推卸什么责任。

记得刚到初中报到的那天，一伙男生坐在教室旁边的水泥护墙上，对自己的未来做了一番不着边际的畅想。那时候也没什么升学目标，更谈不上人生理想，就是大家坐在一起貌似长大了的东拉西扯。到了一个陌生的环境中，都有些无措，不过还是原来的一个班完整地在一起，才使大家的心稍稍安定。

转眼就是开学，我们见到了新的班主任。和小学班主任一样，新的班主任也是一位女老师。小学班主任在我们犯错误的时候也很严厉，也会有出乎我们意料的惩罚手段，我们当时已经觉得很惨了。初中班主任不久就让我们见识到什么叫山外有山！

班主任的手段我就不展开了，并不是为尊者讳，只是现在想来，老师的用心和作为，也是为了我们的好，不过因为她的急切和我们的懵懂，产生针尖对麦芒的冲突了！

小学的时候，课间我们玩得也疯，但活动范围小，铃声一响，都能在老师进教室之前气喘吁吁落座。中学校园大了很多，我们的心也野了很多。课间的十分钟，我们会跑到坡下，看看5、6、7班的兄弟们（不看姐妹），更会跑到操场边看看鄱阳湖趸船今天下客的是"东方红"几号。这样的话，等听到铃声跑回教室，班主任已经满脸怒气堵在门口了。我社会人生的第一次罚站就发生在这期间。

我不记得是不是经常有这样的事情发生，只是觉得班主任对我们几个经常在一起玩耍的伙伴的态度越来越严厉，大凡讲到班上丑恶现象的时候都要以我们为例。我觉得自己在经历人生的一个灰暗时期。

当然，班主任批评我们的时候多是以小集团为目标，于是那几位群众"领袖"自然成了出头的椽子，所以，要发泄心中怨恨的时候，创意也来自他们。

一天放学，"领袖"跟我们几个说等下一起走，我们深信不疑地跟着领袖，拖在放学的大部队后面。走到搬运公司门口，"领袖"停住脚步，说就在这等。我们迫不及待想知道干啥，"领袖"毕竟是"领袖"，神闲气定地摆摆手，莫吵莫吵，等一下就知道了。他顺着街道张望了好一阵，然后对我们说，等会我做什么你们要跟着做，谁不做就是×崽子！

不大一会，两个小学生走到跟前，这不是班主任的一双儿女吗？我们几个喽啰大概明白了"领袖"的用意。班主任的女儿大些，看到我们几个不怀好意地往前面一堵，本能地把弟弟护在身后，几十年之后想到这一幕我心里都为之一动。"领袖"才不管这些，一把将姐姐拉开，对着弟弟就是一耳光吼道："叫我爸爸，不叫就打死你！"弟弟眼泪都要掉下来了，姐姐一个劲在旁边阻拦不要叫不要叫，可弟弟还是经不住我们气势汹汹的威胁，终于叫了。"领袖"指挥我们："都过来，一个一个地叫。"我们早已忘记了开始的一点点惶恐，内心充斥着报仇的快感，如法炮制。

过了几日，风平浪静，班主任对我们依然如故，没有改善，也没有变本加厉。

又一天放学，领袖再次召集几个喽啰，晚上出来玩下。吃完饭丢下碗，我们就聚到了一块，"领袖"又把我们往学校方向领。

那时候，大部分同学都经过紫阳堤从大门进到学校。但是，从砂石公司转弯到生资公司，那后面有一个坡，已经被爬出了一条路，从这里进出学校可以近很多。从坡下上来，就是老师宿舍的两栋平房，班主任住的是背朝大路的这栋。

趁着夜色，"领袖"把我们带到坡下路口，压低声音交代了任务："今天，我们砸×老师家的玻璃！"我们一个个吓得发抖，却装得大义凛然，明知山有虎偏要上坡去，"领袖"看了很满意，然后进行了具体布置。他和一个臂力好的喽啰去扔石头，我负责望风。

为什么我们对"领袖"死心塌地？就是因为他有勇有谋，敢于冲在前面，敢于承担责任。可惜"领袖"此时的社会活动太多耽误了学习，后来没能进一步深造，否则定是社会栋梁，比现在那些趋炎附势、唯唯诺诺的人强千百倍。

七十年代，老百姓家里不要说电视，就连一个白炽灯的用电也不能正常保证，所以到了八点半钟各家各户纷纷上床睡觉。"领袖"看看四周没了动静，先朝我做了一个手势，我也望了望，然后晃晃手告诉他坡底下没人、路上也没人过来。他俩悄悄走到后一栋宿舍墙角，把手里的砖块狠命砸出去，只听"哗啦"几响，随后是玻璃、瓦片破碎的声音，有人大喊大叫起来。领袖一闪身，已经跑在我的前头，看我还愣着，就回过头喊："还不快跑，想死啊！"我们连滚带爬下坡，各自回家。回到家已经很晚了，父母问丢下饭碗就跑去了哪里，慌慌张张找个理由搪塞过去，晚上躺到床上还感觉两腿打战。

随后几天，我们再不敢爬坡，都从大门进学校，要不走东门涧到石粉厂再到学校那条路，战战兢兢等候着班主任的暴风骤雨。但再次出乎我们意料，依然风平浪静。我们纳闷："难道砸错了？"

只是这次受的惊吓太厉害，谁也不提再次行动之事，包括"领袖"本人。

后来，也不记得什么时候什么缘故，班主任换人了。虽然和后任班主任的磨合仍然不是太理想，但我们度过了中学时代最难熬的日子。

还不及总结人生的时候，"领袖"和我们都恍恍惚惚各奔东西，再没机会聚在一起来对当年的所作所为进行评判。

待到自己做了教师，我对自己最基本的要求是，一定要首先做到人格上的师生平等。因为自己刚刚开始成年的这一幕，投给心灵的阴影太浓了，以至于纠正自己对很多人情世故的不当评判时花了太多的时间，使我和我的伙伴们迈向社会的初始几步，过于沉重！

◇ 2023年5月28日，在原星子中学现庐山市二中大门口

三

初中阶段，对我有影响的同学主要有两位，先说老蒋。

老蒋大名蒋雄，因为许多年前有一位蒋姓的委员长经常被称作老蒋，于是大家顺口这么叫他。有一次气候突变，黑云压城，男生齐呼："天要变了，老蒋要来了！"这本是许多电影的一句相似的台词，没想被政治课老师听到，厉声把我们喝住，还要追查背景，唬得大家半天大气不敢出。

星子历史上虽然做过府治，县域却不大，全县至今不过21万人口。二十世纪七十年代中期，县城更是小小的，整个县城一条大街，机构、居民围着大街展开，就像一根棍子串起来的糖葫芦。有一首似乎用之四海皆准的民谣可以形容这样的小："小小星子县，四家豆腐店。城里打豆腐，城外听得见。"这个段子我在1990年版县志上见过，算是正式和文雅的，到了我们嘴里，就有人把后边改作"城里放个屁，城外听得见"。

那时候，县城四周还有残留的老城墙。我们中学的大门以前就是南城门，城东叫东门岭，城西是西街和迎春桥，城北则是后来的汽车站。老城墙主要应该是明朝所建，由此可以看出，由明清始，到二十世纪五十年代之间，县城的格局没有什么拓展。在五十年代后期，"大跃进"，陆陆续续建了一些工厂，这些工厂大多在老城墙之外，如东边的东风造船厂，北达的农机厂和开关厂。这些工厂的骨干，大多来自省会南昌，他们的子弟就和我们成了同学，像造船厂的周静、张凤喜，电机厂的余艳，我现在要说的老蒋，就是农机厂的。

　　土生土长的本籍同学，中学毕业之前没有出过县的大有人在。我勉勉强强算一个。为什么说勉勉强强，叙述起来话就长了点，会冲淡主题，三言两语交代吧，各位不要纠缠：本人属难产，在星子死活不出来，非得到九江呱呱下地，所以大学一毕业就待在九江不挪窝，命中注定。

　　因为没有条件像古人那样牛气哄哄地行万里路，但毕竟还是到了对外面的世界充满了好奇和向往的年龄，于是，这些南昌同学就成了很多同学了解外面世界的窗口。他们周围，总有几个"粉丝"。我，应该就是老蒋的"粉丝"。

　　南昌同学平时也和我们一样，上学、玩耍，除了星子话说得硬邦邦，其他没有什么不同，但是一到寒暑假就体现了差异。我们只能老老实实在家里待着，捉点迷藏，做点作业，煮点稀饭，或者捡点渣子补贴家用。其他的南昌同学是不是经常回南昌我不知道，老蒋我知道他是经常回的，特别是暑假，要在南昌待很久，临到开学的时候，才一步三回头地离开。

　　老蒋在小学的时候就开始给我讲在南昌的见闻，到了初中，见闻的内容就更丰富、更吸引人了。

　　老蒋家住在农机厂的北宿舍区，也就是开关厂那里，我家住在农业局宿舍，距离老远的。现在街道连成了片，人来人往，车水马龙，走起来不显得寂寞，时间也要20多分钟。

　　那时候，过了汽车站就算出了城，沿途只有汽车队、印刷厂、电机厂、农机厂星星落落的几个企业，路上是冷冷清清，路边也没什么大树，顶着大太阳走来，顶着大太阳走回，可不是件容易的事。现在想来也是可怜，老蒋上午下来，眉飞色舞两个小时，我没有留他吃饭的概念，他也没这方面的要求。到了吃饭时间，他走。吃过午饭，再来。暑假的尾巴，连续好多天，都是这样。

什么叫友谊，什么叫热情？由此可见！

那时的男生，几乎个个都是瘦骨精，老蒋则是瘦骨精中的瘦骨精。本来就瘦，每次从南昌回来，人还要瘦一圈，再加上黑，你会以为他是在哪里坐牢回来。好在那时候没有毒品什么的，否则走出去一定会经常被便衣盯上。老蒋人瘦，脑袋也是与之相配的瘦长，为了开学新剃了头，是很搞笑的马桶盖发型。好在老蒋对这些并不在意，他心中要和同学共享的东西太多了，不把它们分些出来，会憋死的。

现在回想起来，那时候的我就已经是一个相当不错的倾听者了，因此老蒋才会这么不辞辛苦跑上跑下的。后来我把自己的这个强项发扬光大了，好几次我和他人第一次见面，居然能"畅谈"一个通宵。

另外，我自己有一个单独的居室，就是和叶永龙、张仁和办学习兴趣小组的地方，和父母亲隔了一栋房子，他们一般不会过来，不会干扰我们的谈话。当时很多同学没有这样的条件，这可能也是老蒋愿意过来的原因之一。

在我的眼里，南昌就像本山大叔眼里的铁岭，绝对的大城市，遥远的花花世界。老蒋的侃侃而谈，让我懵懵懂懂知道了一个和县城很不一样的世界，那里有带辫子的电车、宽阔的八一广场、高耸入云的起义纪念碑、威风凛凛的工人民兵、琳琅满目的大商场，等等。

老蒋给我讲的，精彩部分不是这些，而是他偷偷摸摸的公园见闻。

讲到这些的时候，老蒋都会走过去再看看已经带上的门，一脸的诡秘。

我也不知道在南昌是谁看管他，反正在老蒋嘴里，吃完饭他就能上街。我当时没概念，以为南昌到处是大街，出门就是商场。老蒋告诉我的，是公园见过的恋爱中的男男女女……

虽然没有获得多少更深入的了解，对我的行为也没什么实质性促动，但我要说，蒋雄同学是我人生实实在在的第一位性启蒙老师。

自老二班分开之后，我和老蒋的联系就少了。后来，老蒋娶了我们的老二班同学刘冬琴，非常老实地守着老婆过日子，这是很出乎同学们意料的。不知道他现在会不会经常携妻负子去南昌，到了南昌会不会去公园，是全家一起去，还是自己一个人去。以后见面，我要问问！

四

圣人云："食色，性也。"

如果说老蒋是在"色"这方面给我启蒙的话，在"食"这块带我走出混沌的就是五毛。

五毛大号陈五平，家中齐刷刷6个和尚头，他排行第五。那时候，家里兄弟多是闯世界的资本，但是五毛却不张扬，他是很低调的那种，不喜欢挑事起祸，也不喜欢争风吃醋。

然而，但凡人都有缺点，在那个物质贫瘠的年代，五毛的缺点就是好吃。

五毛好吃，他也有一些好吃的条件。他家兄弟众多，照说这样的家庭生活一定拮据，但以我对五毛家的观察，不是这么回事，因为他经常会吃到一些我们再怎么发挥想象力也想不到的东西。有一次，一伙人从申苏安家出来，五毛挺神秘地告诉大家，他做采购员的父亲从内蒙古出差回来，带回了几根驴卵子。我们大吃一惊，问这东西也能吃？五毛一副不屑的模样："当然可以吃，而且还很好吃。"只是过了几天，他坚决否认自己说过这话，申苏安、叶永龙急得要和他割卵，他依然坚持己见。后来我们分析，可能是家里大人叮嘱了，吃这东西是不好宣扬的，于是五毛到处回收覆水。

驴卵子不常有，好吃却是常态。怎么办？

生长在那个时代，主席的语录多多少少都有些入耳、入心，也能付诸行动。

五毛的做法是：自己动手、丰衣足食。于是，我又成了他的跟屁虫。我灿烂的少年时代，怎么整个就是"跟屁虫"时代啊，凄凉加惨！

五毛家住在砂石公司，砂石公司斜对面是县里的造船厂。东风造船厂是国营企业，县造船厂大概就是个集体的，方方面面自然不如国营厂正规，闲人可以自由进出。五毛就带我去那里捡过废铁。现在想想也觉得好笑，就在人家厂区里面，你还说是去捡，还说是废铁？不过，虽然管理不严，人来人往是少不了的，所以大多数情况下，我们没有什么收获。

建筑工地是我们经常光顾的。那时候的工地，都是下班之后人走楼空，不像现在24小时都有专人看管，还养几条大狼狗看护。我们主要的目的，就是捡钯钉。对于这个"捡"，我们还是很有原则的，一律捡那些散落在地上的，如果不是，则视而不见，绝对不会去拆跳板。

除了工厂企业，我们还放眼乡村。

其实那时候的县城，差不多就是乡村，因为居民屋前后，还有许多的田地，有的种水稻，有的种蔬菜。在当年的小学操场，如果你不小心滚下坡，就滚到水田里去了。所以放学之后，男生一项比较疯狂的活动就是去田地里打泥巴仗，直到把某人头上打起了包甚至出了血，才纷纷钻出来说不是我打的，一个个散去。

田畈之中，我们看中的是地头的木子树。关于木子树，我查过它的学名，叫乌桕。木子树结出的果实，先是一个黑黑的壳，成熟之后壳会绽开，露出一颗四瓣白白的木子。木子是制作肥皂的原料，我们中学操场边就有一个小小的肥皂厂，那里也会收购木子。

摘木子要特别小心，因为树上经常长有毒性很大的毛毛虫，祸害到了不仅瘙痒，还会红肿。申苏安有一次就被毛毛虫祸害到了，整个脸肿得变形了。申苏安有个小号就叫胖子，这回名副其实了，躲在家里几天不敢上学，后来到班上还有人认不出他来。

五毛在这方面很谨慎，也很在行，在他的带领下，尽管我们上树无数，都没出过申苏安这样的意外。

迎春桥走过去就是蔡家岭、砖瓦厂，这里有成片的麦田，五毛经常带我来这里挖半夏，最远一次快挖到秀峰。我后来才知道，半夏是一种全株有毒的植物，块茎毒性较大，生食0.1—1.8g即可引起中毒。对口腔、喉头、消化道黏膜均可引起强烈刺激；服少量可使口舌麻木，多量则烧痛肿胀、不能发声、流涎、呕吐、全身麻木、呼吸迟缓而不整、痉挛、呼吸困难，最后麻痹而死。当时对这些一点都不了解，五毛应该也是不知道的。我们就在麦田之中，时而冒着酷暑，时而淋着风雨，一片一片寻找那诱人的三叶草。

废铁、钯钉、木子、半夏，还有家里的牙膏皮之类，我们多是卖到姜家包的收购站。姜家包在开关厂后面一里多地，对我们来说是相当遥远了，我们不辞辛苦走到这里，就是因为这里的价钱要高

◇ 2010年10月11日，"老二班"九江小聚，左三为蒋雄，右一为陈五平

一两分。卖出多少钱我一点都不记得，只记得每一次销售之后，都能让我们在扬武角买不少的茅栗，去菜市场买不少的蒜头。啧啧，享受啊！

我是很佩服五毛的，县城的边边角角，他都知道；什么东西可以卖钱，他也知道。虽然当时的动机仅是为了解馋，很原始，但以我们小小的年纪，就在圣人、伟人的指导下开始了自己的人生，这样的自觉，多么不易。

若干年后，五毛担任了秀峰宾馆的餐饮部经理，专管吃喝，也是适得其所吧。

五

本来最早就想写这部分内容，但是觉得有些不便。现在一二三四下来，不写吧别的就顺不下去。

令我感觉不便的，是关于老二班同学们的绰号。

绰号也叫外号、诨号、小号，有一定的背景和内涵，能突出人物的个性化特征。试想，如果水泊梁山108条好汉没有诸如及时雨、豹子头、黑旋风、霹雳火、神行太保此类的绰号，形象是不是要暗淡很多呢？

所以，要让老二班五六十号人物稍显鲜活，绰号是回避不了的。

那时候大家庭不少，孩子一大群，父母不胜其烦，有的大名郑重其事，小号依次类推，有的干脆就是一顺到底。李永生在家排行老大，小号"大毛"；陈五平家从一平到六平，他居第五，自然就是"五毛"；陈春萍家上边一大堆哥哥姐姐，她收尾，昵称"妹头"，父母娇宠、哥姐呵护，所以记得她在班上比较爱哭。这次聚会时隔30多年，见了依旧一脸的幸福，好命！

突然发现，老二班集合了一大帮的头头脑脑。于崇明叫"歪头"，刘玉林叫"碏头"，程珉叫"地瓜头"，程新华叫"冬瓜头"，陈秋洁叫"结巴头"，孙崇平叫"狮子头"，还有前边提到的"妹头"。

于崇明的脑袋长得的确有点歪，叫"歪头"不冤枉他。在我们的土话里边，壁立千仞谓之"碏"，刘玉林的后脑勺长得就是一泻千里，他个子虽然高，但是一贯瘦，现在校长当了多年还是土地革命的形象，小时候脑袋几乎占了身长的三分之一。"地瓜头""冬瓜头"来路有些奇怪。因为地瓜是福建对红薯的称呼，所以外省多称闽人为"地瓜佬"，而江西少见。程珉更是土生土长的星子人氏；程新华的脑袋属于滚圆如鹅卵石，和虽圆滚却长条的冬瓜相去甚远。陈秋洁的"结巴头"可能来源于他大名中的那个同音字。至于孙崇平的"狮子头"，应该是坚他当个副班长经常记大家迟到早退旷课，因而常毛发直竖和人发生冲突，大家一愤怒，又把他的外号作了延伸，叫"狮子癞"，不过他并不孤单，袁德林就被唤作"袁德癞"。坊间以为，癞痢头都是脾气躁的货色，大家可以不和他一般见识。孙崇平现在经常上路执法，想来脾气应该和缓了很多，因为不曾听说他有被群殴而同学们提着罐头麦片慰问的新闻。

源自生理方面的绰号还有些，比如个子小的"杨矮"、个子高的"龙家大崽俚"。那时候班上胖的少，男生中只有两位，王建和、彭荣。王建和虽然走路都似脚底的肉太多人像个弹簧弹着走，但他没有绰号，他自己经常学豪猪叫也没人赠他外号。彭荣绰号"三吨肉"，可见其肥，只是这个绰号并非他专享，相当于他的家庭徽号，他的兄长在高年级也叫"三吨肉"。

叶永龙一般称作"叶崽"，申苏安叫"胖子"，阳志华唤"华佬"，都比较中性，谁都可以叫得。

有些绰号比较省事，就是名字稍作改动即可，如胡官林的"胡官长"、邓小林的"邓小牛"。舒亚庐的"苏家垱"、龙克梅的"阿克龙"虽然多变些许，仍不离其宗。

张群策叫"张家兔子"，叶永龙叫，程新华叫，张仁和叫，或者叫"兔子崽"。其他同学口中，听得比较少。

现在特区执教的名师王宗禹，当年和现在，都是和阳志华并列的老二班一等一的帅哥，不知怎的落得一个不雅的绰号——"王大屁"！这样的绰号，往往是"一失足成千古恨"，或许是某个时间太得意或太不在意，放松对后庭的警惕。不过，王宗禹也有与此相关的"壮举"。1976年元旦，广播电台公开发表了毛主席词二首，《水调歌头·重上井冈山》和《念奴娇·鸟儿问答》，进入高中后学校要求背诵，王宗禹已经是学习小组长，他指派绰号"涩吧"的李明背诵，待李同学背到"还有吃的，土豆烧熟了，再加牛肉"之际，王宗禹猛击课桌："不许放屁！"从此，可怜的李明同学再不敢背书，成绩一落千丈，本来绝对是江西大学江西师大的材料，后来只好读一个中专了事。

男生似乎只有张仁和、李仕永、伍星、李小白少数几人没有绰号，在此替他们遗憾下。

那时男女生交往极少，绰号仅在各自的领域流传，所以半边天的女生，除了"妹头"，只记得一个周静。周静和我是曾经的同桌，南昌辣妹，比较强势，大多数男生忌惮之，暗送绰号"周扒皮"。因为是男生送的，所以大家知道。

最后要说自己，不说过不去这道闸。

四年级我在六班，是在和五班并排的教室。教室下面是一条不足百米的简易跑道，跑道东边过去就是农田，几垄农田之外则是老城墙，这里是我们打土吧仗的好战场。跑道和教室之间有一块小坡地，长了些黄不黄绿不绿的巴根草，课间男生们都到这里嬉闹，有时候自己班上内讧，有时候和五班对决。这天是和五班鏖战，就在我们班胜利在望之时，五班班长谭振梅（该同学数年后自尽，遗憾）孤注一掷拼命一搏，抱住我的双腿用头一顶，我只觉得一阵剧痛，天旋地转……叶永龙之流见我为班级之战英勇受伤，就把我抬到教室后面的乒乓球台青石板上为我揉搓，我泪如雨下、汗如雨下喊"哎哟哟停"，他们依然说我是崴了脚，"注"了气继续扳折推拿。折腾好一阵还不见有所有效，众人有点慌神，找来了一位据说是会点武术经常讲高玉宝故事的高老师。高老师一摸，说不对劲赶快送回家。于是就有了"叶永龙背着我、张仁和在后边拎着鞋，走过弯曲的田埂，把我送回孤零零一个人的家"的那一幕。再后来，尽管没有留下后遗症，等我转到老二班，一帮不怀好意的家伙就赠我绰号"老拐"，现在还叫。

如果你以为我们是朋友，你也可以叫；只是如果被拐，后果自负。哈哈!

六

如今，在我的老相册里，仍然珍藏着一张颇显寒酸的红纸请柬。

已经过去了24年，纸张渐渐褪色，话语依然滚烫：

××同学：

时过八载，而那个充满憧憬的橘黄之梦，还时刻萦绕我们心头。古城墙外，有我们追嬉的形影；巍鄱湖岸，有我们登攀的足迹。初涉人生，我们更思恋昔日"老二班"同窗那纯洁、真挚的情意。为缅怀，为追忆，我们拟举行"良宵聚"新春联欢晚会，相信她将会给你留下新的美好回忆，也希望你能够以多彩的节目和三元人民币为她增辉。来吧，亲爱的同学，青春在呼唤你。让我们永存"老二班"这个母体，共奔阳光道，携手风雨行。

"良宵聚"晚会筹备组敬启

晚会时间：正月初五晚六时半

地址：县粮校

1986年春节，是一个历届同学聚会的高潮期。听到其他许多班都在筹备聚会，几个热心人有点坐不住了，天天喊着"老二班"如何交情好，现在怎能落后。虽然着手筹备显得很匆忙，但不举办绝

290

对是说不过去的。于是，叶永龙、程珉、刘玉林、张仁和，我们几个凑到一起，大家一拍即合。这年的2月7日，农历腊月二十九，天气很冷，我们几个揣着刚刚印好的请柬，哆哆嗦嗦站在县委大门旁边的新华书店台阶上，在人头攒动的购买年货的人群中努力发现"老二班"同学的身影。那时候县城还很小，几家大一点的商店和菜市场，都在一条街道，这儿是来来往往的必经之道。功夫不负有心人，雨雪风霜考验同学情。经过大家的努力，将近断黑的时候，采取相互传递的方式，把一摞请柬分发出去了。

1986年2月13日，正月初五，晚上。县粮校的一间教室，三十位"老二班"同学欢聚一堂。晚会的具体过程不记得了，从现在翻出来的照片看，教室的黑板上写着"良宵聚"三个字，课桌被围成一圈，桌子上摆着不知谁借来的收录机，还有一些瓜子，这就是每人三元人民币的主要支出。男同学穿着劣质西装，还有几个戴着军帽。女生则显得比较洋气，牛仔裤、喇叭裤、围脖，现在看起来都蛮时尚。

参加晚会的全体同学是：余新花、崔志英、李淑明、张建萍、阎玉萍、陈春萍、殷建华、刘冬琴、陶淑琴、龙克梅、程新华、刘玉林、程珉、刘殿永、申苏安、陈秋洁、李永生、张群策、于崇明、欧阳志华、蒋雄、叶永龙、张仁和、王宗禹、邓小林、李代华、陶勇、舒亚庐、陈晓松、陈五平。友情客串的其他班同学有：黄如珍、沈瑞星、胡小平。

那时候，陈五平在秀峰负责摄影部，所以他也很自然负责起晚会的照相。不知道是他不舍得把相机交给别人，还是其他同学没有这样的意识，反正所有的照片都没有他。只是这次照相的效果让他这个专业人士很难堪，因为洗出来的照片很不理想。于是，每张照片背面都可以看到他用铅笔害羞地写着："学友：水平有限，请原谅！"

晚会结束后，叶永龙、刘玉林、程珉和我激情未退，几个人就在粮校招待所中的一个大房间留宿。忽然想起一大盆苹果居然忘记端上来，大家就让留下清理卫生的陶淑琴、余新花拿走，她俩死活不肯。进了房间，叶永龙大发感慨："没有把余新花这么贤惠的女子娶过门，真是人生一大遗憾！"2010年观音桥聚会回县城，叶永龙、余新花正好和我同车，我把这话透露出来。坐在前排的叶永龙嘿嘿笑着，把后排的余新花闹了个满脸通红，不敢吱声。

前不久，客居南昌的欧阳志华把请柬扫描出来，传到了网上。

◇ 1986年2月13日，"老二班"聚会留影

看来，珍藏这段记忆的同学还不少呢！

七

往昔悠悠似箭，笑脸张张如春——五一聚会特写

春节之后，得知星子几位同学筹备老二班五一聚会，心中不禁涌起欢欢的期许。

4月30日晚，我有点迫不及待地赶回了星子。刚刚把弟弟、侄儿送到家门口，手机就响了，一个粗嗓门照例以骂娘为问好开头。现在还能保持这种优良传统的大概只有叶永龙一人。他告诉我自己已经回来了，我说你不是扭扭捏捏不参加聚会吗？怎么这么胖还食言增肥？他嘿嘿几声不正面回答，反问我明天什么时候去观音桥，我说组委会要求了两点钟过去，他说那么早去干什么这么积极。我态度严肃地帮他提高觉悟，人家同学辛辛苦苦搭场子，我们白吃白喝就应该热热闹闹捧场子。我知道叶崽是聚会的赞助商之一，他不是白吃白喝——这么说就是为了激他。果然，见我这么高屋建瓴，他也没多说，只是叮嘱明天要去接他。我想，接你个怪，你不去，赞助的几千块钱我们一定会帮你花好花干净。

叶崽原来靠拳头打天下，十几年都很拉火，中学毕业后入伍，我觉得他应该去侦察连抓特务，可他和那批同学当的都是通信兵，除了新兵连三个月，后来就是穿了军装的老百姓，天天送信发报查线路，哪像个兵。复员后进了东风造船厂，到这时拉火依然。那时候得知我放假回家了，张仁和总是背个黄书包里面装着一副竹片

293

麻将，和孙崇平下来邀到我去叶崽家切磋。一见我们进门，叶崽大叫："爸呗，拿担谷箩来哟！"拿谷箩干啥？装钱啊！后来他结了婚，结婚的时候那些家伙留着痰盂给我挑，这个不能忘记。再后来，他生了女儿，那时候我正昏天黑地在九江市的各个角落找麻将打，联系就慢慢少了。知道叶崽去了温州、广州打船，知道他慢慢做了包头，知道他买了几个门面，知道他起了新屋。乔迁新居时我去喝了酒，他一个劲絮叨说我也应该买地做屋。我说你现在小资本家可以做栋房子空着等贼偷（事实已经证明），真是站着说话不腰疼，你以为我手上的粉笔是金条啊。这时，我就觉得他很有些黏黏糊糊不太拉火了。

说这么一大通叶崽，就是想告诉大家，这样联系紧密的朋友10来年间鲜少在一起我都觉得变化很大，那些二三十年没有见过面的同学呢？这，就是我欢欢期许的原因吧。

挂了叶崽的电话，随后和孙崇平联系。他让我去他店里，说有几个麻坛积极分子正在他那活动，于是去了。果然，陶淑琴、谢秋雁、张仁和、邓小林正搓得不亦乐乎，热烈而草草地和我打过招呼，眼珠子立即纷纷转回桌面。不一会儿，刘冬琴也一颠一颠进来。我看了一下初中的座位表，趁他们洗牌的时候插空说了几句话，让他们明天喊我。听到应允，就放心回家了。

五一一早，还不到6点，特地把手机打开，因为节假日都是设定在八点半开机。然后再开电脑，边写点东西边等待招呼。

写东西时间过得快，转眼一上午过去了，马上就是12点，也没等到这些叫花子的音信。不能再等，于是致电组委会殷建华，开口还没说一句完整的话就被人家抢白一顿，说什么"我们忙一上午你不来帮忙也就算了，人家南宁南昌的都到了你还把自己当个客人"，云云。我心里骂着昨夜那些打麻将的家伙，口里一个劲赔不是，匆匆下楼，去做主人！

一到观音桥，就看到景区大门旁的仿古围墙上挂着一面红彤彤的条幅："热烈欢迎星子县五七小学七五届老（二）班同学光临"。一路进来，还有两三条类似内容的条幅，虽然没看到一个同学，心里还是暖暖的。穿"入松"回廊，环"天下第六泉"，进观音桥，拐慈航寺，过蒋介石行宫，就是聚会所在地玉渊宾馆。门口立着两块牌子，分别写着"向五七小学七五届老（二）班全体同学学习"、"向五七小学七五届老（二）班全体同学致敬"，颇有二十世纪六七十年代的革命文风。

举着相机进门去，我的聚会我做主。只见小小的前厅已经聚了很多人，我一跨进门，殷建华和阳志华就把我拦住，气势汹汹说我来晚了要惩罚，逼迫我现在、马上、立即说出在场的各位同学的名字。当时，一下子看见那么多既熟悉又陌生的面孔，很激动很兴奋，根本不记得是谁把我拦住，只是推测起来应该是他们两位，因为他们合起来就是"阴（殷）阳怪气"。

好在本人好古，这些日子，在网上把各种照片温习了很多遍，心里把很多往事回忆了很多遍，这种要求吓不倒俺这个从"吓大"出来20多年的人。我一一对照，一一报上姓名，毫无误差。"阴阳怪气"见状，既满意又失望。现居南宁的胡官林多年不见，胖了一圈，人不走形，一招一式，稳重儒雅，符合我党领导干部的形象标准。周静从上海过来，在那做房地产，不一会就被深谙商道的陶勇拉到一边密谈。南昌到了三位女生：余艳、张凤喜、李元庆。张凤喜同班时间长些，印象深。李元庆我们没有同过班，我到二班时她已经去了南昌。见余艳倒真是犹豫了一下，总觉得她就是小老师形象，这下颠覆了。

寒暄了一阵，组委会喊大家吃饭。因为下午还有事务要张罗，就没几个人喝酒，说说话倒也热闹。十几二十年不见，瞬间就消弭彼此的距离，这就是同学，老同学！

吃过饭，组委会说事情我们来做，给你个美差陪外地回来的同学到观音桥看看。得令即出。

考虑到博客上也有些外地朋友会看到拙文，在此就给观音桥做个介绍吧。

观音桥坐落在庐山南麓，距星子县城15公里许。其东临庐山第一奇峰五老峰，西倚庐山主峰汉阳峰，北靠相传太乙真人在此得道成仙的太乙峰，南眺烟波浩渺的鄱阳湖。

号称"江南第一古桥"的千年国宝——观音桥，建于公元1014年，它以雄伟的气势横跨在庐山的栖贤大峡谷之中，是国家级重点文物保护单位。别称"三峡涧"的栖贤大峡谷是产生于几百万年前由地质运动形成的第四纪冰川遗址、大峡谷里的清泉激流冲成了二十四潭，如玉渊潭、浴仙潭、金井潭等。

景区内自然风光秀丽迷人，人文景观丰富多彩。唐代茶圣陆羽在此品定"天下第六泉"；明朝第一画家唐伯虎曾在这里画出了表现"三峡桥"（今观音桥）的《匡庐图》；蒋介石夫妇赞叹观音桥风水，并在此建立了行宫，行宫前有蒋介石夫妇亲手栽培的"夫妻树"；冯玉祥将军的巨幅石刻——"墨子篇"是目前中国最大的地面石刻之一。

观音桥景区也是佛教圣地，桥西有专门供奉观音菩萨的慈航寺，桥北有千年古刹、庐山佛教五大丛林之一的栖贤寺。

上述这些，也是当时我给同学介绍的。陪着胡官林和三位南昌女同学刚从栖贤寺返回，组委会电话就催了，照例是阴阳怪气的：没把美女们拐跑吧？赶快回来，大队人马到了！

在观音桥头，遇到了张仁和、杨长江。我套用阴阳怪气的招数，让张、杨两人辨认南昌女同学，也是无误，大家自是高兴。

回到玉渊宾馆，喔嗬！靠涧的栏杆上倚了一排男同学：袁德林、李永生、龙克梅、舒亚庐、王宗禹、刘殿永……前厅沙发上挤了一溜女同学：王庚姣、周萍、阎玉萍、袁秀琴、熊晓春、陈春萍、周春青、朱亦辉……胖胖的彭荣坐在女同学中间，得意得像个菩萨。

陆陆续续又到了很多同学。即便都在星子，也有好多很久不见面，于是男同学捶捶打打、女同学搂搂抱抱，笑意荡漾在脸上，热泪在眼眶打转，一致感慨着自身和对方的变化。

16点25分，程招丽、熊廷魁老师夫妇来到！同学们纷纷迎上前，抢着向老师致敬，争着和老师合影。程老师是我们小学班主任，熊老师是初中班主任。一对夫妇，这样和一个班结缘，应该不多吧。时至今日，我自己为师多年，和做老师的同事、朋友、学生打交道20多年，还没听说过。熊老师对我们的熟悉，也是在我们小学的时候，因为那时候，他经常帮着自己的妻子批改作业和试卷。

他在担任我们初中班主任的第一刻，就能准确叫出大部分同学的名字，并说出他过去的荣耀或劣迹，所以他一下子就把几个调皮同学的命脉掐住了。

孙崇平的闪亮登场值得一书。日前在QQ聊天，大家问怎么孙班长少见，张仁和透露，老孙平时都是制服上路，这次组委会明确聚会由原班委主持。孙夫人听得之后，说老孙没一件像样的衣服，也不顾引狼入室的后果，天天拉着老孙去量体裁衣。老孙要么是心怀鬼胎，要么是对夫人是言听计从，所以尽管天气炎热，他依旧西装领带，翩翩而至。大家打趣说老孙年轻啊可以再去骗骗小姑娘，老孙说就去不祸害社会了，就近骗骗女同学吧。至于是否得手，聚会期间没有证据，期待张仁和日后爆料。不过，以我们对孙崇平为人的了解，张仁和哪怕在他身边潜伏到底，也会一无所获。

过了一会，叶永龙和张群策一起过来，一见我，就提高分贝指责我没去接他，直到我们撺掇他和余艳合影声音才有所降低。照片是我拍的，注意了一下，整个过程，叶永龙都没正眼看余艳一下。十几岁敢写情书，年近半百不敢对视。说他现在不拉火，信了吧！

围着叙着，组委会通知大家入席，晚宴开始。

有的人，生来不受苦，睁眼就来钱，伸手便好事，一辈子好命。陶勇就属于这一类。他现在是老二班的成功人士，诸多生意做得风生水起，是这次为聚会打基础的几个人之一。今天老同学聚会，碰巧也是他生日，你说幸福不？于是晚宴之始，主持人公布了这一喜讯，硕大的蛋糕端上来，全场为他唱生日歌，老师、同学纷纷向他祝贺。陶勇高兴之下击鼓传花，把麦克风递到我手里，我最怕在正规的场合给小不小、老不老的平辈道喜，于是信口开河说当年最喜欢他的是刘冬琴，话筒就塞了过去……

我们这个班，男女比例相当，但最后走到一起的只有刘冬琴蒋雄这一对。这个时候给老蒋吃点醋，给他俩的生活添一点乐趣，祝他们的未来就像我们端着的欢乐酒，越来越醇美。

后来我感慨聚会晚了5年，因为喝酒太平淡了，没有高潮。如果早聚5年，恐怕旁边的乐队要换成医疗小组才行。

相互的酒彼此应该都敬到了，老师和各方面代表人士都讲了话，伶牙俐齿的李淑明还现场编了一段排比……

晚宴之后紧接着就是座谈会，班长兼文艺委员余艳和副班长兼劳动委员孙崇平主持。

这里要说一点题外话。现在女同学经常批评男同学没情趣，只知道喝酒打牌，不知道唱歌跳舞，这让她们感到很冷寞、很失望。哈哈，这就要怪你们自己。想当初，班干选举还是蛮民主的，一人一票。你们宁愿让主要班干这么劳累身兼数职，也不让其他人有锻炼的机会，埋没了一大批有潜质的男生。题外话主要是张群策表达张仁和附和，我实录于此，自然也是赞同的。

继续晚会。在大家热烈、真诚的掌声中，主持人首先请上了两位老师。熊老师代表程老师和自己讲话，或深情款款，或抑扬顿挫，或慷慨激昂，或言辞恳切，完全脱稿却丝毫没有梗阻，讲了大概五六分钟，大概七八分钟，大概十几分钟。并非故弄玄虚，皆因一直被老师的讲话感染，根本就忘记了时间。

老师讲话之后，没有劳他再拿花名册点名，同学们依次登台，或简或繁，介绍着分别之后的感受和自己取得的成绩。每次听这样的介绍，我心里都有一个词语划过，带着呼啸、带着喜悦、带着凄厉，这就是：举重若轻！

不是吗？小学毕业至今35周年，高中毕业至今30周年，美好的年华、大半的人生就在这片言只语中浓缩。当年一张张稚嫩的面孔，如今已经写满了岁月的密语；当年的翩翩少年、花季少女，如今早已为人父母甚至已为祖父母。然而，仅仅一句"我小孩已经读大学了"，其中省略了多少喂饭喂奶、端屎盆洗尿布、晨昏接送、风雨翘望的酸甜苦辣……

因为中餐、晚餐都喝了些酒，而我这人又是最怕酒桌上连续作战的，因此在大家介绍完之后的歌舞晚会之后，溜回房间休息，看没有几个频道的电视。其实，电视也没看进去，脑海里尽是刚刚过去的一幕幕。

此时此刻，心有三谢！

一谢老师们的关爱。老二班一路走来，不同阶段都感受到老师在我们身上付出的心血。韩俊明念念不忘的帅哥马老师、余艳至今仍然艳羡的美女殷老师（殷建王华胞姐）、要求严格的算术课饶老师（王美萍同学母亲），等等。因为各种原委，无法邀请他们到场，更令人嘘叹不已的是，不少老师已经永远离开了我们，比如前边提到的马老师和饶老师。今天参加聚会的程老师熊老师夫妇，是对我们关爱有加的老师们的代表。1986年小聚和本次大聚，我们都是从程老师那里拿到的珍贵的小学毕业照，这可是一些同学少年时期的唯一留影啊。这次，更是从熊老师那里拿到了初一的座位表，不少同学终于牵手当年的同桌。一位教师，如果没有深深的舐犊之情，会将一张薄薄的纸片当作至宝这样保存几十年吗？！

二谢同学们的友情。组委会编制了一份通讯录，上面反映从小学一年级到初中毕业，进出老二班的同学计有64人。今天聚会，来自星子、九江、赣州、南昌、南宁、珠海、佛山、深圳等地的54位同学欢聚一堂，盛况空前。特别是广东、广西、上海的同学，短短三天，来去2000多公里舟车劳顿，就为今天的一个面、一句话、一首歌、一杯酒，悠悠同学情，殷殷皇天鉴。30多年过去，同学们发生了很大的变化。比如在星子工作、生活的同学，彼此间更多了些复杂的社会关系，有的成了亲戚、有的成了上下级、有的成了东家和雇工。但今天，大家消弭了过去的隔阂，抛却了现实的纷杂，共同追忆童年的梦想，为自己的人生添彩。

三谢组委会的辛劳。一个聚会，从提议到行动、从选址到经费、从通知到迎送、从餐饮到住宿、从会场到摄像，看似都不艰巨，但非常烦琐。因此在晚会上，组委会成员和"赞助商"同学登台，接受了大家致敬。还有，这次大家评价阳志华厥功至伟，皆因他在九江和南昌把一二年级离开星子再无联系的同学都抠了出来。用的什么奇门妙招，秘而不宣，低调得令人肃然。申苏安和邓小林是组委会的力士，担负着酒水、水果等的搬运工作。因为保护国家重点文物，车辆只能到达景区大门，物品都只能靠着他们有力的肩膀扛进扛出，他们的汗水就洒在"天下第六泉"旁。

想着想着，不一会，叶永龙、张群策、龙克梅、张仁和这几个不善歌舞的家伙也回来了。他们四个凑在一起打了一阵牌，战不多回合，龙克梅牌艺不精退下阵来。为了不让他们扫兴，我只好硬着头皮凑数。到凌晨三点半，有人嚷着要睡觉，于是散了。

据说住宾馆，很多人第一夜都会闹床。今天房间三个人，我和张群策都有这毛病。翻了一阵"烧饼"，看看旁边的张总，正睁着眼睛看天花板发呆，干脆说话吧。于是，在叶永龙微微的鼾声伴奏下，我俩东拉西扯直到五点半。看看天已经大亮，张群策被子一掀，说要回县城家里洗澡才舒服，走了。

我独自一人，时而在空寂的涧边小道徘徊，时而在蒋介石行宫的断墙旁伫立，耳边响着慈航寺清脆而悠扬的木鱼声。心想，现在我们在此凭吊古人、缅怀往昔，若干年后，当老二班的成员都不在了，还有人想及我们吗？

老同学聚会的热情感染了老天爷，昨天还春风和畅，阳光宜人，今天就急剧升温，转眼30多摄氏度。身处观音桥，即便是绿树掩映、清泉相伴，也热浪撩人。从珠海赶回的李淑明一开始就兴致勃勃嚷着要山南著名强驴孙崇平（网名踏雪寻梅，如果自命为驴友却不知，那叶公好龙的你去面壁好了！）带她爬庐山，现在只好轻轻叹口气，扮个鬼脸：下次吧，有机会，耶。

吃过早餐，去景区大门处合影。遵组委会安排，每位同学站到照小学毕业像时自己的位置，照片上没有光辉形象的同学，那就不许站，去到程老师熊老师旁边，坐着，享受老师的待遇。组委会还说，最好摆出自己当年的姿势。很多同学不记得当年自己站在哪，更不记得姿势。阳志华 立即打开随身携带的笔记本电脑，指挥大家逐一排队。周萍刚提出异议："第一排第二个蹲着的明明是我，怎么说是王祥梅？"马上被阳志华厉声喝住："别吵，说不是你就不是，蹲下！"乖乖，厉害得像个狱警。

合影完毕，就有了点离别的气氛。走亲访友的，去了；探访故地的，去了；事务缠身的，去了。是啊，毕竟不再是30年前，不再是心像蓝天般纯净、情似春风般无牵的少男少女。

离别是伤感的，而我觉得，每一位参加聚会的同学们都是怀着一颗绽放的快乐之心挥别的。青春虽已逝去，友情长存于心。那么，就让我以召唤我们相会的那一纸喜气洋洋的集结号令为本文作结吧：

×××同学：

您好。一别三十余载，不知不觉，我们都已届知天命之年。当年同窗，今散四海。但我们相信，无论你回到故里，或远在他乡，无论你事业辉煌，或失意忧伤；也无论你多么闲暇，何等繁忙……你终究不会忘记我们在一起共度的童年时光。我们和你一样，多少次梦里相聚，多少次心驰神往，甚至有"明天将要来临，却难得和你相逢"的感伤。让我们暂时抛开尘世的喧嚣，挣脱身边的烦恼，走到一起来，尽情享受老同学相聚的快乐吧！让心栖息，忘却忧虑；说说真话，谈谈友情。在美丽的观音桥畔，回首往事，放飞真心。

来吧，儿时的伙伴，同学们都盼着与你相聚！

时间：2010年5月1日下午3:00

地点：星子县观音桥玉渊宾馆

星子七五届五七小学老二班筹委会

二○一○年四月二日

◇ 1975年7月1日，"老二班"小学毕业照

◇ 2010年5月2日，"老二班"小学毕业35周年聚会留影

八

2010年10月11日，老二班九江、星子部分成员及家属、司机共计21人在九江"廖记河鲜城"最大包间"六六六六"小聚，蔡九玲分会长接待并主持。老二班九江方面除6人出席外，陶勇不接电话、舒亚庐公差在外，其余下落不明。

席前，殷建华总会长说，做人不能"太监"，做事得有根有果。"老二班记事"到了七，怎能没有八九十。俺这人吧，如果做国家领导，一定暖民心顺民意；到不了这个层面，俺也记着从善如流。于是，遵照总会长指示把昨夜盛况予以记载。

人员（按出场先后顺序）：俺、项淑华、陈五平、申苏安、蔡九玲、殷建华、谢秋雁、陶淑琴、叶永龙夫妇、孙崇平、张群策、熊晓春、戴永东、刘玉林、蒋雄、刘冬琴、龙火元、周萍、张仁和。

聚会第一项：闲扯、照相。吃饭时分，便是堵车时分，何况星子同学分三路从星子赶来。于是早到的只好等待，站着、坐着、半躺着聊天。张群策打趣叶永龙说，你面子好大，平时找几个人吃饭，电话短信三催四请还拉不到几个人，看看你从广东一来，蔡分会长粉臂一举，众人从星子赶来都不辞辛劳。这地方蛮好，下次你和五嫂结婚就在这里摆一桌。不过也有个遗憾，殷总会长邀请了南昌余班长等人没来，如果她来了我要当面对她说，当年叶家龙给她写情书不对，应该是她给叶家龙写情书。叶永龙说，一封情书13个字，错了8个，紧张得很。孙崇平对这些虚虚实实的话题一向不感兴趣，从口袋里掏出相机，正在兴致勃勃评发型品衣裙的女同学更来精神，摆好姿势拍了不说，还要当场验收确定是不是能够上传而不损形象，最后一字排开照合影，并不要男同学加入，说要继承老二班传统，"三八线"永恒。

聚会第二项：排座次。等了好久，提兴的话题都搜刮完毕，对着镜头也挤不出笑容，电话打了无数，刘玉林率领的那一拨还在威家收费站，两会长当机立断，边上菜边等。蔡分会长先自寻边坐定。殷总会长死活不愿坐上席，说什么聚会已经结束总会长已经罢免之类的昏话。大家体谅她不胜酒力，也不多勉强，但坚决不许她辞职。趁着空隙，张群策一个箭步过去坐到当年老同桌蔡分会长右手，不过之间空着一个座位，说给刘玉林一个后来居上第三者插足的机会。叶永龙扭捏了一阵，禁不住张群策热言冷语，终于和五嫂坐到张群策旁边。当年抢板凳追他的陶淑琴坐到他对面，只是陶淑琴近来贵体欠安不能喝酒只能唱歌，即使坐在他身边也不会有什么威胁。主要人物坐定，其他人等留出几个空席，也都落椅。

聚会第三项：倒酒。星子同学先头部队进来时，就看见谢秋雁落在后面，端着一个沉沉的纸箱。问她，说是酒，衡水老白干，不相信，以为是开玩笑。殷总会长一声令下开酒，撕开纸箱，真不骗你，实实在在的6瓶。因为开了车过去，我本是不喝的，闲聊的时候也被陈五平呛了，说你开车一伸颈。这是土话，扬扬得意的意思。我说你说是便就是，他也没辙。等到了一个一个倒酒，我再坚持不喝，只见两会长柳眉倒竖，粉脸变猪肝一致挞伐我。张群策也在一旁煽风点火，说叶永龙来了你这铁杆粉丝不喝说不过去。熊晓春项淑华这些只让酒掩了一个杯底的也是非不分，和会长们一起"聒噪"。无奈，无奈啊！我问服务员，酒店有没有代驾，说没有。身为出租车公司法人代表的陈五平立刻充分表现，说保证请一个司机过来。那还说什么，倒满！倒满！

聚会第四项：开席，对垒。在我基本撑了个半饱的时候，刘玉林率领的后队终于赶到，一个硕大的桌子坐得严严实实。集体举杯之后，曾短暂担任班长短得连自己都不记得的龙火元站起来，说酒量不好表现要好，聚会之后没见过大家心里想念，先敬九江同学一杯。说者无心，听者有意，一下子把大家分为星子、九江两集团。好在九江这边人数虽少，戴永东、陈五平和我都还有点实力，星子那边叶永龙、张仁和、龙火元喝白酒，似乎略逊一筹，倒是谢秋雁、刘冬琴巾帼不让须眉，挺身向前。喝啤酒除了殷总会长和刘玉林略有实力，周萍、蒋雄礼节性端酒杯，陶淑琴不参战，可以忽略不计。经过几个回合厮杀，彻底干掉5瓶白酒方才散席，转场K歌。我不识时务，泼冷水说，这样的喝酒，气氛很好，于身体不利。现在这年纪，要注意养生。除了戴永东，竟然没有一人附议，殷总会长一直在撇嘴。

聚会第五项：K歌。另日上班有事，未向会长请假便溜。陈五平的承诺没有兑现，还是戴永东找来的司机。没有奉陪星子同学尽兴到底，本人深感惭愧，下次继续开溜，莫怪！

九

中午接到项淑华电话，传达蔡九玲分会长指令，晚上万众酒楼吃饭。问分会长为何不直接告诉我，回答说打我好多次电话没接，分会长没面子，怕了。岂有此理。马上致电蔡九玲，解释自己一到办公室就把手机扔在桌上，短时间出门就不带上，再者，像我组织观念、集体观念这样强的人，怎会不听领导召唤。一番口舌下来，终于消除领导误解。随后，在QQ上也接到了殷建华总会长通知，还特别说明，我"老弟"出来了。

现在老二班聚会，我有两个任务，一是不能做的，二是必须做的。不能做的是不能开车去，不开车自然是为了喝酒；必须做的是要带相机，而且最好能带单反。会长们有时候记得吩咐，有时忘记了，恰巧我也忘记了，那是少不了一顿数落。谁叫咱年纪有优势呢，且由他们絮叨。

在老二班2010年五一毕业35周年大聚会之后，同学们走动更加频繁了。就像我这次还批评蔡九玲，说我结婚那天她就在她妹妹家（和我家是对门邻居）阳台上看着，看着那么多同学搬东西进进出出，居然没个表示。蔡九玲蹙眉抿嘴说是啊那时候怎么会那样呢。但是，聚会之后也有几件不如意的事情，就是几位同学伤病了，譬如胡官林、李淑明，还有就是李代华。这个初中夺走我最小年龄交椅的家伙，一点腰椎间盘突出，就跑到县中医院做牵引，痛得嗷嗷叫还让人家继续，结果啪的一声，矫枉过正了。在床上躺了很久，脾气还倔，殷建华领着几个人去看他，就是不开门。上个星期丢了拐杖，一瘸一跛地走路，殷建华说我"老弟"出来了，就是他重回人间加入同学队伍喝酒的意思。

星子方面到了一辆商务车的人，九江方面也是人数对等迎候。我注意到，这次车门打开，抱下来的不是一箱酒，而是一个大蛋

308

糕。此时，殷总会长才揭开谜底，今天是五毛五十周岁生日。陈五平听了，站在一旁憨笑点头。想当初，我们在县城城关小学开始相聚的时候，五十岁对我们来说是多么遥远，而今，我们已经或即将跨越这个门槛。人聚齐之后，蛋糕先上来，插上了蜡烛，陈五平显得有点扭捏，连连推脱，说没经历过这阵势。大伙让服务员关灯，再把蜡烛点燃，嚷嚷五毛许个愿吧。这时，陈五平已把蛋糕抢到跟前，叫服务员把灯打开，大家话音未落他已经把蜡烛吹灭了，说别搞这名堂，你们没看到我已经脸红了吗。大家一看，果然，黑红的脸还挂着汗珠。问他许愿没有，他说以前从没许愿不也平平安安过来了，现在这把年纪了还许什么愿。我们调侃，说过了五十就是第二春，怕是许的愿不能说出来吧。陈五平再次红了脸，和大家一起哈哈大笑。

有了这个主题，喝酒就比较顺了。2010年10月12日，含滴酒不沾和只喝啤酒的，共计20人，喝去5瓶白酒。这次，含滴酒不沾和只喝啤酒的，共计15人，6瓶白酒，点滴不剩。

十

叶永龙是我们的同学当中比较殷实的，他有多少资产可能除了他自己，没有人知道。据班上的另外一位"资本家"张群策透露，叶永龙是我们班的首富。

读书的时候，张群策经常被叶永龙掏裆，而且绝对是一只手深深地探进去死捏的那种，然后叶永龙呈若无其事状，张群策——那时候还不是张总而是张崽，已经脸色发白杀猪般尖叫起来，眼睛是绝望垂死生无可恋的神态……所以现在张群策的话，我们一般都是作为旁证，包括"首富论"。因为有人说了，可能张群策才是首富，但是怕大家均贫富，于是转移目标。

张群策1979年以全县第四名的成绩考取了华中工学院，可见叶永龙的掏裆对他绝对没有副作用。是不是有正能量，张群策从来都没有分析与总结，作为旁人，谁都不好妄加推测。因为据说多年之后，叶永龙还在揣摩，检讨自己不知轻重，主要是捏拿时不敢下狠手，否则张群策应该会录取清华。那时候，清华和华工，不过就相差十几分。

但是，即便张群策或其他同学是学霸或首富，但是他们有一点不如叶永龙，那就是叶永龙年过半百了还敢要二胎。

叶永龙比我年长将近两岁，他的老二，也是女儿，现在才三岁，还没有进幼儿园。今晚张群策发出号召：我们同学都要健健康康的，都要去喝叶永龙女儿的回门酒。

我们计算了一下，就算叶永龙女儿一点都不耽误，在国家规定的法定年龄结婚，那也是将近20年之后。我是我们中小学同学当中年份是最小的，那时候，也过了七十五周岁。我们同学当中，一定有人活不到七十五周岁。如果大家都能活到，那我们国家的平均年龄就不止七十五周岁。

所以今晚张群策的号召，大家心里都很期待，但桌面上没有热烈响应。

叶永龙的资产自然不会也不应当均分给同学，但如果因为他制造的这样一个机缘，然后大家都健健康康活到了七十五岁以上，都精神抖擞去喝了他女儿的回门酒，那他绝对是个有功德的人。这，倒是他和我们一起热切期待的！

再说一遍：20年之约——喝叶永戈女儿的回门酒！

附：

星子回忆

余 艳

看了晓松的《老二班记事》，关于童年的往事就如一部老电影，用慢镜头回放的方式在我眼前一幕幕展开，原本有点泛黄的记忆忽然间全都变得鲜活灵动起来，不把它写出来看样子是要失眠了。

我是1969年随父母下放到星子，随后就上了预备班。从此与2班结缘。到1976年回南昌，我已是个中学生了。可以说，我所有的童年记忆都留在星子。星子，有我最美好最纯洁的回忆。

一、那些趣事

真的有好多好多有趣的事情。

我记得我们一伙女同学常在一起踢毽子，跳皮筋，打沙包，跳房子，教室旁边一棵歪脖树就是我们的单杠，女同学们排队去翻树，乐此不疲。还记得雨天我们撑着一色的笨重的黄油布伞，进了教室就往墙角一放，回去时又各自准确无误地取回，从不会弄错；也有零星的油纸伞，常被戳得外面下大雨里面下小雨无可奈何。记得我们冬天时课间在教室后面的墙上挤成一排"挤油渣渣"取暖，春天坐在操场杂乱的草地上聊天，那儿大大小小的棺材印横七竖八，引得人胡思乱想。

学校的旁边有一排桑树，我曾经垫了好几块砖爬上树去摘桑椹。桑椹青中带红，味道酸酸甜甜，引得我这样胆小的女孩也敢爬上去吃桑果。砖块在上去的时候就蹬倒了，下来时只好闭了眼不顾一切往下跳，幸好没崴到脚。

我爬树好像不仅是为了吃，还有一项主要的工作是摘桑叶。家里有几条白白胖胖的蚕宝宝正饿得发慌。当时养蚕在男女同学中都很流行，桑叶就成了抢手货。我记得曾有个女同学（不好意思，不记得是谁了）自告奋勇地说帮我搞些桑叶来，结果搞来的不是桑叶，我的可怜的蚕宝宝全都一命呜呼了。

除了养蚕，女生们的娱乐还有很多，用钩针钩小玩意儿就是其中一项。钩的大多是杯垫、小方巾，我也是其中狂热的一员。至今李淑明还记得我有一回边走边钩不留神摔一大跤，结果钩针扎进手心里，拔都拔不出来。我是一路哽咽着狂奔回家，淑明则一路惶恐地跟着。所幸无碍。

殷建华的诗里说："书包里面装满了/红薯和毛栗/双眼只有无猜和无邪/让我们无法无天。"这是我们当时生活最真实的写照。那时在街中心的十字路口，窄小的街道两旁满是卖毛栗的妇女，用布袋装着，用小竹筒子量着卖，2分钱一筒5分钱一筒的都有。现在我嘴里似乎还有那又甜又粉的回味。离开星子后，就再也没吃到过了。不知道现在还有没有这种小小的褐色的美食呢？

让我难忘的还有星子的书店。

那时我有一点零花钱。我小心地藏在一个布袋里，我会经常清点一下我的财产，怕被妹妹们偷了去。这些钱，除开用来买毛栗，就是光顾那家书店了。那里可以租书来看，一分钱一天。我天天可以看到不同的连环画。还可以用来买书。我的一箱子连环画册就是这么攒来的。吃毛栗、看连环画，那时是我最快乐的两件事。

小时候还做过不少荒唐的事情。有同学教过我，吃过油条之后，手上的油不要浪费，要往头上擦，我真的擦了。女生们喜欢踢毽子，于是各种各样的毽子争奇斗艳，底座最好是古钱币。那时我还跟伙伴们到鄱阳湖岸边的沙里去淘过，也确实淘到过有一层绿色的铜锈的古钱，薄如纸片，用来做毽子的底座显然不合格，于是它重新回到了湖里。既然铜钱如此难求，那对鸡毛的要求就相对高一些，也比较好满足自己。有一天，包括我在内，五六个疯疯癫癫的女孩，放学回家，走在路上，猛然看见一只公鸡昂首挺胸踱着方步气定神闲从我们面前经过，惊鸿一瞥，我们立刻被它的美丽迷住了！愣了片刻，不约而同，一齐向那只公鸡扑去，公鸡显然没有料到会飞来横祸，慌不择路，一头钻进一只篓子，被我们逮个正着。一分钟时间，只是一分钟，这只尾巴上长着长长的五彩缤纷的羽毛的公鸡，就露出了它光光的丑陋的屁股。三十多年后，我仍然清楚地记得我手里攥着一把羽毛望着那只可怜的公鸡，记得它被蹂躏后那灰头土脸屈辱的模样。怜惜原来如此美丽的它以后将如何做鸡？它若有知，会不会一头撞死？

现在来个兴师问罪吧，是谁和我一起参与了那次犯案？自首吧，也和我一样，且求个良心的安宁。

二、那些老师

我记忆中印象最深刻的老师有这么几位。

首先当然是程招丽老师。她教我时间最长，对我最为钟爱。在她的指导下，我的作文曾经收录在第一届星子中小学生作文选里，在那本作文集里我是年龄最小的学生。也许因为老师的钟爱，招来一些男生的嫉妒。记得有一回，下午来上课，我坐的凳子上居然被吐满了唾沫，简直无法下坐。无奈，告诉程老师。程老师的方法很简单，不用查就知道是谁（谁？现在不记得了）领头，揪住了领头的，后面就又揪出一串，他们似乎也都对此供认不讳。于是程老师做出了一个惊人的判决，让他们全都坐在那一堆唾沫上面，用他们的屁股帮我揩干净。哈哈，太解气了。以后他们就再也不敢干这种坏事了。

程老师批评陈五平批得很有水平。陈五平写字喜欢耍帅，"五"字不好好写偏要出点头，程老师说他："你为什么好好的'五'平不当，要当'丑'平呢？"不知被这么批评后，他是不是当回陈五平了？

程老师的亲密爱人熊廷魁老师也是我最为感激的一位老师。他说在我们上小学的时候，就因为帮程老师改本子而熟悉了我们每一个人。到当了我们的班主任，他对我也是重点培养。还记得一次主题班会，是他写的底稿，然后由我照本宣科在台上主持。那是一节公开课，有很多老师来听，教室里都坐满了。我的表现可能还算好吧，熊老师后来说，那时全校都轰动了，我对此虽然一无所知，但我知道熊老师对我的重用，心里很是感激。我回南昌后，也给他们写过信，寄过贺卡，每次熊老师都用他一贯的极其工整的笔迹给我回信，令我十分感动。

还有建华的姐姐殷老师，教我们算数的，那时她也不过十几岁，就是一个大姐姐。她非常喜欢我。那时我们是要到学校午睡的，来得早的睡桌子，来得晚的睡条凳，稍一侧身就可能掉到地上来。殷老师就常常带我到她的休息室去睡觉，打铃上课了就到教室来。

还有马老师，相信很多男生都不会忘记他。可我真的有点怕他。他站在讲台上时，一只脚常常会架到讲台下的抽屉杠子上。骂起人来会伸出右手的食指，一直点到那个被骂的人的脑门上，把他点得步步后退。全班则吓得一动不敢动。但他对我也是很好的，从来没对我大声过。我一直记得他撑着伞冒着雨来我家给我送成绩单坐也没坐就远去的背影。听说他已经过早地离世。默哀吧，愿他在天堂安息。

小学的算术老师姚老师，她看我是最为透彻的一位。我永远不会忘记她对我的一次表扬和一次批评。批评是，她说我虽然成绩不差，但学得不活，一个题目要想好久才能转过弯来。这话让我一直记到现在。说实话，我小时听到的批评实在太少，这话虽然不入耳，但很中肯。我确实数学一直是弱项。直到今天，到菜场买菜，我都不愿意算钱，说多少给多少。那她的表扬呢？表扬我是因为周静受批评。周静参加宣传队以后，就不好好学习，考试成绩一落千丈。姚老师毫不客气地在班上批评她，她却以参加宣传队要旷课排练为由来为自己开脱。结果，姚老师一句话让她无言以对。姚老师说："那余艳不是也参加了宣传队，怎么人家余艳考那么好？"可想而知，我那时心里多美。

还有初中的英语老师唐美丽老师，她不但有着美丽的容貌，还有着动听的声音。她教我们英语，还在宣传队指导我们演出。我们家回南昌的前夕，她还专程到我家来送过我，抱着她可爱的小女儿。那时，她简直就是我的偶像。

三、那些同学

同学的故事更多了，怕写不下来。

最早和我同进同出同上学同回家的是李元庆。她比我大一点，从小就可以看出她能力够强，够有主见。我们在一起，基本上都是我听她的。刚上预备班时，我们头两天都是上完一节课就以为放学了，都回家了。到家时，太阳都没升多高，我们俩就在家附近玩石子，一直玩到家长下班，真的是好不快活。第二天又是这样。到第三天，王老师发觉了，很和蔼地对我说，学校上午要上四节课，这是课间休息，等一会儿还要上课的。我听懂了，下了第一节课就没走。李元庆来叫我回家，我把王老师的话对她说了一遍，她不信，我们争执起来，还没争完，上课铃又响了起来，同学们都往教室跑，这下，我们才知道学校是这样上课的。

李元庆还有一绝活，就是踢毽子相当厉害。我们全班女生加起来都不是她一个人的对手。往往是她搭上我，和全班女同学比赛，输了的就给赢了的"喂毛"（奖励的意思吧）。李元庆一次能踢一百多个，而我只能踢五六个。我常常是跟着她一起心安理得地享受别人的进贡。

小学时常受男生的欺负，本班的外班的可能都有，外班的居多，本班的可能慑于老师的威力不敢过于放肆吧。那些男生多以叫我的外号或追赶我为乐，大概看见我狼狈不堪四处逃窜便会快意无穷。那时陪在我身边比较多的是殷建华。她陪着我到处躲避，甚至不惜躲到臭烘烘的厕所，再帮我去探视那群顽童走了没有，然后伺机回家。那就像是地下共产党员在躲避国民党的追捕一样，好惊险呀。

李淑明、刘冬琴、谢秋雁等同学，我们常在一起玩，她们要来得早，在一起跳皮筋，总会给我留个位置，等我来了就让我加入。我们会躲在那个周瑜点将台的门洞里边用乒乓球玩棋子，一起到街上买毛栗、买甘蔗吃，或者到学校的松林里去帮别人扒松针当火引……

我们的课文内容很多是样板戏，《红灯记》《智取威虎山》都有。轮到上这类课，程老师会让我们现场唱歌。我唱过李铁梅的唱段，周静唱李奶奶的"诉说革命家史"。而阳志华唱杨子荣最出色，一曲《共产党员时刻听从党召唤》艳惊四座，即使小脸憋得通红也在所不惜。

生平收到的第一束花却不知道送者姓甚名谁。只知道那应该是个高年级的同学，遣一个小男孩抱着一大把蜡梅送到我家。我轰他走，怕我爸妈看见反说是我的不是，心里吓得怦怦直跳。小男孩扔下花走了，我妹妹喜滋滋地把花捡了起来。花确实漂亮，是新摘下的，花瓣上似乎还带有水珠，黄黄的像涂了蜡般有种厚重的质感。

现在想起来，即使是这种在当时看来是坏孩子做的、给我幼小的心灵多少造成过一些伤害的事情，到现在，都带有了一种蜜糖的味道。

叶永龙的壮举可能在当时轰动一时。晓松的故事里边可能是加有自己的想象。事实并不是那样。叶永龙在男生里边确实是个头儿，在我的凳子上吐痰的应该就有他一个。我实在感觉不出他哪里对我好。唯一有点好感的，是当时他在程老师面前许诺，要像余艳一样造很长的句子，一个句子要造一面纸。我觉得他还是挺上进的。到我要回南昌的前一天，我去班上上课，在抽屉里看到他的一封信（写得很长，两三页纸，他可能从没写过那么长的作文；笔记本好像没有）。信中写了些什么话我现在都不记得了，主要就是表达惜别之意吧，若说有什么暧昧的话，放在现在来看根本不算什么。但那是我在那样一个男女授受不亲的年代第一次看到一个男生写给我的信，虽然满是友善，我也如遭电击！我当时自然冷静不了，我判断不出他为什么要这样做。我当时唯一想的是，我明天就要离开星子了，我还怕你报复不成？！我就把你的信公开了，看你能把我怎么样？！我还真就这么做了。只见那几页信纸立即在森林一般的手臂中传递，传到哪里了我不知道也不在意。我用余光瞥了一眼坐在后面的叶永龙，只见他满脸通红手足无措坐在位子上一动不动，也没有恼羞成怒，相反倒有一种我从未见过的无辜、无助的表情，让我刚刚涌起的胜利的快感瞬间消失。这种内疚伴随我很长时间，尤其随着我年岁的增长，我越发觉得自己当时真的做得很差。1987年，我在海会师范学习，教授要去星子，我就坐他的车回了星子。我那次特意让熊老师陪我去了一趟叶永龙的家，虽然没有说出道歉的话，但我的心意他应该是明白了吧？

十一点多了，不早了，就此搁笔吧。

结尾引用普希金的一句诗吧，它可以表达我此时的心情。

一切都是瞬息，

一切都将会过去，

而那过去了的，

就会成为亲切的怀恋。

2010年4月20日

◇ 1976年5月1日，"老二班"女生欢送余艳同学

"老舍"的鸽场

　　吃过午饭，便去"老舍"的山南鸽场。

　　"老舍"是我的同学，也是同行，但他忠厚老实之余却不甘安分。前些年，在玉京山脚下、思麦博厂房西北侧租了一块地，养起了鸽子，其中颇有些艰辛。经过自身的努力和多方友好襄助，如今大有起色，建了几间像模像样的办公室和鸽舍，还竖立了几块科研基地的牌牌。"老舍"为人一向豪爽，人缘超好，这是有遗传的，因而也是有历史的。再者，不光是他随和，他的夫人待人接物的热情和真诚也令大家佩服，令人赞叹的还有她的厨艺。所以愿意到"老舍"那里的人很多，特别是到了周末，本身在的，外地回来探家的，都喜欢在那里凑伴，持续了几年，渐渐形成了一个传统，打牌，聊天，钓鱼，游山，然后就在那吃鸽子。好几次人多了，桌子板凳不够，大家都端着碗站着吃。有几位同学现在在外面是有头有脸的，到了这里也不讲究，也不能讲究。大家边吃边侃，说些当年的趣闻，气氛非常融洽，仿佛回到了几十年前的青春岁月。

　　这次一进入鸽场，几条拴了链子的狗照例凶狠地朝我狂吠，引得鸽子也在鸽舍里咕咕叫起来，让清静的鸽场顿时有了生机。听到动静，"老舍"儿子迎出来。当初"老舍"结婚的时候，我们跟车为他迎亲，一路放鞭炮，备好的半箱鞭炮全部放完了，中途特意停车买鞭炮，一时成为话柄。现在"老舍"儿子都做了爸爸，前不久生了个可爱的丫头，我玩笑说这孩子吸收了他们家人所有的优点。我俩正说着话，"老舍"过来了，坦言说自己是从牌桌上下来的。我问都是谁在打牌、有没有我认识的。"老舍"摇摇头，说一个都没有。我很奇怪同学们怎么都没来，"老舍"憨憨的没有解释，只是让我喝茶。

我这人因为反应比较迟钝，过去、现在常常闹点小难堪，于是掐着肉提醒自己，对于疑惑的事情，尽量少问、不评。这次觉察到了一些不对头，但坚持依例。等到从"老舍"的鸽场出来好久，苦思冥想好一阵才明白，鸽场今天之所以门庭冷落，老同学都不来

◇ 2009年3月15日，和桂明同学在山南鸽场

了，原来和近期禽流感流行有关。我一向认为，今年的禽流感，危害被夸大了。刚才和"老舍"网上聊此事，他夫人大倒苦水："哪里危险哩？有危险我们还不早跑了？我们可不光有大人，还有吃奶的婴儿呢！"

作为一般人，人家（不仅是某一面）有意为之的，你根本没办法制止，哪怕想稍微施加一点影响。但我有权利不去凑合。今天早上8点02分，四川芦山发生7级地震，损失很大。于此我牵挂，但决不围观。因为现在的围观于事无补、于事无助，反而会妨碍正常的救援。而且，免得人家又把它夸大去，从中又捞取些什么。

2013年4月20日

感恩有你！

真没想到自己身边这批同学是如此有心有肺、有情有义！

前不久一天傍晚，黄孝安同学到九江来看我，带了一个薄薄的文件袋，估摸就只是几张纸。临走的时候，孝安告诉我是送给我的礼物。我有点纳闷，孝安于字画没什么爱好，应该不会是这方面的馈赠。看我颇为费解，孝安哈哈一笑："都是你当年写给我的信呢，不过只能给你复印件。"我赶紧翻了几页，边看边问："这都是我写的吗？这真是我写的吗？"

过了不多日，和孝安一起到九江的卢雁平同学也告诉我，在他家里，也保存着一些当年我写给他的信。我对他说："现在不急，等我把情绪理理，之后你再给我看。"

今天在县里和老同学聚餐，姚湖金同学伉俪特意从九江过来，饭后到谭寅生同学的羲之兰茶馆喝茶。坐了一会儿，湖金笑嘻嘻对我说："给你看样东西，看你记得不。"然后让我看手机上的照片，竟然是一幅字据，上书：

如果周老娃主任一九八八年五月一日以前能够领取结婚

证，本人愿请他喝九江特曲（吃喝一顿）。请姚湖金公证。

陈晓松立

1986年10月20日

如果在八八年五月一日以前没有领取结婚证，本人愿请陈晓松吃喝一顿。

周焱明

1986年10月20日

看过之后，我大吃一惊。因为这件事在我脑子里，没有一点印象。幸亏是手写文字，否则我可能觉得湖金是在搞怪。但是，这件事的缘由，我真是什么都回忆不起来……

◇ 2021年2月13日，和黄孝安同学在落星墩

人生就是行走，边走边收获，边走边遗忘。遗忘的人事里面，也有很多有趣的东西。自己遗忘了，有人能帮你储存还原，这就是你的幸福。

　　感谢这帮心肺俱佳、情义俱浓的兄弟！

2019年11月30日

同学小聚忆学校事

感谢老朱的邀请，今天桃花源食堂的菜真是地道，几乎每道菜都能吃出二三十年前的家乡味道。猪肉的那个原汁香，我是许久没有体会到的。那一大洗脸盆土鸡汤，竟然被吃了个精光，连嘌呤高达520的老朱都吃了两碗，可见其诱人程度。嘌呤高达680的我还是忍住了，出于礼貌只吃了一个脚爪。饭后，和东家诸位告别，老朱联系了寅生，让他准备好茶，我们去他新居说话，还让他喊上同一个小区的孝安，电话里寅生一一应允。

四个老同学凑在一起，喝茶叙旧，东拉西扯了一个下午，重点是和初高中相关的往事，我把自以为要紧的记录如下：

首先说到老师，我问他们文科班是不是没有一个科班出身的老师。因为孝安和寅生后来都在县中任教，所以他们对老师的情况很熟悉。他们说是，我们的几位老师当中，有旧社会读私塾的，有"文革"当中团校毕业的，还是技校毕业的。有几位老师是老教师，虽然老，但知道也不是科班出身，只不过做老师早些而已，反正那时候做老师门槛不高。我回忆起初中的时候，有个"农基"老师就是刚刚中学毕业来教我们，自然没有什么威信，在课堂上经常跟我们同学吵架。

老师我还算记得一些的，教材却忘得只有一星半点，老朱和孝安骁勇，居然连课本名称都记得，让我好生佩服。我原来只有高中没有课本的印象，今天把所有的环节都补齐了。原来，我整个的学生时代，从小学到大学，都是课本匮乏的年代。老朱和孝安说，初中的时候没有课本，一次是用《农业学大寨先进事迹汇编》作为教材，那上面还有我们星子县的内容。另外一次，是用《红旗》杂志毛主席逝世的增刊作为教材，封面是布纹纸黑白的毛主席遗像。老朱说，这本教材不久以后就收回了，因为上面有"按既定方针办"的最高指示。他还说，这两本教材他保留了很长时间，前几年才不知怎么卖掉了。搞过文物普查的孝安马上问，不是都要回收吗你怎么还保留了，我和寅生都在为不久前才卖掉而遗憾，没听清老朱是怎么解释的。

我以为，二十世纪八十年代没有考上大学或是没有考进好大学的，不像现在只能考一两百分的"桐油罐"，很多是因为偏科。我四十年前高考的最高理想就是进江西大学，没想到数学超水平发挥，考了69分，于是超了重点分数线。孝安数学只有18分，好歹录取了专科；老朱可能只有几分，反正他说自己都不记得了。如果他们不偏科，出身就会更好一些。

学习基础差是因为学习太少而劳动太多。我初中两年的年龄在十一岁零八个半月到十三岁零四个半月之间，这么大的屁孩都干了些什么？请看：一是两人一组从学校担粪到农科所旁边的学校农场去，二是在学校北区种红薯、花生和油菜，三是开挖学校的操场直

327

到高中毕业都没挖完，四是捡木子摘桐子到校办工厂换肥皂。孝安和寅生还补充了一个，就是有一年县里下达了填埋紫阳堤河道的任务，必须完成任务，每家才能在过年的时候领到一张活鸡的供应券。所以那段时间，教室后面都是堆着篾蓝扁担，一下课大家争先恐后往河边跑，为的是年夜饭家里能吃上鸡肉。

和学校无关的话也扯了一点，比如步履迟缓的庐山体制改革、风云变幻的中美关系等等，都属于杞人忧天的大话题，故而在此忽略。

最后还是回到吃喝吧。今天，搞点茶叶小经营、自称今年又拿了庐山市唯一金奖的寅生，给我们喝的是"黄茶"。绿茶、红茶、黑茶、白茶、花茶、乌龙茶、普洱茶……我们几个都听说过，单单没有听说过什么黄茶。我说可能就是放久了的绿茶，老朱后来也表达了和我差不多的意思，寅生听罢都是哈哈大笑，说那不尽相同还是多了一道发酵的工序的。我们还是相信他吧，谁叫他是同学中的茶专家呢。

2020年8月8日

老同学的变与不变

曾经有十几年时间，我们这帮在浔的星子老同学每周必要，不是打牌便是喝酒，更多的是两者兼备。那时，我不是牵头组织者便是骨干参与者。但大概是八九年前，因为多重缘故吧，我渐渐脱离了这个圈子，虽然不是有意脱圈的。组过局的都清楚，第一次叫人人不来，第二次还会再叫，如果第二次还不来就不会叫第三次了。我应该是几次没到，于是他们小聚就不太喊我。其实我于此是挺遗憾的，大家都是从光屁股玩泥巴过来的同学，在一起吃喝玩乐最是轻松惬意，所以今天小毛喊我过去，我立马就答应了。

和八位老同学聊了一下午天、吃了一顿美食、看了几圈麻将，觉得几年没有参与其中的益处，就是让我厘清了渐入老年的同学们的变化与不变。

先说变化的方面。

消费很理性。过去，不论是谁组同学的局，适当的排场还是得讲的，谁如果说我在家里请大家撮一顿，那一定会被觉得是很小家子气的事情，还不如不请。现在就不一样，我去之后知道，小毛这几年在内蒙古赤峰做工程，回九江了想见见大家于是就约了。今天，我们没去餐馆而是在五毛单位的食堂自己动手，劳动模范小安买菜兼掌勺，菜肴不是很多但大家没吃完。酒水小毛自带了，还加上五毛浸泡的杨梅酒。小毛一共给了小安200元买菜，他们告诉我，现在都是这个标准，事实证明是足够的。

饮酒可自便。因为感觉痛风还有后遗症，所以小毛喊我的时候，我首先特别声明，我过去就是和大家见面但是坚决不能喝酒。依照过去的经验，如果我执意不端杯，一定要经历一番剧烈的争斗，还要冒点被酒浇头的风险，认尿之后才被特赦。可没想到如今气氛如此轻松平和，三个人说不喝酒，其他七个人没有一个出面相劝，导致我准备的一套说辞一句都没用上。

入局很自由。因为很久没见大家，到了五毛单位我就打听今天都有谁来，小毛来了之后我又问了同样的问题，五毛小毛都说了一串名字，等到开席的时候，有三四个没到，我就再问做东的小毛，他一一告知，不是这个在县里赶不到就是那个要在家带孙子，反正都不是很特殊的理由。小毛说的时候很平和，没有半点恼怒，过去是要骂骂咧咧一番的。宾主两方面互动的痕迹使我感受到，大家更加理解和包容了。

不过，如果老同学变得面目全非，那也就没有相聚的意义了。之所以能一呼众应，那就是大家彼此之间都能且愿意去寻找过去美好的记忆。

那就看看不变之处吧。

闲扯的主题不变。不管之初是怎么开的头，最后总会回转到那已经争论了几十年且永远都没有标准答案的私属话题，比如这个说当初给老师起绰号的就是你，而那个必定死活抵赖。这些话题于其他同学耳朵都起了茧子所以没有半星油盐，但对当事人而言则是寸土必争。而且，彼此必须争得面红耳赤，然后不分胜负留待下回再战。

"刨坟"的刻薄不变。人生几十年，谁还没有一点糗事。别看现在大家在单位在场面上人五人六的，可小尾巴都在老同学手里攥着呢。就像今天五毛说小毛，我不光晓得你撅屁股要拉屎，我连你拉出来是条是粒是糊都晓得。话糙理不糙，小毛听了还得一个劲点头称是。如果碰巧有个对方好友参局，那刨坟揭秘就更彻底且更富演绎性了，直到对方招架不住连声讨饶，这方才恋恋不舍罢休。

星子县中七九、八〇届高中毕业九江工作同学聚会合影 95.12.2

◇ 1995年12月2日，部分在九江工作的原星子中学师生合影

酒酣的意气不变。刚开始倒酒的时候，大家都例行公事地稍作谦虚，说点最近吃中药或有点胸闷头晕之类的真假话。等到酒过三巡了便故态复萌，矜持拂去之后一下子年轻了30岁，你说他不能喝他就要跟你割卵，一杯酒不倒满就是看不起人。坐着喝不过瘾还要站起来，小口抿变成了一口闷。当然，留酒养鱼的滑头也会上演。不过有一点依然和过往相似，那就是把每个人自报杯数加起来，一定会超过实际消耗量的三成。

今年是我们这帮老同学到龄退休的高潮，这样轻松愉快的相聚，于延年益寿是大有裨益，所以，我会记住今天小毛同学的叮嘱：以后没事多和秘书长小安联系，过来耍！

2022月7月27日

◇ 1984年底，六位星子同学在九江烟水亭，从左至右为：胡志红、陈晓松、王宗禹、刘荣贵、邹平生、韩俊明